KB262585

경계와 여백

경계와 여백

이상오

The Boundary and Marginal Space

푸른사상
PRUNSASANG

비평이란 작품의 감수성이 담론의 감성 체계와 대화할 때의 표정을 엿보는 작업이다. 하나의 단어가 수많은 문장으로 분할되거나, 증식된 문장들이 단 하나의 말줄임표로 요약되는 과정을 분석해낼 수 있어야 할 것이다. 그러나 문장과 담론의 집합관계를 거스르고 전개와 요약의 주어진 형식을 뛰어넘는 작품의 상상력을 따라가기란 난망하기 마련이다. 다만 반복되는 행간들 속에서도 소모되지 않는 잉여가 경계와 여백에 대한 단상들로 응어리져 있었다.

있음과 없음, 나타남과 스러짐, 생성과 소멸의 틈과 경계에 대한 물음은 모든 예술적 영감의 기원이자 사태일 것이다. 그러한 관심은 자연스럽게 계면(界面)의 예술적 질량이라고 할 수 있는 여백에 대한 시야로 옮아갔다. 문학에서의 여백 개념을 정초함은 물론, 시적 지각이 작품의 의미론적 자장을 건드리는 과정을 현장 비평을 통해 펼쳐 보려 했다. 성긴 구석이 많다. 두고두고 다듬어가야 할 것이다.

장마 비린내가 뒤꿈치에 매달려 있을 무렵 만지작거리다 이런 저런 세사에 두 계절을 건너뛰어 버렸다. 갈필의 문장들이 버겁지만 불편한 대로 풀어 놓기로 한다.

2011년 3월

이상오

제4부 무중력의 시 읽기

제5부 소설 읽기의 환유

제1부

여백

1. 여백과 현대시

1

　문학 작품을 다룬 비평이나 논문에서 우리는 '여백'이라는 단어를 어렵지 않게 만난다. 여백이란 작품의 행간에 공백의 상태로 남아 있으면서 표층에 드러나지 않는 의미나 이미지를 발생시키는 암시적 공간을 말한다. 흔히 작품의 통사론적, 의미론적 구조를 뛰어 넘거나 그 논리적 구조에 쉽게 용해되지 않는 미학적 실체를 설명하기 위해 사용된다. 그러나 이 단어가 문학 비평이나 연구에 사용되기 적합한 개념적 엄밀성을 확보하고 있는지, 또는 그러한 전제가 충분히 숙고된 후 사용되고 있는지는 의심스럽다.

　여백이란 개념은 문학보다는 공간 예술인 회화 장르에서 유래되었다고 할 수 있다. 시 작품에서도 공간성과 시각적 효과는 전통적으로도 중시되어온 바 있고, 더구나 현대의 실험시를 포함해 모더니즘 계통의 시적 대응을 돌이켜보면 시구의 배열과 그로 인한 시각적 효과도 중요한 과제 중의 하나로 인정된 바 있다. 그러나 여백이 단순히 시어의 배열과 관련된 공간적 효과만을 위해 봉사하는 것만은 아니다. 시어나 시구의 함축되거나 생략된 의미들이 생성해내는 이미지가 시 작품 전체의 구조와 연관되어 설명되는 경우도 쉽게 발견되기 때문이다. 이 의미론적 효과 역시 여백과 관련된다.

회화에서의 여백 개념이 작품성의 공간적 차원에 깊이 연관되어 있다면, 공간성과 시간성, 그리고 리듬이 중시되는 시 작품에서의 여백은 보다 복잡하고 다차원적인 함의를 가지고 있는 것이 분명하다. 그러나 지금까지의 문학 연구나 비평에서는 '여백'이 엄밀하게 정의된 적이 거의 없을 뿐 아니라 심지어 특정한 비평적 논리에 따라 편의적으로 차용되었다고도 할 수 있다. 타 문학예술 장르와 명백히 구별되는 문예적 특성으로서 시의 '여백'이 분명히 존재한다면, 시적 여백에 대한 탐구야말로 시적 감동의 근원과 구조를 해명할 적절하고도 유효한 기준 중의 하나를 제공할 수 있을 것이다.

따라서 여기서는 기존의 문학 연구와 비평에 있어서의 관성을 반성하면서 몇 가지의 물음과 탐색을 통해 시 작품의 이해와 비평에 사용될 '여백'에 대해 따져 보고자 한다. 그 물음은 대체로 다음과 같은 순서로 진행될 것이다.

여백은 구체적으로 무엇을 의미하며 그 개념은 무엇인가, 여백에 관한 사유는 어디에서 비롯되었으며 그 사상적 근원은 무엇인가, 문예 비평사에서 여백 개념은 어떤 추이를 통해 사용되었는가, 시 작품에서 여백은 어떤 방식으로 존재하며 그 효과는 어떤 것인가, 여백은 시적 지각에 어떤 영향을 미치는가 등이 그것이다.

문학 작품의 해석과 비평에는 모든 개념이 그에 합당한 일관된 기준과 시각으로 사용되어야 함은 두말할 나위도 없다. 만일 시와 문학 예술의 이해에 여백이란 개념이 유효한 시각과 기준을 제공할 수 있다면, 또 여백이 문학 비평과 연구에 있어 개념적 층위에서 논의될 만한 자질과 그에 맞는 가치를 지닌 단어라면, 우리는 이 개념을 해석상의, 또는 비평적 편의를 위해서가 아닌 예술과 학문 일반의 논리에 통용될 수 있는 일반이론의 하나로 정립하여 사용할 필요가 있을 것이다.

조금 다른 시각이 있을 수 있다. '여백'은 시 연구와 비평의 담론 단위로 사용되기에 지나치게 그 함의가 크며 유래와 출처도 불분명할 뿐더러 예술 창작과 감상에 있어 상식적이면서도 특유한 사유의 한 형태에 불과할 수 있다는 점이다. 그러나 대다수의 문학 비평가, 심지어 시인들이 비평과 창작 과정에서 승인하고 또 사용하고 있는 이 단어가 일정한 이론적 기준을 여과하지 못한 채 통용되는 데 그친다면, 시 작품의 이해와 관련해서 긍정적인 영향을 미치지 못할 것이라는 점 또한 분명하다. 이 단어의 개념적 역사와 실체, 사상적 유래와 작품 내의 기능적 형태에 관한 물음은 궁극적으로 현대시의 특유한 문학적 실체를 한 측면에서 밝혀줄 수 있을 것이다.

2

"종이 따위의, 글자나 그림이 있는 이외의 빈 부분"[1] 등으로 간단히 정의되는 국어사전을 제외하고, 문학사전이나 미학사전, 예술사전 등에서 '여백'이란 항목은 잘 발견되지 않는다. 이것은 '여백'이 문학

___
1) 신기철·신용철 편, 『새우리말 큰사전』, 삼성출판사, 1993.

이나 미학, 예술학 일반에 있어 아직 이론적인 정합성을 가진 학술 용어로 확립되지는 않았다는 것을 잠정적으로 말해준다. 그러나 문학과 달리 여백에 관한 언급이 가장 활발하고도 적극적으로 이루어지고 있는 장르는 회화예술 분야라고 할 수 있으므로, 여백 개념의 유래를 따져보기 위해서는 우선 회화에서의 그것을 먼저 살펴보는 것이 순서일 것이다.

미술 이론의 한 논의에서는, "畵面에서 아무것도 그려져 있지 않으면서도 무언가 餘韻이 감도는 듯한 空白의 부분, 즉 畵外의 부분"[2]으로 여백을 정의하고 있다. 여운이 감돈다 함은, 그려진 표현 형태가 그것 자체에 머물지 않고 의미 영역을 확산시키면서 그 의미 내용을 비어 있는 공간을 통해 환기하는 작용을 한다는 것을 뜻할 것이다.

빈 공간의 작용과 기능에 대한 느낌이나 사유는 서구에 비해 동아시아 예술 작품에서 보다 두드러지며, 동양화의 여백 개념은 서양화의 어떤 개념으로도 해석되기 어렵다는 것이 일반적인 시각이다. 그렇다면, 동아시아의 전통적 사유체계와 그 역사를 통해 여백적 사유가 싹터 온 계기와 그 단초를 발견할 수 있을 것이다.

동아시아 고대 사상사에서 여백 사상의 유래를 찾기는 어렵지 않다. 이를테면, "중국 고대 회화에서는 전통적으로 空白을 중시하고, 서법에서는 布白을 중시"[3]한다는 말이 있다. '비어 있는 것', 즉 '허(虛)'에 대한 사유는 고대 중국 예술 사상에서 매우 중요시되어 왔으며 이 '허실론(虛實論)'은 노자(老子) 사상에서 그 기원을 찾을 수 있다.

---

2) 김기수, 「동양화의 공간개념 고찰」, 『空間』 15권 8호, 1980, 110쪽.
3) 曾祖蔭, 『中國古代文藝美學範疇』, 台北: 文津出版社, 1987, 135쪽.

노자는 "천하 만물은 유에서 발생하며, 유는 무에서 생긴다"(老子, 『道德經』, 제40장. "天下萬物生於有, 有生於無")고 했다. 우주의 모든 사물이 유(有)에서 생기나, 그 유의 근원은 무(無)라는 것이다. 이때의 무는 단순히 없음, 또는 비어있음의 무라기보다 도(道)의 의미에 가깝다. 즉, 현상계적인 의미에서의 없음을 뜻하는 무가 아니라 실재계적인 측면에서 우주 만물의 근원으로서의 도라는 관념과 연관된다.

이와 또 다른 측면에서, 노자는 현상계의 우주만물을 모두 무와 유, 또는 허와 실의 통일체로 보았다. 유는 반드시 무에 의해 존재하며 무 역시 반드시 유에 의해 나타난다는 이른바 유무상생(有無相生)의 인식이 그것이다. 이때의 무는 앞서의 실재론적, 본체론적 무와는 의미를 달리하는 것이다. 노자는 현상계에 있어서의 무의 역할에 대해 다음과 같이 비유적으로 언급한다.

> 30개의 바퀴살이 하나의 바퀴통에 모여 있다. 그래서 수레의 바퀴가 존재한다. 바퀴통은 속이 비어 있다. 그 비어 있는 공간에 사실은 수레로서의 유용성이 있는 것이다.
>
> 점토를 이겨서 그릇을 만든다. 그릇은 속이 비어 있다. 그 아무 것도 없는 빈 공간에 사실은 그릇으로서의 유용성이 있는 것이다.
>
> 문이나 창을 뚫어 방을 만든다. 속은 텅 비어 있다. 그 아무 것도 없는 텅 빈 공간에 사실은 방으로서의 유용성이 있는 것이다.
>
> 이렇듯 모든 사물에 유용성이 잇는 것은 공간, 즉 무가 그 유용성을 뒷받침하고 있기 때문이다.
>
> ─ 老子, 『道德經』, 제11장. "三十輻共一 當其無 有車之用 埴以爲器 當其無 有器之用 鑿戶 以爲室 當其無 有室之用 故有之以爲利 無之以爲用"

바퀴통에 허공이 있어야 수레가 기능할 수 있고 빈 그릇이라야 사물을 담을 수 있다. 즉 빈 곳이 없다면 사물은 제 기능을 할 수 없으며 모든 유는 반드시 무에 의해 뒷받침되며 무의 매개에 의해서만 비로소 존립할 수 있는 것이다. 이는 『도덕경』 제2장의 "有無相生"이라는 구절의 예시라고 할 수 있다. 유와 무는 서로 상보적인 관계에 있으며, 상대적으로 무의 작용을 중요시하는 것이다.

이러한 노자의 관점은 주로 회화예술에서 여백(餘白)의 미학사상으로 발전하게 된다. 이는 도가의 허실론이 주로 공간적 함의를 바탕으로 하는 데에도 기인한다. 북송(北宋)의 곽희(郭熙)는 『임천고치(林泉高致)』의 「화결(畵訣)」에서 '도말만폭(塗抹滿幅)', 즉 화폭을 가득 채우는 필묵(筆墨)을 경계하고 있다. 또한 명대(明代)의 동기창(董其昌)은 『화선실수필(畵禪室隨筆)』에서 "虛實互用"을 강조했는데, 이 역시 도가적 유무상생의 미학 이념을 계승한 예라고 볼 수 있다.

동양 회화에 있어 작가가 목표로 하는 것은 물상 그 자체의 사실성이라기보다, 대상의 물성을 파악하여 대상의 근원적인 실체와 성질을 구현하는 것이다. 남제(南齊) 때 사혁(謝赫)이 그림을 평하면서 사용했던 개념들인 육법(六法) 중 경영위치(經營位置), 전이모사(轉移模寫), 응물상형(應物象形) 등의 원칙이 강조하는 객관적 사실성도 그 자체 목표가 되는 것은 아니다. 대상의 본질이 내포하고 있는 본성이자 원리라고 할 수 있는 신(神)과 묘(妙)에 육박하기 위해서는, '기운(氣韻)'으로 대표되는 본체론적 원리와 '형사(形似)'로 설명되는 현상적, 객관적 사실성은 상호 포섭되어야 하는 명제라고 할 수 있다. 대상과 풍경의 근원적 실체와 원리에 대한 추구의 배면에는 그려지지 않은, 보여지지 않은 것이 작동하는 영역을 배치할 여백을 제공한다. 드러난 것만으로는 대상의 내부에서 꿈틀거리는 역동성을 표현할 수 없기 때문이다.

근세에 이르러, 청초(淸初)의 단중광은 『화전(畵筌)』에서 '공(空)'의 개념을 설명하며 "허실이 서로 어우러지면 그림의 비어 있는 곳도 모두 묘경에 이를 수 있다(虛實相生, 無畵處皆成妙境)"라고 했다. 이는 '비어 있음'이 가진 변증법적 역동성을 도가적 허실론의 관점에서 계승한 적절한 예라고 할 것이다. 비평가 왕휘(王翬)와 운격(惲格)은 이 말을 설명하면서 "그림의 비어 있는 곳은 그림의 전체 국면에 관계되는 까닭에, 비어 있는 것에 묘함이 있으면 전체적으로 영묘하게 되는데, 따라서 이를 곧 묘경이라고 한다(畵之空處, 全局所關, 空處妙在, 通幅皆靈, 故云妙境也)"고 구체적으로 평한다. 여기에서 말하는 묘경(妙境)이란 사혁의 육법(六法)의 가장 주요한 개념인 기운생동(氣韻生動)과 관련된다. 바꾸어 말하면, 실(實)에서 허(虛)를, 허(虛)로부터 (작품의 기운이 운동하는 리듬인) 운(韻)을 이끌어낼 수 있는 경지[4]라고 할 것이다.

여백은 단순히 화면의 빈 곳을 채우는 공백(空白)이 아니며, 작품이 예술적으로 지향하고자 하는 바를 충족시키기 위한 부분으로서의 실체이다. 화면 자체는 제한되어 있으나, 여백이 발하는 생성적 성질은 작품의 미적 이상(美的 理想)을 확대하고 무한히 뻗어나가는 심상을 내포한다. 동아시아 예술론에서의 구조적 원리 중 하나인 여백 사상은 노자의 유무상생(有無相生)과 허실론(虛實論)에서 출발하여 화론을 중심으로 예술 창작론과 비평론의 핵심적 요소로 논의되어 온 것이다.

도가(道家)의 허(虛), 또는 무(無)에 상응하는 것으로, 불가(佛家)적 세계관에 있어서의 핵심 개념의 하나인 공(空)을 들 수 있다. 노자에게

---

4) 서복관, 권덕주 외 역, 『중국예술정신』, 동문선, 1990. 210~218쪽 참조.

있어 유무상생(有無相生)의 사상이 다소 직관적 사유에 바탕한 바 없지 않다면, 불교의 '공(空)' 개념은 상대적으로 매우 합리적인 논의에 의해 촉발되었다.

불교사상사에서 '공' 사상은 부파불교의 '법(法)', 즉 교리에 대한 지나친 분석적 집착, 혹은 분별적 사고방식을 부정하고 극복하고자 용수(龍樹)를 위시한 중관학파(中觀學派)에 의해서 전개되었다. '공' 사상에서는 세속의 세계와 깨달음의 세계 사이의 구별이란 본래부터 없고, 미혹(迷惑)과 깨달음조차 둘이 아니라는 것이다. 이러한 불가적 사유 방식을 잘 드러낸 말이 진공묘유(眞空妙有)이다. '진공'이란 구경(究竟)—궁극, 또는 완성—의 부정에서 나타나는 세계이고, '묘유'란 최후의 긍정으로 얻어지는 세계이다. '공'이란 각각의 상(相)이 궁극적으로는 무규정적이라는 것을 뜻하나, '진공'은 유와 무를 포괄하는 충실한 포괄자를 뜻한다. 유를 완전히 부정해버리는 '공'은 그대로 한 가지의 무의 상(相)에 고정되기 때문에 진실한 '공'이 될 수 없다.

『반야바라밀다심경(般若波羅密多心經)』의 '색즉시공(色卽是空), 공즉시색(空卽是色)'은 흔히 '색이 공이요, 공이 색이다'라고 풀이되지만, 구체적으로는 '색이 즉해야 되는 대상은 공이며, 공이 즉해야 하는 대상은 색이다'로 풀어야 할 것이다. '공'이나 '색'은 그 자체만으로는 '공'도 '색'도 될 수 없는 것이다.

이처럼 불가의 '공' 사상은 실체와 속성, 실재와 현상이라는 이분법적 도식을 허용하지 않는 이론적 바탕 위에 있다. 따라서 도가에서의 허실론(虛實論)과 마찬가지로 불가의 '공(空)' 사상 역시 '있음'과 '없음'에 대한 고정적 의미구조로부터 탈각하려는 동아시아 특유의 정신사적 지향을 보여주는 것이다.

3

동아시아 문예 비평사에서 여백 사유는 어떻게 전개되었으며 문학적 상상력과 여백은 어떤 관계로 인식되었는지도 살펴볼 필요가 있겠다. 중국 서진(西晉) 시대의 육기(陸機, 261~303)와 청대(靑代)의 섭섭(葉燮, 1627~1703)은 예술 창작에 있어서 상상력의 문제를 제기한 「문부(文賦)」와 『원시(原詩)』에서 각각 다음과 같이 말하고 있다.

> **무(無)의 세계를 살펴 유(有)를 이끌어내고**, 적막을 두드려 소리를 찾아 (이하 굵은 글씨는 인용자에 의함) 흰 한 자 헝겊에 아득하고 원대한 뜻을 담고 마음속에서 지대한 뜻을 토해낸다.
>
> — 陸機, 「文賦」, "課虛無以責有, 叩寂寞而求音, 函綿邈於尺素, 吐滂沛乎寸心."[5]

> 사물에 닿아 촉발된 바 있어 흥취를 일으킬 때에는 그 뜻이나 문사나 구절이 허공을 가르고 생겨나니, 이는 모두 **무에서 발하여 유가 되는 것**이요 지금 있는 것을 따라서 마음으로 거두는 것이다.
>
> — 葉燮, 『原詩』, "當其有所觸而興起也, 其意, 其辭, 其句劈空而起,
> 皆自無而有, 隨在取之於心"

위의 두 예문이 강조하는 것은 시가 창작에 있어서의 직관적 상상력의 근원에 대한 것이다. 이는 양(梁)의 유협(465?~532?)이 『문심조룡(文心雕龍)』에서 '신사(神思)'라는 개념으로 구체화한 바 있는 예술사유의 형상성과 관련된다. 즉 예술적 상상력이 형상화되는 과정과 특성, 그리고 그 작용의 문제라고 할 수 있는데, 이 논의는 주로 시가 창작

---

5) 이하 중국 비평 문헌은 별다른 표기가 없는 한 武漢大學中文系, 『歷代詩話詞話選』, 武漢 : 武漢大學出版社, 1984.

의 주체인 시인의 정신과 대상 사물의 관계로 집약된다. 시인의 정신과 외부 사물이 각각 따로 노는 것이 아니라, 서로 조응하고 화합할 때 미묘한 우주적 형상의 원리를 파악하고 그려낼 수 있다는 것인데, 유협은 이를 '신여물유(神與物游)'로, 당대(唐代)의 왕창령(王昌齡)은 『시격(詩格)』에서 '신회어물(神會於物)'로 표현한 바 있다. 예술적 직관의 방법으로 객관적 실재와 주관적 의식의 일치, 관조되는 대상과 관조자가 하나가 되는 것을 강조한 것이다.

이들의 비평관에 의하면, 신(神), 즉 작가의 정신이 외물(外物)의 근원적 형상과 만나기 위해서는 "시각과 청각을 거두어 들이고"(陸機, 「文賦」, "收視反聽") 마음을 허정(虛靜)에 두어야 하며, 그때 정신과 사물의 경계에 잇닿는 마음의 작용을 간취할 수 있다는 것이다. 이는 곧, 관성적인 시간과 공간의 감각 세계를 뛰어넘어 대상 세계의 본원적 이치와 경계에 가닿고자 하는 창작 원리라고 할 수 있다.

대상의 근본적 원리와 실체를 현존태 외부에서 찾는 것이 아니라 존재 세계를 구성하는 사물들과의 관계에서 구한다는 점에서 이러한 초월적 원리는 일종의 내재적 초월 사유라고 볼 수 있다. 그런데 이 사유가 기대고 있는 것이 존재와 비존재의 성립 근거 자체에 대한 근원적 물음이라는 점에서 주목할 필요가 있다. '무의 세계에서 유를 이끌어내듯' 있는 것, 즉 존재의 바탕은 비존재라는 것이며 적막에서 소리가 갈라져 나온다는 말에서 보이듯 모든 비존재의 형상은 은폐된 소리들이 진동하는 장소인 것이다.

따라서 시적 상상력이 대상 세계의 우주적 질서와 근원적 형상에 가닿기 위해서는 있음과 없음의 변증법과 내재적 초월 사유를 기반으로 외적 사물에 대한 시인의 관성적 감각기관을 개방해야 한다는 것이다.

중국의 시학사에 있어 이러한 형이상학적 사유는 당(唐)을 거쳐 송대(宋代)에 이르러 절정에 달했다. 이는 불가 선종(禪宗)의 가르침이 사대부와 문인들의 정신 세계와 사유 체계에 깊이 각인되기 시작했던 당대의 문화사적 분위기와 무관하지 않다. 그 중 특히 시가(詩歌) 창작에 있어 선종의 사유 체계를 문학적 상상력의 기반으로 각인시킨 소식(蘇軾, 1037~1101)의 경우 그 미학적 지향을 뚜렷이 드러낸다.

> 시어를 묘하게 하려거든
> 텅 비어 있음과 고요함을 싫어하지 말라
> 고요하기 때문에 만물의 움직임을 이해하고
> 비어 있기 때문에 우주의 궁극을 받아들이네
>
> 欲令詩語妙,
> 無厭空且靜.
> 靜故了羣動,
> 空故納萬境.

소동파는 선가(禪家)의 사유 방식을 단순히 시의 제재로 차용하거나 주제의 하나로 끌어들이는 데에 그치지 않고 나아가 시 창작의 방법론으로 제시하고 있는 것이다. 사물에 대한 직관적인 포착을 위한 시적 인식의 묘처(妙處)는 '공(空)'이라는 불가적 사유, 즉 유와 무의 단선적 인식을 극복한 자리에서 마련되는 것이다.

예술 창작에 있어서의 이러한 존재론적 사유는 청대(靑代)의 오교(吳喬)가 "있는 것을 그대로만 그리면 그것으로 다하고 말지만, 비어 있는 것을 그려내면 그 뜻은 무궁해진다(實做則有盡, 虛做則無窮, 圍爐

詩話」)"고 하는 표현론적인 사유로 확장된다. 이 비어 있는 것, 즉 허(虛)란 단순히 없는 것이 아니라 있음과 존재를 생성시킬 수 있는 잠재태로서의 그것이다. 없음은 없음으로 그치는 것이 아니라 끊임없이 있음을 환기시키는, 진동하는 장소로서의 초월적 공간이다. 이 공간의 의미와 본성을 그릴 수 있기 위해서는, 쓰이고 표현된 글자나 구 그 자체가 아니라 그것을 감싸고 있는 의미론적 공간으로서의 공백을 이용해야 할 것이다. 이와 관련하여 유협은 『문심조룡(文心雕龍)』의 「隱秀」편에서, "글 바깥에서 또 다른 의미가 함축되어 있어서 …… 전달하고자 하는 뜻이 글 밖에서 생겨나는(隱也者, 文外之重旨者也 …… 夫隱之爲體, 義主文外)" 것으로서의 '은(隱)' 개념을 미학적으로 정립하려 하였다. 또한 송대(宋代)의 구양수(歐陽脩, 1007~1072) 역시 그의 비평서 『六一詩話』에서 "다 하지 않는 끝없는 의미를 말 밖에 품고 있어야 지극한 경지에 이르렀다고 할 수 있다(含不盡之意見於言外, 然後爲至矣)"고 강조한 것이다. 또 청대(靑代)의 하소기(何紹基, 1799~1873)는 "시에는 글자 밖의 맛, 소리 밖의 여운, 주제 밖의 뜻이 있어야 한다(詩要有字外味, 有聲外韻, 有題外意, 「題馮魯川小像冊論詩」)"고 하여 쓰인 문자를 초월한 풍격(風格)을 강조하기에 이른다.

이와 같이, 중국 비평사에서 여백 사유는 있음과 없음, 존재와 비존재에 대한 궁극적 물음에서 시작하여 시적 상상력과 시가 창작의 표현과 효과에 이르기까지 개념을 확장시켜 나갔다. 다시 말해, 유와 무의 변증법적 사유로부터 비존재의 공간을 자각하게 되고, 나아가 글로 쓰인 문사(文辭)의 바깥을 감도는 의미론적 공간의 실재와 효용성을 논하게 되는 것이다.

4

앞에서는 여백에 대한 예술적 관념이 동아시아 전통 사상, 즉 도가와 불가의 유무상생(有無相生), 허실(虛實), 공(空)등에 대한 사유와 깊은 관계가 있음을 알아보았다. 이는 있음과 없음, 존재와 비존재에 대한 이분법에서 탈각하여 자유롭게 확산되는 존재성의 이미지를 담고 있는 것이다. 그런데, 여백에 대한 이러한 관념의 근원을 굳이 동아시아 전통 사상에만 국한시킬 필요는 없을 것이다. 동아시아 전통 미학 사상에서의 여백이 주로 공간적 함의를 바탕으로 회화 예술에 형상적인 영향을 미치고 시가 창작론과 비평에서도 논의를 전개시켰다면, 현대 언어학과 텍스트론적인 측면에서도 여백에 관한 몇 가지의 관련 사유를 추출할 수 있을 것이다.

문학적 대상의 의미와 구조의 작동 방식에 따라 작품과 텍스트를 구분할 수 있다. 롤랑 바르트에 의해 도입된 이 개념, 즉 텍스트는 작품의 언표적 권력 내에서의 힘과 한계를 파악할 수 있게 한다. 작품은 하나의 완결된 실체이며, 하나의 기의—시니피에로 닫힌다. 또한 이때의 기의는 명백한 것으로 간주되며 우리가 찾아내야 할 최종적인 해석의 끈이자 목표물이 된다. 그러나 텍스트는 기의의 무한한 후퇴를 실천하며 지연시킨다. 텍스트의 영역에서 발휘되는 생성과 변주는 작품이 가진 제도적 범주, 즉 권력적 영역으로 고착되려는 경향들을 비판적으로 성찰할 수 있게 한다.

작품은 총체적이며 단일한 의미의 발견과 재구성을 목표로 한다. 그러나 이러한 고정적이며 목적론적인 로고스중심적 개념으로는 의미의 흔들림과 의미를 이루고 있는 그 다양한 층과 그 이탈의 양상을 포착할 수 없다. 이에 반해 텍스트는 그것을 이루고 있는 시니피앙의 다각적이고도 물질적이며 감각적인 성격에 의해 무한한 의미 생산이 가능한 열린 공간이다. 텍스트는 소비되는 것이 아니라, 작품을 소비의 고정된 장에서 끄집어내어 유희, 생산, 실천으로 수용한다. 우리는 앞서 말한 '의미의 흔들림과 의미를 이루고 있는 다양한 층, 그리고 그 이탈의 횡단면'을 '시적 여백'이라 부를 수 있을 것이다. 그것은 고정된 의미의 완결체가 아니라 의미의 확산과 가능태, 혹은 잠재태로서의 실체로서 그렇게 부를 수 있다.

음운론에서 나온 잠재태(degré zéro)란, 아무 것도 없으면서 무엇인가를 의미하는 것을 지시하는 개념이다. 여기서 잠재란 말이 지시하는 것은 무가 아니라 '의미하는 부재'라고 할 수 있다. 의미론에서는, 명백한 시니피앙이 없는데도 그것이 그 자체로 시니피앙처럼 기능하는 경우에, 그것을 잠재 기호라고 부르며, 논리학에서는 A가 존재하지는 않으나 어떤 조건하에서는 나타날 수도 있을 때 A가 잠재 상태에 있다고 말한다.[6] 이와 같이, 문장 구조의 표면이나 의미 구조의 논리에는 부재하더라도 특정한 조건 하에서 의미나 소통을 발하는 잠재태 개념은 우리의 논의의 중심이 되는 시적 사유에 있어서의 여백 개념과 상통한다고 볼 수 있다.

바르트는, 그가 선호하는 대상은 "상상계의 텍스트로서 …… 진실의 불확실성을 연출하는 구조"[7]라고 말한 바 있다. 탈신성화된, 그리하여 어떤 로고스의 권력으로부터도 보호받지 못하는, 따라서 자유로

---

6) 김현, 『프랑스 비평사 : 근대/현대편』, 문학과지성사, 1991, 242~243쪽 참조.
7) Roland Barthes, 김희영 옮김, 『텍스트의 즐거움』, 동문선, 1997, 139쪽.

운 대상은 복수적 의미 실천의 장 속에 놓여 있다. 이 복수적 의미, 작품의 언어의 흔들림을 실천하며 끝없이 새로운 것을 향해 나아가게 하는 힘은 텍스트의 여백으로부터 솟아나온다. 작품의 로고스적 구조와 그 표면적 억압에 저항하고 시니피앙의 관능적 유희와 그 횡단면을 따라가는 것은 작품이 텍스트로 자리를 바꿀 때 파악되는 흔적들, 즉 작품의 복수적 실천의 장인 여백을 읽음으로써 가능하다.

텍스트가 메시지와 의미를 드러내는 단어들의 행으로 이루어진 것이 아니라, 그 중 어느 것도 근원적이지 않은 여러 다양한 글쓰기들이 서로 결합하며 반박하는 다차원적인 공간이라면, 우리는 여백을 쓰인 것과 아닌 것이 결합하고 반박하는 다차원적인 공간, 쓰인 글과 인용들의 짜임으로 정의할 수 있을 것이다. "텍스트의 통일성은 그 기원이 아닌 목적지에 있다"[8]는 것과 마찬가지로, 여백은 완결을 목적으로 하지 않는다. 그려지거나 쓰이지 않은 것을 환기함으로써 끝없이 독자의 사유를 미지의 우주적 영역으로 유도하는 것이다.

해석적 대상으로서의 작품이 완결된 논리의 기의로 닫힌다면, 여백의 존재, 혹은 작동은 이 닫힘을 열어젖힌다. 여백은 행간이 마련해 놓은 의미들을 한없이 지연시키는 것이다. 따라서 여백은 해석학적 논리의 전개에 따라 의미가 확정되거나 심화되지 않고, 중복되며 변주되는 계열체들을 무한히 생성, 증식한다. 여백을 지배하는 논리는 환유라고 할 수 있다. 여백은 작품에 대한 이해를 완결하고자 하지 않고, 지연시키거나 오히려 방해한다. 여백적 사유를 발견한다는 것은 파헤쳐지는 것이 아니라 덧씌워지는 것이다. 여백의 공간은 무한히

---

8) 위의 책, 35쪽.

방사되길 기다리는 의미로 팽팽하지만 그것은 하나의 구조가 아니라 짜임이어서, 우리는 그 공간의 절단면을 잘라낼 수는 있어도 복원할 수는 없다. 왜냐하면 여백은 의미의 구축이나 완성이 아니라 의미의 확산과 횡단, 또는 변태와 가깝기 때문이다.

작품으로서의 언어는 필연적인 예속성, 즉 권력의 필연적 억압 하에 있다. 이에 맞서기 위해서는 언어의 논리적 공백을 통해 언어가 텍스트로 자리 잡는 순간을 포획하고 드러내야 한다. 우리는 이러한 구조를 시적 여백의 구성 방식으로 파악할 수 있을 것이다.

5

시 창작과 향수(享受) 과정에서의 여백 효과를 분석해 보면 생략과 함축에 의한 작용들이 가장 쉽게, 가장 먼저 발견된다. 시구 운용에 있어 통사론적 구문이나 담화의 일방, 또는 사회적 역사적 배경과 정황에 대한 생략, 그리고 주로 은유나 직유, 또는 상징의 비유 기법에 의해 이루어지는 의미론적 함축들이 그것이다.

이러한 생략과 함축의 기법은 시의 외면적 형태를 단순화시키는 한편 구조적 형식을 조밀하게 함으로써 독자의 사유를 쓰여 있는 내용보다 더 풍부한 세계로 이끌고 간다. 시적 언어의 질량과 형식적 밀도가 시의 독서에 간섭함으로써 행간의 의미들을 반복 생성하게 된다고 할 수 있다.

1947년 봄
深夜

黃海道 海州의 바다
以南과 以北의 境界線 용당浦

사공은 조심 조심 노를 저어가고 있었다.
울음을 터드린 한 嬰兒를 삼킨 곳.
스무 몇 해나 지나서도 누구나 그 水深을 모른다.

— 김종삼,「民間人」

김종삼은 한국 현대시사에서 고전주의적 절제를 바탕으로 밀도 높은 언어를 구사하는 시인 중의 하나로 손꼽혀 왔다. 이 시는 김종삼 시의 이러한 특징이 잘 드러난 대표작의 하나라고 할 수 있다.

시인은 차갑고 메마른 어조로 몇 개의 단편적 사실과 관찰적 시선만을 제공하고 있다. 시간적, 공간적 배경이 제시되기는 하지만 그 어조는 냉랭하다. 냉정한 어조가 숨기고 있는 것은 1947년 한국 전쟁 당시 한국 민족에게 닥친 비극의 현실적 국면이다. '深夜'라고 한 행으로 처리한 대목도, 이 南下(또는 월북)가 비밀리에 이루어지고 있음을 암시하고 있다. 그리고 하나의 사건을 서술한다. 울음을 터뜨린 갓난아기를 물에 빠뜨려야 했던 비극적 사건 역시 담담하고 차갑게 서술된다. 마지막 행의 "수심(水深)"이 단순히 용당포라는 곳을 지시하는 일차적 의미를 넘어 역사적 사실과 관련된 은유적 의미로 다시 읽히는 것 역시 이러한 시선과 서술방법의 효과이다.

시인은 역사적 배경과 정황, 또는 사건의 조건들을 생략함으로써 독자의 사유의 폭을 확장시키고, 서사를 축약하고 감정을 일체 제거한 어조를 사용함으로써 정서적 울림을 극대화했다. 이 시는 생략과 함축을 이용한 기법적 측면에서의 여백 효과를 최고도로 끌어올린 예라고 할 수 있다.

통사론적 생략에 의한 여백 효과는 김소월의 다음 시에서 잘 드러난다.

> 먼 훗날 당신이 찾으시면
> 그때에 내 말이 잊었노라
>
> 당신이 속으로 나무라면
> 무척 그리다가 잊었노라
>
> 그래도 당신이 나무라면
> 믿기지 않아서 잊었노라
>
> 오늘도 어제도 아니 잊고
> 먼 훗날 그때에 잊었노라

— 김소월, 「먼 후일」

이 시는 조건절과 화자의 대답으로 이루어진 매우 단순한 구조를 하고 있는데, 이는 통사론적 구문의 생략이 시 형태와 구조의 밀도를 강화하는 방향으로 상승된 예라고 할 수 있다. 각 연의 둘째 행 다음에는 "…라고 말할 것이다", 그리고 2연 이후 각 연의 1행 앞에는 "그렇게 말하니", 또는 "그렇게 말했더니", "그렇게 말했는데도" 등이 생략되어 있고, 마지막 연의 1행 앞에는 "이 말도 저 말도 부질없고 가당치 않아서", 또는 "어떤 말도 적당하지 않아서"와 같은 의미의 구문들이 생략되어 있다.

물론 이러한 구문의 생략이 이 시의 의미 확장에 직접적으로 기여하는 것은 아니지만, 적어도 이 시의 독특한 분위기와 서정을 구축하는 데 불가분의 관계에 있다고는 할 수 있다. 이 시의 정서적 울림을 추동하는 것은 '사랑'이나 '그리움'이라는 추상적 제재가 개인의 내면적 흐름에 매몰되지 않고 상대방과의 상상적 대화라는 형식을 빌어 그리움의 논리적 구조를 점층적으로 구축해나가고 있다는 데 있다. 그런데 이 논리적 구조가 평면적 진술로 떨어지지 않고 시적 감응력을 갖추는 계기는 각 구문 사이에 생략된 화자의 내면적 발화가 정서적으로 증폭되는 과정에서 비롯된다. 특히 마지막 4연의 경우, 단순히 논리적 구문이 생략되었다고 할 수 있는 앞 연과 달리 미묘하고도 복잡한 화자의 심사를 복합적으로 집약하는 효과를 내고 있다.

시에서의 여백 효과는 통사론적 생략이나 축약에서 비롯되었을지라도 의미론적 함축에 그치지 않고 말로 설명되지 않는 내면의 움직임을 생성시키는 역할까지 상승하는 것을 볼 수 있다.

한편, 은유나 상징과 같은 수사적 차원에서도 여백 효과가 형성된다는 견해가 있을 수도 있다. 즉, 표시적 의미와 내재적 의미 사이의 공간이 확장됨으로써 여백 효과를 생성한다는 볼 수도 있는 것이다. 비유는 추상적 관념을 구상화시키거나, 거꾸로 구체적 형상을 다의적 관념으로 확산시킬 때 사용된다. 따라서 은유나 상징과 같은 기법은 사물이나 사건, 혹은 관념의 일면성을 꿰뚫어 새로운 의미 공간을 창출하고 참신한 사유 세계로 독자를 이끌어가는 역할을 한다. 이런 의미에서 비유의 생명력은 여백 효과와 비례한다고도 말할 수 있을 것이다.

중국 청대(靑代)의 오교(吳喬)가 "있는 것을 그대로만 그리면 그것으로 다하고 말지만, 비어 있는 것을 그려내면 그 뜻은 무궁해진다(實做則有盡, 虛做則無窮, 『圍爐詩話』)"고 말한 것도, 다른 사물이나 이치에 빗대어 감정을 촉발시키는 중국 고전 시학에서의 대표적인 수사

기법인 비흥(比興)과 관련된 평론에서였다. 따라서 비유와 여백은 밀접하고 상보적인 관계에 있다고 할 수 있다.

시의 언어적 재료라고 할 수 있는 시어들은 일정한 패턴과 규범에 따라 시의 시각적 형태 위에 배치된다. 배치된 시어들의 패턴과 규범의 효과와 기능에 따라 시는 해석의 논리를 가지게 되는데, 이 때 작품의 해석에 따르는 논리는 패턴과 규범—운율, 리듬, 정서의 흐름 등—그 자체가 아니라 그것들을 시적 논리 속에서 분절하는 어떤 구조에 종속된다고 할 수 있다.

말하자면, 시어들의 배치는 일정한 패턴과 규범에 의해 이루어지지만 그것들의 효과는 패턴과 규범을 분절하는 구조, 즉 여백으로부터 비롯된다. 이 분절은 연 단위, 행 단위, 또는 단어 단위에서도 일어난다. 배치된 시어들은 시의 내재적 리듬을 창출하거나 제어하기도 하는데, 이 내재적 리듬이 발생하는 구조와 그 행간에서 증폭되는 긴장감이 바로 여백 효과의 성패를 결정한다.

시적 감동을 일으키는 요체는, 시의 논리적 공간에는 드러나지 않고 숨어 있지만 리듬과 의미를 분절시키면서 새로운 구조를 창출하는 여백의 활동으로부터 비롯된다. 탈구(脫構)하면서 재구조화되는 시의 인식론적 공간이 바로 여백이며, 시적 감동은 이 여백의 기능이 이끌어가는 새로운 시적 지각에 의해 생성된다.

이 새로운 시적 지각으로서의 여백은, 시의 일차적 의미를 구성하는 언어적 패턴과 구조를 전체적으로 쇄신하는 자리에서만 마련된다는 점에서, 앞에서 논한 생략과 함축 등의 기능과 구별된다. 생략과 함축은 그 기능의 성패 여하에 따라 여백적 효과가 결정되지만, 시어

의 배치, 그리고 시적 구조와 관련된 시적 지각으로서의 여백은 시작
품의 전체적인 정서적 구조와 관련된다. 즉, 생략과 함축으로 발생시
킨 여백은 작품의 표면적인 정서를 심화시키고 확장하는 데에 그칠
수 있지만, 시적 지각으로서의 여백은 나아가 상반된 정서적 이미지
를 환기하는 역할을 할 수도 있다.

> 물먹는 소 목덜미에
> 할머니 손이 얹혀졌다
> 이 하루도
> 함께 지났다고,
> 서로 발잔등이 부었다고,
> 서로 적막하다고,

— 김종삼, 「墨畵」

화자는 할머니가 물 먹는 소의 목덜미에 손을 얹고 있는 묵화를 보
고 있다. 서술구가 생략된 형태가 여운을 낳기도 하지만, 이것이 이
시의 여백 효과에 직접적인 영향을 주는 것은 아니다. 1~2행은 그림
에 표현된 동작을 단순히 묘사한 것이고, 나머지 3~6행은 이 그림 속
에 등장하는 인물/동물의 내면과 정황을 시인의 상상력으로 재구성
한 것이다.

4행에서 6행까지는 각각 "……다고,"로 끝나는데, 이 구문 뒤에는
'말하는 듯하다', 또는 '생각하는 듯하다' 따위의 서술어가 생략되어
있다. 서술어를 생략한 건조하고 압축적인 서사에 겹쳐진 것은 하루
의 노역을 마친 할머니와 소가 나누는 적막한 교감이다. 그런데 문제
는 이 교감이 적막하고 쓸쓸한 것으로만 받아들여지지는 않는다는 데
있다. 이 적막한 풍경을 둘러싸고 있는 것은 역설적이게도 포근하고

안온한 정서이다. 물론 이것은 "이 하루도 / 함께 지났다고"라는 구절에서 환기되는 것일 수도 있다. 그러나 이 2~3행은 5~6행의 구체적 정황을 함께 아우르면서 표면적 정서를 역전시키는 역할을 한다. 발잔등이 부어버린 고된 노역의 하루가, 사람과 동물이 함께 나누는 안온하고 자족적인 공간 속에 자리 잡으면서 더없이 따스한 노동과 삶의 그늘을 되비추는 것이다.

> 헬리콥터가 지나자
> 밭 이랑이랑
> 들꽃들일랑
> 하늬바람을 일으킨다
> 상쾌하다
> 이곳도 전쟁이 스치어 갔으리라.

— 김종삼, 「서시(序詩)」

　화자는 고적한 들녘에서 헬리콥터가 일으킨 바람의 흔적 속에서 "상쾌하다"고 말하며 "전쟁"을 떠올린다. 이 연상은 상식적인 논리로는 잘 연결되지 않는다. 그러나 이러한 발성법은 김종삼 시의 여백적 원리를 설명하기 위한 매우 중요한 요소라고 할 수 있다. "상쾌하다"라는 발화는 현실적이거나 감각적인 맥락을 부인하거나 배제하는 자리에서 이 시의 입체적인 심상의 공간을 형성한다. 시인은 헬리콥터의 소음을 소거시키고 주변 풍경을 단순화시킨다. 이 때 언급되는 "전쟁"이라는 단어는 그 뉘앙스의 맥락에서 조금 물러서서 매우 낯선 풍경과 겹쳐진다. '상쾌함'과 '전쟁'이라는 격절된 심상이 한 자리에 놓이면서, 우리는 이 두 단어들의 뉘앙스가 어떤 부재의 아우라로부터 형성되고 있음을 알 수 있다. 이를테면 상쾌함의 이면에 있는 현실적 국면, 또는 평화의 부재로서의 전쟁이 그것이다.

이 시는 통사론적 국면뿐 아니라 현실적이거나 감각적인 국면의 생략과 함축을 통해 시적 지각을 입체적으로 개방하고 있다. 앞에 예로 든 「墨畵」가 표면적 심상으로부터 심층적 심상으로 역전되는 여백 효과를 보인다면, 이 시 역시 표면적 심상의 국면(상쾌함/평화)이 시적 화자가 의도적으로 소거시킨 현실적 국면(전쟁)을 환기함으로써 관념의 배후에 있는 관념을 되살린다. 이러한 방법론은 시인이 무엇보다 감각하는 대상의 배후에 있는 부재의 존재에 대하여 물음을 던지고 있다는 데에서 비롯된다. 부재의 존재론에 대해 감각적 지평을 개방하는 여백의 지각구조를 좀 더 구체적으로 살펴보기 위해 김춘수의 시적 대응을 되돌아 볼 필요가 있겠다.

> 겨울 하늘은 어떤 불가사의의 깊이에로 사라져 가고.
> 있는 듯 없는 듯 무한은
> 무성하던 잎과 열매를 떨어뜨리고
> 무화과나무를 나체로 서게 하였는데,
> 그 예민한 가지 끝에
> 닿을 듯 닿을 듯하는 것이
> 시일까,
> 언어는 말을 잃고
> 잠자는 순간,
> 무한은 미소하며 오는데
> 무성하던 잎과 열매는 역사의 사건으로 떨어져 가고,
> 그 예민한 가지 끝에 명멸하는 그것이
> 시일까,
>
> — 김춘수, 「나목과 시 序章」

김춘수는 부재의 끝에서 버티는 존재와 실존의 이미지를 시작 활동 전체를 통해 인식론적 전략으로 밀고 간 시인이다. 그의 시력(詩歷)은 존재의 비극적 형상화에서부터 언어 기능의 극단적인 실험에 이르기까지 걸쳐 있지만, 시적 언어에 대한 자의식은 그의 시세계를 통어하는 맥락으로 자리 잡고 있다.

그는 의미를 배제하거나 소거시킨 언어를 시적 논리 위에 배치함으로써 빚어지는 지각 효과를 노리고 있다. 그러나 어떤 작품에서도 의미란 그 본질적 차원에서 완전히 소멸하지 않는다. 다만 대상이 의미에의 구속으로부터 어느 정도 자유로워지면서 그 형상과 형상을 지탱하는 관념의 논리적 구조가 해체되고 새로운 의미론적 지평 앞에 서게 되는 것이다. 이때의 의미란 하나의 구조(structure)라기보다, 기존의 건축적 논리로 해소되지 않는다는 점에서 더 엄밀하게는 텍스쳐(texture)에 가깝다.

무와 비실재의 프리즘으로 여과된 후의 지각적 지평에 집중하는 김춘수의 시적 도전과 탐색은 지금까지 논의된 여백적 사유의 한 극단적인 형태라고도 할 수 있다. 그러나 김춘수의 경우 중기에서 후기로 접어들면서 이러한 사유는 부분적 방법론의 차원에 머물고 그 탐색의 주된 방향을 개인과 역사에 대한 실존적 탐구 쪽으로 선회한다. 소멸의 시간과 부재의 공간에 대한 감각이 새로운 지각을 개방하는 예는 다시 김종삼의 경우로 돌아가지 않을 수 없다.

몇 그루의 소나무가
얕이한 언덕엔
배가 다니지 않는 바다,
구름 바다가 언제나 내다 보였다

나비가 걸어오고 있었다

줄여야만 하는 생각들이 다가오는 대낮이 되었다.
어제의 나를 만나지 않는 날이 계속되었다.

골짜구니 大學建物은
귀가 먼 늙은 石殿은
언제 보아도 말이 없었다.

어느 位置엔
누가 그린지 모를
風景의 背音이 있으므로,
나는 세상에 나오지 않은
樂器를 가진 아이와
손쥐고 가고 있었다.

— 김종삼, 「배음(背音)」

바다에는 배가 다니지 않으며 늙은 석전은 말이 없다. 시인은 '없는 것' 속에서 그것들의 배면을 응시한다. 그 응시는 "줄여야만 하는 생각들"이 지탱하는 집중이며 "어제의 나를 만나지 않는" 단속적인 순간들로 이루어진다. 부재와 결핍의 묘사가 열어주는 감각의 세부는 보다 풍요롭다. 2연의 "나비가 걸어오고 있었다"라는 표현은 3연의 "줄여야만 하는 생각들"과 어울려 절묘한 효과를 자아낸다. 나비 걸음과 말줄임표의 결합과 그 연상은 우연의 일치일지 모르지만, 이 걸음은 부재와 침묵의 흔적을 견딘 다음에야 화자의 시선에 박힐 수 있다.

이 풍요로운 부재의 공간은 소멸하는 시간의 경험과 얽혀 있다. "세상에 나오지 않은 / 악기(를 가진 아이)"가 비실재의 시공을 유영하는 김종삼 시의 상상력이 기댄 매체이기는 하지만, 그것이 진부한 초월로 귀결되지 않는 것은 이 개체적인 감각적 경험에서 기인한다. 동일화와 시간의 초월적 연속성에서 자유로운("어제의 나를 만나지 않는 날") 시적 자아는 매 순간의 경험을 공간적 지각으로 번역할 수 있다. 3연의 "줄여야만 하는 생각들이 다가오는 대낮이 되었다"와 같은 문장도 단순한 진술이 아니라 묘사로 읽히는 것을 주목해야 한다. 묘사한다는 것은 어차피 대상의 선택과 배제의 과정이다. 대상이 그 물리적 외피 위에 의미의 옷을 입을 때 이미지가 된다. 김춘수가 의미를 소거시킨 언어를 집요하게 결합하고 배치할 때 김종삼은 '없는 것'의 배면에 귀 기울임으로써 이미지로 탈색되지 않은 풍경을 그려낸다. 이 풍경은 소멸과 생성이 되풀이되는 단속적 시간, 부재와 현현이 공존하는 불연속 공간이다. 이 시공의 배음(背音)은 사라짐과 드러남 사이를 비추는 빛이나 소리가 된다.

이처럼 현대시에 나타나는 여백 효과는 존재와 부재의 경계적 사유로부터 시 작품의 정서적 감응작용을 형성하는 지각구조의 확장과 쇄신으로 나아간다. 작품의 표면적 정서와 지각 구조는 존재론적 여백의 배치로 말미암아 새로운 감각적 리듬으로 재구조화 되는 것이다.

6

여백은 단순히 비워진 공간, 또는 여분의 공간이 아니라 표현된 것 밖의 의미나 심상을 암시하거나 함축하는 역할을 하는 것이다. 그것은 작가의 표현에 따른 또 다른 생성을 의미한다고 보아도 좋을 것이다. 따라서 여백은 완결과 완성을 의미한다기보다 시작과 발생의 의미 쪽에 가깝다. 여백의 실체는 완결태라기보다 잠재태이자 가능태이다.

여백 개념은 동아시아의 전통적 사유 체계와 깊은 관계를 가지고 있다. 특히 노장사상의 허실론(虛實論)과 불가(佛家)의 공(空) 사상은 부재와 실재의 변증법적 역학을 예술적 사유로 전환하는 여백 사상의 이념과 원리를 촉발하고 형성하는 주요한 사상적 원천이다. 동아시아의 문예 비평사에 있어 이러한 여백 사상은 창작 원리 및 세계관과 작품의 비평적 관점에 이르기까지 구체적인 논의로 발전하게 된다. 요약하자면 첫째, 여백은 일상적인 시간과 공간의 감각 세계를 뛰어넘어 대상 세계의 본원적 이치와 경계에 가닿고자 하는 창작 원리이다. 둘째, 여백은 시적 상상력과 그 표현 효과에 본질적인 영향을 미치는 시적 지각을 생성함으로써 새로운 의미론적 공간을 창출한다.

작품이 하나의 완결된 실체로 닫히는 것을 거부하는 텍스트론의 관점에서, 작품이 로고스적인 고정장에서 탈피하여 유동적·복수적 실천의 장으로 나아가는 것은 의미하는 부재들의 흔적을 드러낼 때 가능하다. 여백은 행간이 마련해 놓은 논리적 구조와 의미들을 한없이 지연시키는데, 이 때 언어의 논리적 공백을 통해 작품과 언어가 텍스트로 자리 잡는 순간을 포획하는 것이 텍스트론의 과제이다. 동시에 이 구조화의 과정이 시적 여백의 구성 방식이다.

현대시에서의 여백 효과는 주로 생략과 함축의 방법론의 의해 이루어진다. 통사론적 구문이나 사회역사적 배경의 생략, 그리고 주로 비유에 의해 이루어지는 의미론적 함축이 그것이다. 생략과 함축은 행간의 의미를 확대 심화하기도 하지만, 여백 효과에 있어 보다 본질적인 것은 여백으로 인해 표면적 정서를 상반된 정황으로 끌고 가거나 역전된 심상을 생성해낸다는 데 있다. 여백의 이러한 역할과 기능은 대상의 표현이 가지는 한정된 감각을 보다 풍부하게 확장된 지각 체

계로 개방한다. 여기에서 더 나아가, 여백은 작품의 통일성과 완결성
에 대한 향수에 저항하고 그 논리적 공백 위에 임의로 분절시킨 언어
와 그 차이를 등록한다.

　예술에서의 여백은 동아시아 미학 전통에 고유한 것이 아니며 오히
려 예술 일반의 창작과 향수 원리에 있어서의 보편적이고 본질적인
사유 체계와 관련되어 있다고 할 수 있다. 이 점이 문예 비평에 있어
여백 개념을 일반이론의 층위로 끌어올리지 못한 원인이라고 할 수도
있다. 그러나 바로 그런 점에서, 보다 엄밀한 차원에서 여백 개념을
사용할 수 있는 범주와 체계를 갖추고 논의를 확대 심화해 나갈 필요
가 있다. 특히 시에서의 여백은 산문적 질서의 문학적 원리와 대비하
여 시문학 특유의 지각 체계와 관련된 시적 감동의 원천에 닿아 있기
때문이다.

2. '내용 없는 아름다움'을 위한 몇 개의 주석

― 김종삼의 「북치는 소년」에 부쳐

1

  삶은 느끼는 자에게는 비극이요 생각하는 자에게는 희극이라는 사상가 브뤼에르의 말은 비교적 널리 알려져 있다. 그리 세련되지 못한 잠언이지만 귀를 끄는 데가 있다. 시인은 누구보다 느끼는 자라고 할 수 있다. 느끼는 자는 그 감각의 순간성을 자기 존재의 차원에서 직관적으로 받아 안으며 살아가야 한다. 인간 존재의 유한성과 그로 인한 결여를 시시각각 느끼며 살아내는 인간에게 그 삶은 비극일 수밖에 없을 것이다.

  서정시인의 내면세계에는 세계로부터의 불화와 분리를 경험한 개체 자아가 세계와의 화해와 합일을 희구하는 욕망이 자리한다. 그런데 자아가 세계로부터 떨어져 버림받았다는 생각이 바탕이 된 이 비극적 세계관은 인간이 모태로부터 분리되는 시점과 그 인식에서 비롯된다는 점에서 시원(始原)적인 것이다. 또한 개체 존재를 지탱하는 사유가 세계라는 모체와의 분리와 결합을 동시에 견디는 과정에서 정립될 수밖에 없다는 점에서 존재론적인 것이기도 하다. 비극적 세계관에 젖은 시인은 훼손된 자기 존재를 회복하고 세계와 화해하고 합일하고자 한다. 이러한 몸짓은 자신의 존재와 내면을 초월한 세계를 향하고 있다는 점에서 낭만적 포즈를 취한다. 낭만주의는 인간의 내면이 스스로의 존재론적 한계를 뛰어 넘어 조화롭고 행복한 세계로 초월할 수 있다는 원심력으로 추동된다. 비극적 세계인식과 초월적 낭만주의 세계관은 세계와 환경에 대응하는 인간의 자기실현이라는 측면에서 보편적 감수성의 하나로 승인될 수도 있을 것이다.

문학뿐 아니라 대부분의 예술 장르에서 작품과 작가를 읽어내는 주된 모티프 중의 하나가 비극적 세계관이라는 것은 대체로 이러한 사정에서 비롯된다. 그러나 바로 그러한 이유로 특정한 작품 세계를 작가론적 내면 탐구로 읽어내려는 시각의 한계 역시 뚜렷하다. 문제는 '어떤' 낭만주의이며 '어떤' 비극과 내면인가 하는 점일 것이다.

사조(思潮)적 개념은 예술 창작 정신에 있어 하나의 경향적인 범주로서 귀납적으로 구성된 것이다. 따라서 개개 작품의 독자성과 자율성을 승인한다면, 당연히 고정된 사조적 개념의 수준을 해체하는 과정으로부터 논의를 시작해야 할 것이다. 그러나 담론을 구성하고자 하는 연구자나 비평가의 욕망은 작품의 독자성을 담론의 보편성 속에 밀어 넣으려 한다. 그것은 외따로 떨어진 작품들의 맥락을 읽어내고 한 작가의 삶을 '문학적 삶'으로 재구성하는 데에 유용하지만 동시에 작품의 유기적인 생명력은 휘발되기 쉽다.

작품의 현상학이 내뿜는 깊이의 끈을 놓치지 않는 작가론적 담론 구성은 교양 수준의 비평에도 요청되는 필수적 구비사항일 것이다.

그러나 저간의 상황을 돌아보면 비평의 난경(難境)이라고 해야 할 지도 모르겠다. 담론적 맥락을 위해 좋은 작품은 억압되고 나쁜 작품이 숱하게 무대 위로 등장하는 난감한 예들을 종종 보게 된다. 세계 인식과 내면의식을 모티프로 한 비평 주제들이 말미에 가서는 곧잘 동어반복에 그치고 마는 것 역시 이와 크게 다르지 않은 예이다. 형식비평의 한계로부터 비롯되었겠지만 작가론 비평의 약점인 것은 분명하다.

전후 한국 시인 중 보기 드문 미학적 완성도를 지닌 시인으로 손꼽히는 김종삼의 경우에도 이와 같은 사정은 비근하다. 비극적 세계인식과 초월의식을 바탕으로 한 낭만주의, 그리고 절제와 여백을 배경으로 한 고전주의적 세계. 일견 대척적으로 받아들여지는 상이한 시각이 김종삼의 시세계를 중심으로 공존하고 있다. 시적 자아의 세계 인식과 그 문학적 대응이라는 측면에 한정한다면, 낭만주의와 고전주의는 대립적이며 대타적인 자세로 볼 수 있다. 그럼에도 불구하고 이 상이한 시각과 척도가 특별한 거부나 반론 없이 받아들여지고, 또한 제각각 다른 각도에서의 의미 규정이 분분하게 열거되고 있는 이유는 무엇일까. 물론 전자에는 세계 인식이, 후자에는 시작 방법론의 측면이 강조된다. 그러나 세계인식과 시의식, 그리고 창작 방법론과 형식의식은 대체로 시인의 시작(詩作) 과정에서 동행하기 마련이다. 따라서 한 측면에 편향적으로 기대어 사조적 명칭과 그에 따르는 의미를 부여하는 것은 비평적 호사취미이거나 해석적 편의의 소산이라는 비판에서 벗어나기 어렵다.

김종삼의 시에 대한 허다한 호의적 평가에도 불구하고, 아직 김종삼의 훌륭한 시편에는 제대로 조명되지 못한 부분이 있다. 뛰어난 시라고 평가받지만 '왜, 어떻게' 뛰어난지에 대한 구체적인 분석이 아직 이루어지지 않은 경우가 태반이다. 김종삼의 대표시 중 하나인 「북치는 소년」의 경우에도 그 작품 분석이 구체적이고 심층적으로 수행된 경우는 거의 없다. 작품의 표층에 드러나 있거나 내포적인 서사를 읽어 넣고 시적 효과를 암시하는 등의 수준에 그치는 경우가 많다.

한 시인의 시세계를 특정한 사조적 영역에 편입시키거나 작품의 생산 저간에 관련된 사정을 해석하고 해설함으로써 그 비평적 직분이 소진되는 것은 아닐 것이다. 비평가와 연구자는 작품 외적인 사정과 배경에 의지하기보다 작품의 구조와 문법과 독자로의 소통 경로를 면밀히 분석함으로써 그 효과를 설명해내고 한 편의 시가 지니는 가치를 설득함을 첫 번째 의무로 가져야 한다. 물론 작품의 발생론적 탐구와 작품의 형식 분석은 유기적으로 연결되어야 할 것이다. 그러나 그 우선순위가 역전되거나 어느 한 쪽이 다른 한 쪽을 억압해서는 안 된다. 작품과 시인에 대한 이해를 위해 양자를 기계적으로 결합하거나 적절한 차원에서 타협하려는 시도 역시 더더욱 바람직하지 않다. 무엇보다 작품의 형식성에 바탕을 둔 면밀한 읽기가 전체를 통괄하는 맥락을 획득하는 과정이야말로 비평의 가치와 위의를 보다 분명하게 한다.

주제론이나 작가론에 관심을 두고 있는 비평적 접근이라면, 시인의 자의식과 내면세계의 유니크한 맥락을 그 자체의 설명 원리가 아닌, 장르적 질서와의 연관 내에서 뽑아 올릴 수 있어야 할 것이다. 그렇지 않으면 예로 든 것처럼 동어반복에 머무르거나 파편화된 해석과 이해에 착종될 위험을 항상 내포하고 있다.

2

김종삼의 시세계를 초월적 낭만주의로 규정한 것은 김현이었다.[1] 그는 김종삼의 「園丁」에 나타난 세계와의 불화와 화해 불가능성을 바탕으로 비극적 세계인식의 근원을 추출했다. 그의 이 견해는 별다른 반론 없이 받아들여졌고 이후 이러한 시각을 줄기로 한 작가론적 탐구가 속속 진행되었다. 같은 글에서 그는 '묘사에 있어서의 과거체 사용의 의미' 등 기법적 측면들도 지적했으나 이에 대해서는 더 구체적인 논의가 이어지지 않았다. 김종삼 시의 뛰어난 미학성과 완성도와는 별개로, 그간의 후속 논의는 그의 시세계를 형성한 시의식과 내면 세계를 추적하려는 데에 더 관심을 두어온 감이 있다.

이러한 터수에 김종삼의 시를 '여백의 시'로 규정하고 그 시적 효과를 '잔상의 미학'으로 설명했던 황동규[2]는 오히려 예외적이다. 그는 대체로 김종삼 시의 행간이 가진 의미들을 적확하게 집어내고 있었다. 이후 김종삼 시의 형식성과 기법에 관심을 가진 연구들이 간헐적으로 나타나지만 그 미학적 실체에 대한 관심은 더 심화되지 못하고 있는 듯하다. 이 글에서는 황동규의 논의를 중심으로 김종삼의 「북치는 소년」이 가진 미감의 구조를 비교적 상세히 따져 보고자 한다.

내용 없는 아름다움처럼

가난한 아희에게 온

---

1) 김현, 『시인을 찾아서』, 민음사, 1975.
2) 황동규, 「잔상의 미학」, 『북치는 소년』 해설, 민음사, 1979.

서양 나라에서 온
아름다운 크리스마스 카드처럼

어린 羊들의 등성이에 반짝이는
진눈깨비처럼

—「북치는 소년」

　엘리엇이 '시란 이해되지 않고서도 전달될 수 있다'는 취지의 말을 한 바도 있듯이, 시에 대한 수용 과정에 해석적 이해가 필수적으로 요청되는 것은 아니다. 굳이 불확정성과 불가해성을 기반으로 하는 현대성의 언어를 들먹이지 않더라도, 시적 구조와 언어의 모호함은 (그 목적의식과 일관성이 전제된다면) 오히려 긴장을 강화하고 작품에 대한 매혹적 수용과 전달을 촉진하는 계기가 될 수도 있다. 그러나 우리는 그 말을, 다양한 해석 가능성을 위해 분석적 해석을 유보하고 자의적 해석을 경계해야 한다는 의미로 받아들일 수도 있을 것이다. 시 작품이 가진 다채로운 의미의 빛을 건져 올리기 위해서는 무엇보다 단단하고 흔들림 없는 해석의 공통분모가 필요하다. 물론 이러한 해석적 정초는 최소한에 머물러도 좋다. 해석은 의미의 출구를 위한 것이지 그것 자체로 이해의 완결에 이르지는 못하기 때문이다.

　시의 해석을 위해 몇 가지 원칙을 정해 둘 필요가 있을 것이다. 먼저, '과도한 읽어 넣기'를 경계해야 한다. 작품 속에 완결된 형태의 비의(秘意)가 있다는 것을 전제로 한 '읽어 내기(reading out)'를 대체하고 있는 '읽어 넣기(reading into)'는 작품의 비종결성을 승인하고 해석의 차원을 의미의 개방성으로 유도하려는 텍스트론적인 전략에서 비롯되었다. 이에 따라 '모든 해석은 어차피 읽어 넣기'라는 극단적 견해도 등장하게 되었다. 그러나 읽어 넣기는 텍스트의 해석 가능성을 확장하고 해석적 잠재성을 확인하는 방식으로 탄력적으로 이루어져야 한다. 하나의 읽기 방식에 타당성과 정당성을 부여하기 위해 아직 공인되지 않은 주관을 개입시키는 것은 읽어 넣기의 수용 범위를 초과한 것이다. 때때로 주관적 해석은 관습에 대한 투항이라는 의심을 사기도 할 정도로 불성실한 독법의 징표가 되기도 한다. 둘째, 맥락을 고려한 읽기여야 한다. 하나하나의 작품은 한 작가의 작품 전체라는 액자 속의 작품이라고 보아야 한다. 전체 작품과의 기법적, 인식적 연관을 떠난 읽기는 설득력을 가지기 어렵다.

먼저 이 시의 창작적 정황을 재구성해 보자. 여기에 대해서는 이미 많은 논의가 있어 왔다. 시인이 북을 치는 소년이 그려진 크리스마스 카드를 보고 있다는 것에 대체적으로 동의하고 있는 듯하다. 그러나 만일 그렇다면 이 시는 김종삼의 시세계에 있어 매우 독특한 시가 된다. 김종삼은 실재하는 특정한 사물을 시적 대상으로 하거나 묘사한 시를 거의 남기지 않았기 때문이다. 잘 알려진 「물 桶」이란 시에서 물통은 실재가 아니라 상징적 의미로 쓰였으며, 「문짝」에서는 문짝 그 자체보다는 문짝 안의 풍경을, 「뾰죽집」에서는 집이라는 건물과 공간이 아니라 주변 풍경과 그 앞에서 놀고 있는 "嬰兒"를 그리고 있는 것이다. 나아가 이들 광경 역시 실재하는 풍경이라기보다 환상에 가깝다. 「트럼펫」에서도 시적 화자는 역시 실재하는 트럼펫이 아니라 어디서 누군가 불고 있는 트럼펫 '소리'를 어렴풋이 듣고 있으며, 음향적 정조를 공간화하여 은은하게 확산되는 향취와 미감을 자아내고 있다. 이렇게 볼 때, 시적 화자가 특정한 크리스마스 카드를 바라보며 그 모습을 묘사하고 있다고 읽는 것은 일단 보류하는 것이 마땅하다.

그렇다면 이 정황을 어떻게 보아야 할까.

'북치는 소년(The Little Drummer Boy)'은 잘 알려진 크리스마스 캐럴이다. 김종삼은 「베루가마스크」, 「둔주곡」, 「앤니 로리」, 「아데라이데」 등 음악 곡명을 제목과 소재로 사용하여 본문의 시적 분위기를 환기하는 시를 많이 남겼다. 따라서 「북치는 소년」 역시 이와 유사한 창작 의도에 따라 쓰였다고 일단 잠정적으로 간주할 수 있을 것이다.

시인은 캐럴송 '북치는 소년'을 듣고 있다. 크리스마스 즈음이다. 그는 음악이 들려주는 아득한 공간을 따라 간다. 그것은 "내용 없는 아름다움"과 같이 잔잔하고 목적 없는 몽환적 공간이다. 아무 것도 적혀 있지 않은, 그러나 멀리 서양 나라에서 가난한 아이에게 배달된 크리스마스 카드. 이 가난한 아이는 시인 자신일 수도 있다. 그리고 그 카드에는 진눈깨비가 흩뿌려지는 언덕을 넘어가는 양떼가 그려져 있을 것이다.

문면에 드러난 것만으로는 시적 화자가 크리스마스 카드를 보면서 이야기를 풀어나가는지, 아니면 '북치는 소년'이라는 음악을 들으며 유년 시절의 한 장면을 회상하고 있는지 확언하기 어렵다. 그러나 지금 이 글의 목적은 시인의 창작 배경을 밝히는 것보다 이 시의 독서가 주는 감동이 어디서 유래하는가에 있다. 3연 총 6행으로 이루어진 이 시의 서사적 국면만으로는 더 이상의 시적 효과를 발견해내기 어렵다. 아무래도 "내용 없는 아름다움"이란 구절이 내포하고 있는 주제적인 확산성, 그리고 각 연의 말미에 뭔가 생략된 듯 보이는 구문의 불완전성 등이 시적 구조와 의미의 맥락에 깊이 관련되어 있는 듯하다.

3

　황동규는 김종삼 시의 공백이 긴장과 미감을 일으키는 계기를 '잔상 효과'로 설명했다. 꼭 있어야 할 것을 그 자리에서 빼어 버림으로써 그 빈 자리에 앞서 나온 시행의 울림이 있게 한다는 것이다. 김종삼은 이 '감각의 관성'을 최대한 이용하고 있다는 것이다. 적절한 설명으로 들린다. 그러나 작품 구조와 독시(讀詩) 기반의 해명은 여기까지로 멈추며, 여전히 물음은 남는다.

　스스로도 묻고 있지만, 감각의 관성은 모두 아름다움과 미적 쾌감을 일으키는가, 잔상 효과는 생략 다음에 늘 이어지는가라는 점이다. 그는 김종삼의 시행 생략과 공백 내부에 '인간 부재 의식'이 들어있다는 논리적 거점을 마련한다. "아름다움이 들어 있는 부재는 그 자체만으로 自足의 세계를 이루게 된다"는 것이다. 아직 해명되어야 할 개념인 '아름다움'을 전제로 사용하고 있다는 점을 묵인한다면 대체로 받아들일 수 있는 논리이다. 삶과 일상과의 관계를 단절한 내면 세계와 자족적 형식에의 창작 심리 사이에 밀접한 연관이 있다는 입론은 타당성이 있다. 그러나 이러한 타당성은 아직 유추의 차원에 한해서 인정될 뿐이며, 그 관계는 여전히 해명되어야 하는 과제로 남아 있다. 또한 그 타당성이 통괄적 맥락의 정당성으로 확장된다고 해도, 그것은 해설에 불과하며 시적 효과의 요체는 여전히 미답으로 남는다.

　황동규의 경우 김종삼 시의 감동이 내장하고 있는 비밀을 탁월한 혜안으로 집어냈지만 정작 구체적으로 설명되어야 할 시적 형식과 시적 인식의 연결고리를 작가론적 모티프로 결합시키는 데에 멈추었다.

이는 후속 연구자들의 경우에도 그 사정이 그리 크게 다르지 않다. 황동규의 지적이 그만큼 명료하다는 반증이 될 수도 있을 것이다. 그러나 동시에 그가 규정한 개념이 지나치게 넓은 함의를 가지고 있는 것은 아닌지 되돌아보게 된다.

공백의 '잔상 효과와 감각의 관성'은 엄밀한 관점에서 이미지 일반의 작용과 관련지어 설명될 수 있다. 이미지는 감각적 작용에 의해 시적 자아, 또는 독자의 정서에 남겨지는 잔상(殘像)을 말한다. 그런데 이미지의 효과는 감각 작용 그 자체가 일으키는 것이 아니라 감각과 연결된 정신적인 사건, 즉 정신적 연속성으로서의 사건에서 비롯된다고 보아야 한다. 감각의 연결, 자극의 결합, 공통감각적 지각으로 이어지는 일련의 지각 및 인식 작용에 이미지 효과의 요체가 있으며, 이른바 '잔상 효과와 감각의 관성'은 이 과정에 주도적으로 참여한다.

이렇게 보면, '공백'으로 하여금 시적 지각을 확장하며 긴장을 불러일으키게 하는 요소는 아직 명확히 설명되지 않은 셈이다. 즉 시적 여백이 이미지의 감각적 효과를 확장하고 완성한다고는 말할 수 있겠지만, 결국 이미지의 본질적 작용에 대한 설명을 여백의 지각 효과에 대한 해명으로 대체한 것으로 볼 수 있다.

황동규는 이 시의 여백적인 효과를 '생략'에 의한 것이라고 지적했다. 각 연의 말미에는 "북치는 소년"이라는 시구가 생략되어 있으며, 이 비어 있는 자리가 반복적 여운을 통해 울림을 가져 온다는 것이다. 그러나 '생략'에 대해 조금 더 고려해볼 필요가 있다.

'생략(省略)'이란 "빼거나 줄임, 또는 빼고 줄임, 혹은 빼서 줄임"이라는 의미를 가지고 있다. 주로 '빼서 줄임'의 의미로 쓰인다. 즉 '소거'와 '축약'의 복합적 의미이자 동시적 작용이라고 볼 수 있다. 문학 작품 속에서의 생략은 특정한 형식 요소를 소거함으로써 작품 전체의 구조적 틀을 축약하는 장치이자 효과를 의미하는 것이다. 따라서 작품의 전체적인 형식과 구조를 염두에 둔 개념이다('빼거나 줄임'으로 생략의 의미를 다소 느슨하게 받아들이고, 또 그렇게 사용된 것으로 인정할 수도 있다. 그럴 경우 특히 형식 분석에서는 개개의 작품마다 서로 다른 기준으로 이 '생략'이란 단어를 사용하는 것이 되기 때문에 엄밀한 개념적 논의의 대상이 되지 못한다).

따라서 시 작품에서의 생략 효과는 작품의 내재적 구조에 밀도를 더하는 동시에 형식적 구조를 강화하는 방향으로 작용한다. 즉 빼서 줄이는 작용은 철저히 작품의 형식성과 동행하며, 작품의 형식적 구조가 뒷받침되어야만 그 효과가 성립하는 것이다. 예를 들어, 김소월의 「먼 후일」[3]과 같은 시를 보자. 조건절과 서술어를 제거함으로써 시적 자아의 정서를 점층적으로 증폭시키며 동시에 시적 구조의 논리성을 강화하고 있다.[4] 그러나 제거된 발화 요소들은 시의 언술 과정에서 해소되지 않고 여전히 작용하며, 오히려 그 형식적 기능과 통사적 국면은 더욱 강화된다. 즉, 시적 구조에서의 생략 효과는 작품의 형식성과 언술 체계를 기반으로 발생하며 그 주된 경로는 통사적 논리에 의한 형식 구조를 강화하는 방향으로 나아간다.

김종삼의 다른 시에서도 이와 유사한 생략 효과를 발휘하는 예가

---

3) 먼 훗날 당신이 찾으시면 / 그때에 내 말이 잊었노라 // 당신이 속으로 나무라면 / 무척 그리다가 잊었노라 // 그래도 당신이 나무라면 / 믿기지 않아서 잊었노라 // 오늘도 어제도 아니 잊고 / 먼 훗날 그때에 잊었노라

4) 자세한 해석은 졸고, 「여백과 현대시」, 『시안』, 2007년 가을호 참조.

있다. 대표작의 하나로 잘 알려진 「민간인」에서는 사건이 일어나는 역사적 배경과 구체적 정황을 발화 차원에서 제한하고 있다. 다른 작품과 달리 특정한 시간과 공간을 적시하고 있는 한편 정황적 배경은 시공간적 배경에서 소외되었다는 점에서 서사적 진술의 축약으로 볼 수 있다. 이 작품에서 독자가 느끼는 초기 정서는 다분히 그 서사적 배경에서 비롯된다. 그런데 그 정서가 증폭되는 것은 메마르고 경직된 어조와 맞물린 시적 화자의 서사적 발화에 의해서이다. 따라서 서사의 축약은 시적 화자의 절제된 발화를 기반으로 은폐된 서사 구조를 입체적으로 환기하며 드러내는 방향으로 나아간다. 이 시에서도 결국 생략 효과는 시적 발화의 형식적 구조를 강화하는 방식으로 작용하는 것이다.

그런데 이 시 「북치는 소년」의 여백 효과를 이 정도 차원의 통사적 국면 내에서 이해해야할 필요가 있을까. 각 연의 끝에 있는 "~처럼" 다음에 무언가 생략되어 있음에는 틀림없다. 그런데 그 생략된 것이 제목인 '북치는 소년'이라고 단정할 수는 없다. 물론 그 자리에 "북치는 소년"을 대입해보면 의미가 매우 잘 소통되고 통사적 논리도 완결된다. 그러나 통사적 논리와 의미 소통의 완결성만큼 시적 울림이 비례하여 증폭되는가 물어야 한다. 수미 상관되는 완결 구조는 시의 정서적 소통 회로 안에서는 그만큼 폐쇄적으로 작용한다. "~처럼"과 "북치는 소년"이 그대로 연결(연상)된다면 그 사이에 다른 내용의 관념이나 연상, 분위기가 개입하기 힘들어진다. 물론 시인은 이러한 통사적 구조를 염두에 두었을 수 있다. 그러나 시인의 의도와 시적 효과는 구분되어야 한다. 우리가 이 시를 읽을 때 느끼는 감흥과 정서의 울림은 "북치는 소년"이라는 어구가 생략되고 그 자리에서 울리는

"북치는 소년"의 기표가 제공하는 여운에 그치지 않는다. 그렇다면, 이 시의 여백적 배치들이 정서적 울림을 주는 이유는 또 어디에 있을까. 먼저 이 시의 언술 구조와 발화 양식을 따져 볼 필요가 있다.

1연의 "내용 없는 아름다움"은 시적 화자의 주관이 개입된 관념적 진술에 가까우며, 2연은 상상적 진술, 3연은 묘사적 진술이라고 볼 수 있다. 2연을 주관 서술과 객관 서술의 경계로 본다면, 이 시의 발화 구조는 주관 서술에서 객관 서술로 서서히 이동하는 방식으로 짜여 있다. 주관 서술은 표현 대상과의 거리를 무화하며 서술 주체가 대상을 직관적으로 장악하게 된다. 반면 객관 서술은 서술 주체의 존재감 제거와 비례하여 주체와 표현 대상과의 거리를 생성시킨다. 이러한 표현 대상에 대한 서술 방법의 혼합과 이동이 주는 효과는 무엇일까.

서정시에서의 대상 표현이 흔히 시적 긴장을 놓치게 되는 주요한 이유 중 하나는 시적 화자의 정서가 언술 주체의 목소리에 결합됨으로써 거리 감각을 상실하게 되는 데에 있다. 익숙한 대상에 대한 낯선 발견은 자아와 대상과의 거리 조정으로 인해 가능해질텐데, 시적 화자와 언술 주체의 발화 수준과 그 거리는 이미지에 탄력과 긴장을 주는 요체가 된다.

이 시에서는 "내용 없는 아름다움처럼"이라는 주관 서술이 대상에의 냉정한 표현력을 강화하는 객관 서술과 공존함으로써 결국 주관 서술의 정서적 대상 장악력과 객관 서술의 표현력을 동시에 강화하는 역할을 하고 있다. 독자는 "내용 없는 아름다움"이 환기하는 정서적 통일감을 개별 대상의 묘사적 표현인 3연에 이르기까지 유지할 수 있으며, 3연의 보다 구체화된 묘사적 진술은 1연의 추상적 진술의 울림 속에서 고착되지 않는 이미지의 여운을 남길 수 있다. 1연에서 3연에 이르면서, 서술 주체와 표현 대상과의 거리는 점점 멀어지고 있지만, 반면 표현 대상은 점점 더 구체화되며 확대된다. 그것은 감각적 이미지의 전개 과정과 동행한다. 3연에 와서야 비로소 감각적 이미지가 나타나는데, 각 연에서의 몽상적 국면은 감각적 이미지의 탄생과 함께 독자의 정서적 흐름에 역동성을 부여한다.

이 시의 팽팽하게 짜인 발화 구조는 일종의 줌인(zoom-in) 효과를 가져오는 것이다. "내용 없는 아름다움"은 아무 것도 쓰여 있지 않은 카드에 대한 착상에서 비롯되었겠으나, 시를 읽는 독자에게 이 말은 시 전체를 통괄하는 추상적 주제로 환기된다. 추상적 진술에서 상상적 진술, 그리고 묘사적 진술로 이어지는 장면을 통해 독자는 아득하고 몽환적인 하나의 장면 속으로 걸어 들어갈 수 있게 된다.

그런데 단순히 주관 서술과 객관 서술을 결합하거나 그 계기적, 점층적 구조를 구축하는 것만으로 이 정도의 정서적 울림을 끌어낼 수는 없을 것이다. 또 하나의 장치는 표면 통사구조에 보이는 것과 같이 종결되지 않는 수식에 있다. 각 연의 말미에 있는 "~처럼" 뒤에 환기되는 것은 "북치는 소년"과 같은 그 어떤 특정한 명사나 모습, 형태가 아니라 "~한"과 같은 관형절일 것이다. 이 수식은 끝없이 이어진다. 동원된 시어들은 개별적인 이미지를 꾸밀 수 없는, 지시성이 소거된 단어들이다. 특히 "서양 나라"와 같은 단어가 품고 있는 천진성도 이 시어들의 아우라에 투명성을 더한다. 또한 "아희"라는 기표가 제공하는 효과 역시 투명성에 봉사한다. '아이'는 김종삼의 시에 자주 등장하는 인물이다. 아이는 어떤 것도 가지지 않았으므로 상실을 두려워하지 않는다. 아이는 사물의 질서를 강요하지 않으며 특정한 관념을 고집하지도 않는다. 따라서 "가난한 아희"라는 표현은 삶의 궁핍함과

상실감을 직접적으로 표상하지 않는다. "가난한 아희"는 여타의 인간
적인 감정이 부수적으로 개입되기 어려운 그 자체의 절대적인 이미지
에 가깝게 남는다. 이미지는 자연적 인간성이나 경험적 계기들로부터
풀려나면서 하나의 다의적인 공간에 들어선다. 이 때 독자와 시는 이
해가 아니라 암시의 영역에서 만나게 된다.

4

"~처럼"과 같은 표현으로 이루어진 이 시의 비종결 수식은 통사적
지배관계의 관습을 넘어서 있다. 시구들은 경험 연관들의 오염으로부
터 자유로워지면서 서로의 행간을 간섭하며 일정한 물리적 효과를 만
들어 낸다. 완결되지 않고 열려 있는 구문 형식, 언어 단위들의 투명
성은 행간을 울리는 공명을 남긴다. 단어들은 줌인과 줌아웃을 반복
하며 확정되지 않는 의미층들을 낳는다. 이 시를 읽으며 손에 잡히지
않는 어떤 리듬이 감득된다면 그것일 것이다. 이것이 이 시의 여백 효
과를 형성하는 요소라고 할 수 있다. 개방적이며 입체적인 시적 구조
는 독자들의 개별적인 추체험이 횡단할 수 있는 통로가 된다. 독자는
각자의 고유한 추체험에서 비롯된 정서와 느낌을 그 어떤 언술 체계
의 권력에 강요받지 않고 자유롭게 유영할 수 있는 것이다.

생략이란 시적 형식의 엄밀성을 추구하며 특정한 전언의 효과를 강
화하는 방향으로 움직이나, 이 시에서의 의미 단위들의 소거는 시적
형식의 해체를 통해 무정형의 전언을 무한대로 생성한다. 따라서 형
식 지향적이라기보다 형식 초월적이다. 지시성이 소거되어 양식화된
언어는 일정한 수학적 추상성의 힘을 획득하게 된다. 시적 화자의 진

술은 경험적 질료와 주제적 정념이 아닌 언어적 욕구 자체만을 방출
함으로써 하나의 극적인 긴장만을 남긴다. 이 때 비워진 자리들을 통
과하는 것은 특정한 내용이나 주제가 아니라 어떤 긴장의 극이다. 결
국 독자는 빈 곳에 서사를 채워 넣음으로써 감동받는 것이 아니라, 단
련되고 절제된 언어 자체의 청명성위로 추상적인 감흥이 횡단하는 것
을 경험함으로써 상쾌함을 느끼는 것이다.

　이렇게 본다면 「북치는 소년」이 김춘수의 '무의미시'와 유사한 세
계에 접근하고 있는 것이 아닌가 하는 의문이 생긴다.[5] 그러나 김춘
수가 추구했던 것은 매우 건조한 세계였다. 그는 시에서 관념과 철학
을 배제하여 결론과 의미가 없는 세계를 구축하고자 했다. 그러나 김
종삼은 특정한 관념을 애써 배제하려 하지 않았다. 다만 특정한 시선
과 의도를 배제하려 시적 언어를 어떤 정신적 응축의 힘 아래에 두려
고 했다. 김종삼도 김춘수와 같이 결론 없는 시를 추구했지만 그렇다
고 의미까지 배제하지는 않았다. 그 의미는 주제가 빠진 의미이며 다

---

5) 기법적 차원에서도, 그렇다고 인식론적 차원도 아닌, 존재론적 차원에서 「북치는 소년」
을 읽으려 했던 이가 김춘수다. 그는 이 시에서 일상적 장막이 완전히 벗겨진, 일상적 협
잡물의 저편에 있는 '내용 없는 아름다움'의 아름다움이 전해주는 일상성의 덧없음을 보
았다. 이 때 우리가 느끼는 일상적 존재자로서의 무상성이 주는 슬픔이 시의 본질이며 이
시에서의 감동이 주는 주된 요소라는 것이다(김춘수, 「김종삼과 시의 비애」, 『김춘수 시
론전집 I』, 현대문학, 2004). 하이데거는 예술 작품의 본질을 미의 표상에서 은폐된 존재
의 본질을 드러내는 진리의 차원으로 옮겨 놓았다. 김춘수의 독법이 하이데거 예술론을
번안하는 과정에서의 인용에 불과할지 모르지만 대체로 이 시의 울림이 주는 한 측면을
밝혀주고 있다. 그러나 이러한 이해에는 시적 언어가 작품으로 상륙하기까지의 과정, 또
는 '내용 없는 아름다움'의 수용 과정이 제외되어 있다. 물론 그는 구태여 설명할 필요까
지는 없다고 생각했을지도 모른다. 그러나 만일 김춘수가 이 시를 그 수용 과정과 관련하
여 현상학적으로 분석하려 했다면, 위와 같은 현존재의 존재론이 아니라 하이데거의 또
다른 존재론, 즉 '오염된 일상적 언어체계부터의 탈은폐'라는 언어 존재론적 측면에서
접근했을 것이다.

른 모든 의미가 횡단하는 통로로서의 의미이라고 할 수 있다. 시적 언어의 투명성이 김춘수에게는 지적 치밀성과 방법론적 목적의식에 의한 것이었다면, 김종삼에게 그것은 일종의 유미주의적 엄격성으로 인한 자연발생적인 것이었다.

  시인 김종삼의 내면 세계를 초월적 낭만주의로 규정하는 것에 대해 그 자체가 잘못되었다고 말할 수는 없다. 그러나 그의 시가 현실에 대하여 초월적이라고 한다면 다분히 일면적인 시각에서 비롯된 것이다. 언어가 현실 차원의 지시적 의미에서 탈각하여 사물화되면서 절대 언어로 고양되는 공간을 시적 현실이라고 말할 수 있다면, 「북치는 소년」은 이러한 시적 현실을 향해 직핍한다고 볼 수 있다.

  「북치는 소년」의 구문적 공백에서 발생하는 여백 효과는 내용의 소거나 생략으로 인해 그 빈 곳에 다시 특정한 내용이 첨가될 수 있는 가능성으로 완성되지는 않는다. 주제와 이미지, 그리고 형식까지도 포괄하는 내용의 소거 과정 자체가 이 시의 의미론적 진폭을 형성한다. 이 때 언어의 절대적 가능성이 확대됨으로써 진동하는 정서적 바이브레이션이 이 시의 시적 여백을 형성한다. 이것을 일종의 음악적 형식으로 보아도 좋을 것이다.

3. 보이지 않는 악출허(樂出虛)의 음률

— 마종하론

1

全人的인 시 세계의 확대에 젊음의 전부를 바치고자 했다. 그러기 위하여 시를 배반하는 욕된 생활은 애써 피했고 그 수모마저도 모두 시로 표현해 냈다.

위 인용문은 마종하 시인의 첫 시집인 『노래하는 바다』(1983)의 「自序」 일부분이다. "시를 배반하는 욕된 생활은 애써 피했"다는 회고와 같이, 그가 젊음을 통과한 60년대와 70년대의 생활과 문학 사이에서의 분열과 좌절과 그 자괴감은 지금까지 발표했던 5권의 시집 속에 진솔하게 표현되어 있다. 그만큼 마종하 시인은, 거짓과 위선으로 가득 찬 사회에 대한 냉소와 환멸을 자신의 내면으로 돌려놓는, 정직하고 소박하지만 동시에 그럼으로써 더 뼈아픈 내면을 야멸치게 응시하는 시선을 지속적으로 시 창작에 담아내었다. 경직된 현실과 속물화된 일상과, 가난한 이웃들의 현실에 대한 자괴와 슬픔, 그리고 위선과 타협하지 않으려는 자존과 결벽성들이 "헐벗은 술잔"(「마음 붙일 곳」)에 몸을 부대끼고, 두려운 "다수의 그늘"(「주의에 관한 명상」) 속에서 공구 수리점 청년들 같은 우울한 이웃들의 "기름 엉긴 영혼"(「쇠밧줄」)과 함께 불면의 꿈을 함께 하는 것이다.

남루한 생활과 사람들의 위선에 찬 사회에 몸을 댄 시인에게, 시 쓰기 역시 자신의 내면이 매끄럽게 통과하지 못하는 아킬레스건의 하나이다. "영원으로 간, 시인 아닌 시인들의, 초상 앞에서 / 우리들의 나로서는 언제나 부끄러웠으며"(「극약의 어둠 속에서」, 『한 바이올린 주자의 절망』), "농부들의 시든 검은 연기, 이 시대의 나는 시인이 아니다"(「넓이」, 『한 바이올린 주자의 절망』)라는 끝없는 자성과 고백 속에 자신을 잠그는 것이다. 그러나, 우리 시대의 모든 허위에 대한 삿대질이 자신을 포함한 모든 시인은 사기꾼이라는 매우 염세적인 시인관에 도달하고 말았다는 어느 평론가의 지적(『한 바이올린 주자의 절망』 해설)은 다시 생각해 볼 필요가 있을 것이다.

2

돌이켜보면, 내가 한 일이란
서툴고 건방진 대로 용접공과 같은 것이었어.
언어 용접, 말씀 용접, 정신 용접
대낮의 푸른 불꽃, 눈 아프게 부신 꿈
그 열로 혼자 버둥거렸어.
(중략)

앞으로 보면, 내가 할일이란
거칠고 사나운 대로 배관공과 같은 것이지.

　　동맥 배관, 정맥 배관, 사랑 배관
　　어둠의 붉은 핏줄, 음극광의 네온사인.
　　그 꿈으로 혼자 허둥거리지
　　(후략)

—「두 길 · 21」(『한 바이올린 주자의 절망』) 부분

　보안경을 얼굴에 쓴 채, 세상의 언어와 말씀과 정신을 지지고 녹이고 때워 붙였던 그의 시를, 그는 길바닥에 앉아 혼자 버둥거리는 허명에 찬 '헛소리'로 명명한다. 그러나 "어둠의 붉은 핏줄, 음극광의 네온사인"을 외면하지 않고 "크레인 쇠사슬도 허리에 감고" 동맥과 정맥과 사랑을 배관하는 것이, 바로 그가 해야 할, "거칠고 사나운 대로" 해야 할 일이란 것을 그는 자각하는 것이다.

　'용접'과 '배관'이란, 그의 끈질긴 자의식의 시편들에 비추어보면 일견 하나의 기발한 은유에 지나지 않는다. 그러나 한 사람의 시인으로서 내면적 성찰과 이웃의 궁핍을 외면하지 않는 그에게 언어와 정신을 오가며 스스로의 양심을 '용접'하는 것과, 언어와 세상사의 슬픔 사이를 "크레인과 쇠사슬을 허리에 감고" '배관'하는 것은 보다 중요한 의미를 담고 있다. 우리는 그 '용접'과 '배관'에 대한 의식 사이에서, 그의 윤리의식과 시 쓰기의 도덕적 자세에 대한 하나의 미학적 지향을 들여다 볼 수 있을 것이다.

　시인이기 이전에 한 인간으로서 지녀야 할 최소한의 양심과 단절되어 있는 일상, 내면의 뼈아픈 각성을 현실로 옮기지 못하는 소시민적 삶 속에서, 그가 찾은 길은 얄팍한 지식과 배타적인 양심과 속물적인 연민과 위선적 도덕 대신, 스스로의 내면적 고통이 울려나오는 육신의 소리에 귀를 기울이는 것이다.

나는 눈을 번쩍떴어.

갑자기 귀를 찢듯, 못 뽑히는 소리.

몸 빼어내는 소리에, 나는 비로소

소스라치게 깨어날 수 있었지.

낡은 모자를 쓴 한 용인이

커다란 장도리로 문과 벽 사이의 대못을

망가진 문과 벽을 뜯어 고치고 있었으므로

나도 인제 나를 뽑아내는 길밖에.

그렇다. 대못을 뽑듯 나를 뽑아야 한다.

(중략)

저 헐렁하게 휘파람 부는 용인처럼

나도 이제 나를 뽑아내야 하는 거야.

이제 제법 힘을 모았으므로

힘깨나 쓰게 되었으므로

이제 다시 강인하게

못 뽑는 소리, 몸 빼어내는 소리.

벗어나고, 벗어나고, 벗어나는 소리

—「못 뽑는 소리」(『파냄새속에서』) 부분

"벗어나고, 벗어나고, 벗어나는 소리"라고 소리치고 있는 것처럼, 진실하지 못한 일상에 매몰된 자신으로부터, 시인은 그 모든 예속으로부터 벗어나는 소리를 듣는다. 패배적 삶과 소시민적 일상이 묶어 놓은 내면이 "대못"을 뽑아내듯 뽑혀나갈 때, 시인은 스스로를 버리고, 잊고 난 후의 강인하고 진실한 음악을 듣는다. 그 음악은 시인의 내면과 육신이 비워진 자리를 휘도는 바람이 내는 맑고 정직한 소리이다.

헛소리를 많이 한 날
나는 헛소리가 되었다.
부러진 대나무의 질긴 살의 가시 속에
바람이 들어찼고
나는 비로소 바람을 가득 지니게 되었다.
줄기가 다른 저마다의 바람이
도처에서 출몰하던 봄
질긴 껍질만으로, 광화문을 열 듯이 걷다가
피울음 솟구치는 투쟁의 바람에 휩쓸리었다.
가라, 가라, 가라, 가라.
오라, 오라, 오라, 오라.
그리하여 봄은 서서히 오는 것이었다.
악출허(樂出虛)의 음률로.

나는 속 빈 피리가 되었는가.
피리는 모든 소리를 자아낸다.
천상에서 들려오는 운석들의 비음도
소리낼 수 있다. 그리하여, 어제는
보이지 않게 빛부신 그 음률을 불어댔고
오늘은 그저 쓸쓸히 시장에 앉아서
국물 소리를 내고 있다.
끓다가 식다가 식다가 다시 끓는
순두부가 되어, 따라나온 막내의
작은 손을 쥐고, 수저를 쥐고
훌쩍훌쩍, 훌쩍거리는 소리를 내고 있다.
그리하여 피리는 속속들이
채워져 비워 있다.

— 「피리」(『활주로가 있는 밤』)

그의 시에서 '헛소리' 는 여러 가지 의미를 지니고 있다. 그것은 시와 시인이란 이름으로 내뱉었다고 자학하는 "독선"과 위선과 "매명"과 "몰염치"(「헛소리」(신작시))가 토해낸 부끄러운 자화상이다. 그러나 자신의 삶처럼 "부러진 대나무의 질긴 살의 가시 속에" 들어 찬 바람을 몸으로 느끼면서, 그의 "헛소리"는 "천상에서 들려오는 운석들의 비음"과 같은, 혹은 시장 바닥의 순두부가 끓는 "빛부신 그 음률"과 뒤섞인다.

'피리'는 시인에게, 세상사의 슬픔과 시의 언어와 시인의 무력함을 "배관"하여 부정에 맞서는 자신을 일으켜 세우는 지친 악기이다. 그 모든 것들로부터 떠나오고 비워내야 하기에 그 피리는 바람만 가득 지닌 "속 빈 피리"가 될 수밖에 없을 것이다. 그 "속 빈 피리"는 부러진 대나무 속의 비어 있는 공간일 수도 있고, 세파의 더러움을 씻어내고 싶은 자신의 육신일 수도 있을 것이다. 우리는 그가 시로써 내는 소리를, '비어 있는 곳에서 울려나오는 소리', 즉 "악출허(樂出虛)"(「피리」,『활주로가 있는 밤』)라는 단어의 시공 속에서 다시 음미해 볼 수 있을 것이다.

3

"악출허(樂出虛)"란 단어은 『장자』의 「제물론」에서 '천뢰(天籟─하늘피리:필자)'란 말과 함께 처음 보인다.. 천뢰 이야기는 남곽자기와 안성자유의 대화로 이루어져 있다. 육신과 정신이 해체되어 '자기(我)'라는 관념을 초탈해버린 남곽자기가 그를 모시는 안성자유의 물음에 대해 육신을 떠난 상태의 소리를 설명하며 이렇게 대답한다. 인용해 본다.

"자네는 사람의 피리 소리는 들었어도 땅의 피리 소리는 못 들었을 게야. 설령 땅의 피리소리는 들었더라도 하늘이 내는 피리 소리는 못 들었을 것이네 …… 무릇 천지가 기운을 내뿜는데 이를 바람이라고 이름하네. 바람이 일지 않으면 소리가 나지 않지만, 한번 불면 온갖 땅 위의 구멍들이 성난 듯이 소리를 내지. 자네도 큰 바람이 윙윙거리는 소리를 들어 보았겠지. 산림이 요동함에 백 이름이나 되는 커다란 나무 구멍은 흡사 사람의 코 같고 입 같고 귀같고 옥로 같고 바리때 같고 절구 같고 깊은 웅덩이 같고 얕은 웅덩이 같기도 하다네. 바람이 불면 구멍들은 제각기 격렬하게 물 흐르는 듯한 소리, 화살이 나는 듯한 소리, 꾸짖는 것 같은 소리, 숨을 가늘게 들이켜는 듯한 소리, 크게 부르짖는 듯한 소리, 낮게 부르는 것 같은 소리, 개가 가늘게 우는 듯한 소리, 개가 울부짖는 것 같은 소리를 내기도 하지. 앞바람이 가볍게 소리를 내면 뒤따르는 바람은 보다 더 무거운 소리를 낸다네. 바람이 살짝 불면 구멍들은 가볍게 응답하고, 바람이 사납게 불면 온갖 구멍들은 크게 화답하다가 사나운 바람이 그치면 구멍들은 고요해지지. 바람이 멈췄는데도 초목들이 여전히 요동하는 모습을 자네는 보지 못했는가? …… 하늘의 피리란 사람의 말이라네. 사람마다 하는 말이 각각 다르지만 스스로 소리를 내는 것이라네. 모두 스스로 얻은 소리인데 말소리를 내는 건 그 누구인가!"

— 「제물론」(『장자』)

그는 사람이 지어내는 소리들, 대자연에서 울리는 소리들, 그러한 모든 소리들의 근거가 되는 소리에 대해서 안성자유에게 이야기해준다. 인간적 의미를 담지한 말 뿐 아니라, 모든 소리들의 근거가 되는 소리는 자연과 하늘의 피리소리, 즉 천뢰(天籟)로 비유되는 것이다.

유가에서는 인간이 인지하기 이전의 소리, 또는 인지할 수 없는 소리는 의미가 없다고 단정한다. 예컨대, 성(聲)보다 악(樂)을 예(禮)의 측면에서 중시하는 것이다. 그러나 노장에서는, 인간이 소리로 인지하기 이전에 이미 세계에는 무수한 선율과 리듬이 흐르고 있으며, 인간의 소리는 그 일부에 불과하다고 본다. 사람이 그 경직된 마음이나 논리를 벗고 버릴 때에만, 자연이 내는 소리의 본질을 들을 수 있다는 것이다.

피리와 같은 관악기를 예로 들어보면, 속이 가득 찬 곳에서는 소리가 나지 않는다. 막혀 있는 관이거나 여백이 없이 팽팽한 현에서도 소리가 날 수 없다. 화가 이우환은 "여백은 이를테면 북을 칠 때 울려 퍼지는 바이브레이션의 공간"[1]이라는 말을 한 적이 있는데, 타악기를 소리 나게 하는 것 역시 그것의 가죽이나 물리적인 형체가 아니라 그 주변의 텅 빈 공간이다. 우리는 그 공간을 여백이라고 말할 수 있다.

마종하 시인의 "질긴 살의 가시 속에" 들어 찬 바람과 그 "악출허(樂出虛)의 음률"은 앞으로 그의 시가 세상의 질곡을 향해 내뱉는 육신의 소리이자 마음의 여백이다. 마음을 비우는 것은 쉬우나(사실 그 말이 쉬운 것이지만), 육신을 비우는 것은 어렵다. 그는 정체를 알 수 없는 "도처에서 출몰하던 봄"을 맞으러 "질긴 껍질만으로", 광화문으로, 시장통으로 걸어다니다 드디어 "속 빈 피리"가 되어버린 자신을 발견하고, 그 빈 내장에서 울려나오는, 순두부 국물을 훌쩍거리며 튕겨 나오는 소리들로 비로소 채워지는 "악출허(樂出虛)"의 육신과 소리를 돌아보는 것이다.

4

대부분 마종하의 시들은 일상적 사유를 전복시키는 어떤 대담하고

---

1) 이우환, 김춘미 옮김, 「여백의 예술」, 『현대문학』 558, 2001년 6월호, 276쪽.

기발한 상상력을 내보이기보다 일상사의 소박한 애환들을 담담하고도 섬세하게 그려낸다. 또는 삶의 쓸쓸하고도 진중한 정서들을 시인의 시적 염결성이 담긴 육성으로 구체화시킨다. 『한 바이올린 주자의 절망』에 등장하는 페인트공이나 학교의 용원과 목수, 수위아저씨, 시장의 나물 파는 할머니와의 담담하고 진솔한 대화에는 '시'라는 이름이 가진 허명을 스스로 부끄러워하는 소박하고 애잔한 고백이 담겨 있다. 그러나 마종하 시인은 자신의 내면이 가 닿은 세상사의 아픔을 그대로 그려내기보다는 시인으로서, 그리고 한 편의 시로써 울려내야 할 여백들을 계속해서 추구하고 있다. "악출허"라는 단어를 예로 들어 앞서 설명했지만, 다음과 같은 시는 앞으로 그의 시와 삶이 걸어 나가야 할 육신의 울림과 그 편린을 약간은 자학적인 어조로 되뇌고 있다.

역시
몽상의 허상, 망상으로나
버릇처럼 나를 회피할 수밖에 없다.
이 눈 흐린 늙바탕에
생긴 대로 비쩍 마른
한 악기나 되었으면 하는 것이
헛물켜기의 몰염치한
꿈으로 남아 있다.
말린 창자의 현으로
밀리고 쓸린 적마다
온통 쓰린 거짓말의 간단없는
헛소리나 비워 울리는,
끊어질 때까지 단단히
선술집에서 이성 잃고

감정만으로 허술한,
빈 소리이기나 하면
당연한 불행의 트인 기쁨이겠다.
—「헛소리—시작노트」(『시안』 2004년 겨울호 신작시) 부분

몽상이나마, "비쩍 마른 / 한 악기나 되었으면", 또는 "말린 창자의 현으로" "헛소리나 비워 울"릴지라도, 그에겐 "당연한 불행의 트인 기쁨"일 수밖에 없을 것이다. 자신의 육신을 비우고 버려 "온통 쓰린 거짓말"일지라도 울려내는 늙은 악기의 삶이 이제 그의 몫인 것이다.

먼 길 떠날 때는 눈썹도 뺀다.
상처의 새 상처 가벼이 날리며
이웃 개초하촌 석촌에서 석산까지
짧고 높은 하늘 늘어진 외길에
구만 리 가득 서리 낀 눈꺼풀,
기러기 떼 줄지어 깜깜히 지는
가는 눈 푸른 바람 구름의 살.
나는 벌써 없어져 저기 있으니
빠진 눈썹달 하늘 차게 웃는다.
—「눈썹」(『시안』 2003년 겨울호)

비어 있는 피리의 육신에서 울리나오는 바람의 소리, 버려야 하는 욕망의 끝에서 비로소 시인은 노래할 수 있다. "눈썹"은 눈의 장식이 아니다. 눈썹은 눈을 빗물이나 눈물로부터 보호하고, 눈이 바라보는 가시거리를 측정하기 위한 장치의 하나라고 볼 수 있다. 시인은 자신을 비워, 자신의 내장을 튕겨내어 바람을 불어내는 소리를 위해, 제 눈을 둘러싼 눈썹마저도 빼버리는 것이다. 30여년의 시력(詩歷)에는

"서리 낀 눈꺼풀"이 가득하다. 그 서리 낀 눈꺼풀들은 그가 지금껏 지녀 왔고 되풀이해 왔던 세상사의 위선에 대한 질타와 스스로의 나태에 대한 고결한 자성의 무늬들이다.

눈썹을 빼버리고 "비쩍 마른 / 한 악기"(「헛소리」)지만 바람 가득 지닌 악출허(樂出虛)의 "속 빈 피리"(「피리」)가 된 시인은 "벌써 없어져", "빠진 눈썹달"만이 차게 웃고 있다. "비쩍 마른 / 한 악기"가 내는 허허롭지만 청명한 그 소리는 그가 지녀왔던 상처와 아픔이고 그 아픔의 기록이고 그 아픔의 기록의 정직한 고백이리라.

<blockquote>

하늘로 나는 새들만 보면
나의 영혼은 아무래도 새였다고 여겨진다.
모였다 흩어졌다 깜깜히 날아가는 새들.
적막강산의 희푸른 시공에서
크거나 작게, 너울거리거나 나풀거리는 꿈.

— 「화천의 새」(『활주로가 있는 밤』) 부분

</blockquote>

아마 그의 영혼은 새였을 것이다. 겨드랑이도 숨기지 않고 투명한 날개를 털고 날아오르는 한 떼의 물새들 사이에서, 반생의 詩歷을 '헛꿈'과 '허명'과 '헛소리'와 '헛바람'이라는 슬픈 표정으로 떨구고 날아오르는 시인의 얼굴이 보인다.

4. 허공의 탄생

— 송재학의 시 「공중」에 대하여

허공이라 생각했다 색이 없다고 믿었다 빈 곳에서 온 곤줄박이 한 마리 창가에 와서 앉았다 할딱거리고 있다 비 젖어 바들바들 떨고 있다 내 손바닥에 올려놓으니 허공이란 가끔 연약하구나 회색 깃털과 더불어 뒷목과 배는 갈색이다 검은 부리와 흰 뺨의 영혼이다 공중에서 묻혀온, 공중이 묻혀준 색깔이라 생각했다 깃털의 문양이 보호색이니까 그건 허공의 입김이라 생각했다 박새는 갈필을 따라 날아다니다가 내 창가에서 허공의 날숨을 내고 있다 허공의 색을 찾아보려면 새의 숫자를 셈하면 되겠다 허공은 아마도 추상파의 쥐수염 붓을 가졌을 것이다 일몰 무렵 평사낙안의 발묵이 번진다 짐작하자면 공중의 소리 일가(一家)들은 모든 새의 울음에 나누어 서식하고 있을 게다 공중이 텅 비어 보이는 것은 색 일가(一家)들이 모든 새의 깃털로 바빴기 때문이다 희고 바래긴 했지만 낮달도 선염법(渲染法)을 기다리고 있지 않은가 공중이 비워지면서 허공을 실천중이라면, 허공에는 우리가 갖추어야 할 것들이 있다 바람결 따라 허공 한 줌 움켜쥐자 내 손바닥을 칠갑하는 색깔들, 오늘 공중의 안감을 보고 만졌다 공중의 문명이란 곤줄박이의 개체수이다 새점을 배워야겠다.

— 송재학, 「공중」(『문학동네』 2009년 겨울호)

"무(無)의 세계를 살펴 유(有)를 이끌어내고, 적막을 두드려 소리를 찾아 흰 한 자 형겊에 아득하고 원대한 뜻을 담고 마음속에서 지대한 뜻을 토해낸다(課虛無以責有, 叩寂寞而求音, 函綿邈於尺素, 吐滂沛乎寸心)." 중국 서진(西晉) 시대의 문인 육기(陸機, 261~303)가 쓴 「문부(文賦)」 중의 한 구절이다. 없음과 있음을 이원론으로 상대화하는 것을 경계하며 '허(虛)'의 묘처를 암시하고 있다. '허'란 단순히 없는 것이 아니라 있음을 생성시킬 수 있는 잠재태로서의 그것을 말한다. 없음은 없음으로 그치지 않고 끊임없이 있음을 환기시키는, 진동하는 장소이다.

송재학의 시 「공중」에는 갈필(渴筆)과 선염(渲染)을 오가는 박새의 족적이 자못 분주하다. 참새목 박새과인 곤줄박이의 날갯짓과 울음이 공중의 소리 일가(一家)와 색 일가를 부양(扶養)한다.

> 허공이라 생각했다 색이 없다고 믿었다

공중(空中)은 허공(虛空)이 아니다. 공중은 허공으로 화(化)한 공기들의 빛깔이 생식하거나, 혹은 박새의 보폭에 따라 몇 겹의 허공이 분절되는 장소이다. 이를테면,

> 바람결 따라 허공 한 줌 움켜쥐자 내 손바닥을 칠갑하는 색깔들,

과 같은 구절이 있다. 공중이란 무대가 허공이 주도하는 수 개의 시퀀스로 분할되는 것. 박새 울음은 활처럼 휘어지다가, 화살처럼 쏘아 달린다. 이 속도에서 색이, 색의 공간인 허공이 탄생한다. 바람결의

무게와 온도와 부피와 간격에 따라 색의 윤곽이 빚어진다. 공즉시색(空卽是色), 색즉시공(色卽是空)이다. 공이 즉해야 하는 대상은 색이며, 색이 즉해야 하는 대상은 공이다.

> 공중이 비워지면서 허공을 실천중이라면, 허공에는 우리가 갖추어야 할 것들이 있다

따라서 허공이란 능동적인 무(無)다. 박새의 항적(航跡)을 따라가면 공중에는 투명한 길이 트이고, 거기에 없는 것들의 없는 길이 닦인다. 바야흐로 허공이 생성된다. 공중은 허공이 드러나고 은폐되는 공기의 대지이다. 그러나 모든 생명의 일가들이 활보하는 공중의 탄력에 귀를 내맡기지 못한다면 허공을 더듬지 못한다.

> 공중에서 묻혀온, 공중이 묻혀준 색깔이라 생각했다 깃털의 문양이 보호색이니까 그건 허공의 입김이라 생각했다

색은 외물에 덧씌워진 것이 아니라, 비어 있는 안으로부터 바깥을 향해 벌어지며 나아간 것이다. "공중의 안감"이 무엇이겠는가. 새의 울음과 깃털이 소리 일가와 색 일가를 번식하는 감각의 직물들이 아니겠는가.

지각한다는 것은, 존재들의 세계로 들어간다는 것이다. 존재는 은폐와 출현을 반복한다. 보이는 것과 보이지 않는 것의 경계에서, 모든 시적 직관은 존재를 확정시킨다기보다 대상을 어떤 불확정 상태에 노출시킨다. 그 때 시인은 사물의 영토 속으로 들어간다. 사물의 뒷면, 혹은 안감을 더듬는다. 시인은 이 모호함의 공간을 침묵과 무(無)

를 뚫고 일어서려는 존재의 진동으로 번역한다. 시적 추구의 본질이
란 가시적인 것 속에서 불확정적인 것의 모호함을 들추어내는 것이기
도 하다.

 "빈 곳에서 온 곤줄박이"라 했다. 새는 소실점 너머에서 날아온다.
"빈 곳"은 다시 말해 '가려진 곳'이다. 가시성이 가려놓은 잠재태일
것이다. 가능태와 잠재태의 결핍은 언어를 지시적 관성에 굴복시키고
언어의 질료적 특성을 약화시킨다. "허공이란 가끔 연약"하다. 존재
란 가시성과 비가시성, 불확정성 사이에서 동요(動搖)하기 때문이다.
"허공의 입김"과 "허공의 날숨"이 공중에 구멍을 낸다. 공중을 드나
들며 허공을 생성한다. 새의 육체와 공중의 세간살이가 시인의 시선
에 스며든다. "공중이 비워지면서 허공을 실천중"이라고 했다. 하이
데거는, 세계는 존재하는 것이 아니라, '세계가 되어간다'라고 했던
가. 평사낙안의 고요가 공중의 문명으로 분주해진다. 공중이 공간
(space)의 번안이라면, 허공은 구체적인 사건이 일어나는 장소, 즉 토
포스(topos)라고 할 수 있다.

 그렇게 허공이 태어났다. 허공은 채색이라기보다 수묵이다. 존재란
새김이 아니라 번짐이다. 허공의 감각으로 도달한 존재론이 행간에
빼곡하다. 세사(世事)의 길흉도 박새의 한숨이 부려 놓은 허공 한 줌에
따라 기울 것이다.

제2부

경계

1. 우연에 기댄 경계의 토포스

— 황동규론

1. 들어가며

황동규의 근작시들은 '경계'에 대한, 혹은 '경계에 서서 말하는 자'의 상념으로 되풀이되고 있다. 그 경계는 있는 것과 없는 것, 혹은 말해 진 것과 아직 말해지지 않은 것의 경계라고 할 수 있다. 다른 측면에서 그것은 시인의 내부(의식)와 외부(현실)의 경계라고도 할 수 있다. 사실 이러한 존재론적인 경계의 사유들은 예술의 오랜 주제이기도 하다. 일례로, 동양 산수화의 여백미도 존재론적인 경계의 사유를 추구한다. 여백은 화폭 위에 아직 그려지지 않은 부분이지만 예술가와 감상자의 사유로 채워지는, 혹은 채워지길 기대하는 예술적 감흥의 실체라고 할 수 있다. 화가 이우환의 말을 빌린다면, 여백은 이를테면 북을 칠 때 울려 퍼지는 바이브레이션의 공간이다.[1] 여백은

---

1) 이우환, 김춘미 옮김, 「여백의 예술」, 『현대문학』 558, 2001년 6월호, 276쪽.

말해지지 않은 것들이 말해진 것 위를 덮어가는 진동이다. 동시에 말해진 것들은 아직 말해지지 않은 것들의 목소리가 울리는 떨림 속으로 다시 스며들어 갈 것이다.

황동규 근작시들의 문제의식을 일관하고 있는 '경계'는 바로 삶과 죽음의 경계, 혹은 윤곽들이며 시인은 40여 년의 詩歷을 통해 이를 줄기차게 추구해 왔다. 그는 삶과 죽음, 그리고 인간 내면과 사물의 표피들이 일으키는 미세한 마찰음들을 독자적인 상상력의 영역으로 끌어들인 바 있다. 詩作 생활의 후반기에 접어들어 그가 시 이전, 문학 이전의 '경계', 혹은 '사이'라는 형식 그 자체에 물음을 던지는 것은 의미심장하다 하겠다.

지금껏 그의 시적 물음이 경계를 떠돌아다니다 일으키는, 덜그럭거리거나 습합하는 내면의 소리들에 상상력을 투여했다면, 지금 던지는 물음은 '경계 그 자체'의 내용에 대한 물음이다. 삶과 죽음의 잉여들은 어떤 모양을 띠고 있는가, 경계 자체의 형식은 어떤 것인가. 이를테면, 그 경계들이 내용을 지니고 있다면 그것은 '여백'의 형식을 띠는 것은 아닐까.

2. 부풀어오르는 사각형들, 지워지거나 솟아오르는 경계

마크 로스코의 비밀 하나를
오늘 거제 비치호텔 테라스에서 건졌다.
지난밤 늦게까지 불 켜 있던 고깃배 두 척
어디론가 가버리고
이른 봄밤 새기 전 어둡게 흔들리는 바다와
빛 막 비집고 들어오는 하늘 사이에

딱히 어떤 색깔이라 짚을 수 없는

깊고 환하고 죽음 같고 영문 모를 환생(還生)같은

저 금,

지구가 자신의 첫 바다 쩍 추억을 발라 논,

첫 추억을 반죽해 허허로이 두텁게 발라 논

저 금,

점차 가늘어져 그냥 수평선이 될 뻔한

저 금

　* Mark Rothko : 러시아 출신의 미국 표현주의 화가. 그는 주로 사변형 두
개를 캔버스 위아래로 배치하고 그 사이에 우리가 때로 '종교적'이라고 부
르는 한없이 깊고 그윽한 금(線)의 공간을 만들곤 했다.

— 「마크 로스코의 비밀−K에게」[2]

(붉은 「무제」(붉은 색 바탕 위에 검정색과 오렌지색), 1962,
캔버스에 유채, 175.5×168cm.[3]

시인이 밝히고 있듯, 마크 로스코는 전후 미국의 추상표현주의의

---

2) 이 글에서 인용되는 시는 모두 근작시집 『우연에 기댈 때도 있었다』(문학과 지성사, 2003)
　에 의함.

3) 그림 인용은 필자, http://www.hoammuseum.org/exhibition/chu/work/us_4.html

대가이다. 그는 주로 두 개의 색사각형을 아래 위로 배치하여 흘러나오는 듯한 색감과 윤곽선으로 인간 내면의 비장미와 명상미를 표현했다고 평가된다.

시인은 거제의 한 호텔 테라스에서 밤바다를 바라보다가 마크 로스코의 그림에서 받았던 충격과 영감을 다시 한번 떠올린다. 날이 새기 전 바다와 하늘 사이의 흐릿하고 어두운 경계는 시인에게 "깊고 환하고 죽음 같고 영문 모를 환생(還生)같은" "금(線)"이다. 밤은 사물들의 경계를 지우고 인간을 아득한 무지와 혼돈, 그리고 두려움의 공간으로 이끌어간다. 밤은 끊임없이 되풀이되는 죽음이다. 밤의 권력은 사물의 윤곽을 흐리게 하고 인간의 감각을 무력하게 만든다. 밤은 근원적으로 폭력을 내장하고 있기에 밤의 디오니스스적 상상력은 파괴와 생성에 관한 신화적 주제의 직접적인 배경이 되기도 했다. 그래서 밤이 지우고 있는 그 경계는 "지구가 자신의 첫 바다 쩍 추억을 발라논" 생성의 원초성으로서, 혹은 "점차 가늘어져 그냥 수평선이" 되어버리는 파괴와 소멸의 기억으로 다가올 수 있다.

그러나, 마크 로스코의 그림에서 우리는 그 색사각형이 윤곽선의 경계를 뚫고 나오려는 강렬한 색채의 질료적인 일렁임을 먼저 발견할 수 있다. 사각형 사이의 경계와 선은 자족적인 것이 아니라 사각형의 색채와 형태가 발산하는 움직임으로 밀려나는 피동적이며 가변적인 공간이다. 사물이 다른 사물과 악수하기 위해 몸을 뻗는 부분의 잉여. 내부로부터 바깥을 향해 스멀스멀 번져가는 어떤 욕망의 움직임들. 하나의 덩어리 역시 그 자체 자족적이지 않고 끝없이 팽창한다. 그러나 그 팽창의 속도는 지나치게 완만하다. 작가는 저 사물들 사이, 혹은 욕망의 국지성 속에 스스로를 고착시키려는 경계를 정말로 해체하려는 것인지 의심이 들 정도로 색채들이 흘러나가는 속도는 완강하리만치 느슨하다. 저 어두운 속도가 바로 시인에게 '금(線)의 사유'를 불러 일으키게 한 것일까.

마크 로스코는 사각형들의 움직임을 통해 사물의 윤곽을 지워버리려 하듯 끝없이 색채의 무게를 응축시키고 있는데 반해 정작 황동규 시인이 발견하는 것은 생성의 흔적과 소멸의 미래적 기억을 끌어당기는 완강한 금(線)이다. "그윽한 금(線)의 공간"은 시인의 사유가 출발하고 마감하는 완강한 경계의 토포스이다. 마크 로스코와 황동규의 그리기와 읽기 사이에 어떤 심미적인 顚倒가 개입하고 있을까.

3. 마음 없이 사는 것-우연에 기댄 경계의 형식

> 게처럼 꽉 물고 놓지 않으려는 마음을
> 게 발처럼 뚝뚝 끊어버리고
> 마음 없이 살고 싶다.
> 조용히, 방금 스쳐간 구름보다도 조용히,
> 마음 비우고가 아니라
> 그냥 마음 없이 살고 싶다.
> 저물녘, 마음속 흐르던 강물들 서로 얽혀
> 온 길 갈 길 잃고 헤맬 때
> 어떤 강물은 가슴 답답해 둔치에 기어올랐다가
> 할 수 없이 흘러내린다.
> 그 흘러내린 자리를
> 마음 사라진 자리로 삼고 싶다.
> 내림 줄 쳐진 시간 본 적이 있는가?
>
> ―「쨍한 사랑노래」

세간의 욕망을 끊어버리고 집착으로부터 벗어나는 길을 그는 흔히 쉽게 말해지는 "마음 비우고"가 아니라, "그냥 마음 없이" 사는 것으로 제시한다. '마음 비우고'란 말 자체가 마음이란 실체를 전제한 것이어서 이러나저러나 마음에 붙들린 상태임을 염두에 둔 생각일 것이다. 그런데 그 '마음 없이'는 어떻게 가능한 것이고 어떤 모양으로 나타나는가. 그것은 이를테면 강물이 "둔치에 기어올랐다가" "흘러내린" 자리이다. 그 자리는 강물의 자리이기도 하고 아니기도 할 것이다. 뭍과 물의 경계가 어우러지는 자리이며 뭍도 물도 아닌 자리이다. 마치 "방금 스쳐간 구름"의 자리처럼 흔적도 소리도 없는 자리.

시인은 생의 "저물녘"에서, "마음속 흐르던 강물들 서로 얽혀 / 온 길 갈 길 잃고 헤"매고 있는 자신을 본다. 그 강물의 줄기들은 시인의 생을 이루고 있는, 자신의 생을 지탱하고 있는 자신만의 문법들인지도 모른다. "서로 얽혀"버린 강물들이 길 잃고 헤매는 모습은 시와 함께 온 생을 걸어 온 노시인의 착잡한 비애를 담고 있다.

그 혼돈과 적막을 벗어나는 자리는 강물이 "둔치에 기어올랐다가" "흘러내린" 자리, 있음과 없음의 흔적만 남아있어 스스로를 고정하지 않는 자리이다. 그 자리는 자신의 자리를 고집하지 않는다. 원래 흔적이 없었기 때문에 그곳은 뭍도 아니고 물도 아닌 '다만 흔적으로서의 자리'이다.

모든 집착의 근원은 욕망 자체라기보다는 욕망을 고정하려는 아집이다. '나'라는 집착이 '나의 욕망'을 절대화하고 그럼으로써 계속적으로 '나'라는 주체를 수면 위로 솟아 오르게 한다. 그러나 '나'이었다가 흘러내린 자리, '나가 아닌 것'이 '나'가 미끄러진 자리를 거슬러 올라와 다시 흘러내리는 자리는 더 이상 '나'의 절대성을 고정하려는 욕망으로부터 자유롭다. 시인은 "그 흘러내린 자리를 / 마음 사라진 자리로 삼고 싶"다고 말한다. 마음 없이 사는 것이란 이렇듯 자아를 고집하지 않는 자리, 자아의 욕망과 그 움직임이 고착되지 않는 자리에서 가능한 것이다.

마음 없이 산다는 것은, 있는 것과 없는 것, 말해진 것과 아직 말해지지 않은 것, 혹은 삶과 죽음의 '사이'가 빚어내는 공간에 스스로를 두는 것으로부터 가능해진다. 그런데 그것은 단순한 '사이'가 아니라, 有와 無, 혹은 生과 死의 강줄기들이 서로 여울을 나누는 자리, 서로의 몸을 채우고 비워 주는 잉여의 부분이다. 단순히 이것과 저것의 이원론적 분리를 뜻하는 경계가 아니라 이것과 이것 아닌 것들이 서로를 채우고 비우는 곳, 그리하여 굳이 '나'를 말하지 않아도 '나'를 드나드는 나와 타자가 서로의 몸을 나눠 가지는 곳이다.

이 공간은 끝없이 드나드는 가변적인 공간이듯, 이 곳의 시간 역시 직선적으로 흐르지 않는다. "흘러온 반대편이 그래도 가야 할 곳"(「더 쨍한 사랑노래」)이라는 말처럼 시간은 근원으로 거슬러 올라가고 또 홀연히 "지표(地表)에서 휘발"(「더 쨍한 사랑노래」)하기도 한다. 그 곳은 마크 로스코의 사각형이 몸을 부풀려 또 다른 사각형의 몸과 맞부딪치는 그곳인 "수평선도 지평선도 여느 금도 없는 곳"(「더 쨍한 사랑노래」)일 것이다.

그런데 이렇게 얽힌 강물들의 탈주와 생성은 "가슴 답답해 둔치에 기어올랐다가 / 할 수 없이 흘러내린다"는 구절에서 보이는 것처럼 내면적인 '우연'에 기대고 있다. 자아의 집착과 경직으로 고착된 강물이 스스로를 변형하는 계기는 강물의 흐름이나 혹은 흐름 주위의 회로들과 얽혀 이어지는 것이 아니라 "가슴 답답"하다는 말처럼 개체적인 삶의 부정성으로부터 촉발되고 "할 수 없이 흘러내린다"는 말처럼 생의 우연성에 기대고 있다. '마음 없는 자리'가 그러한 경계의 사유를 틀 지우는 형식이라면, 그 마음 없는 자리들은 어떤 공기로 충만해 있을까. 우연에 기대는 것은 단지 頓悟를 향한 시인의 마음의 형식일 뿐인가.

4. 경계를 가로지르는 걷기

'경계'는 사물과 사물의 차이를 구별 짓는 지표이기 이전에, 사물과 사물이 서로 맞닿아 있는 부분이기도 하다. 만일 삶과 죽음의 경계가 있다면, 그것은 삶과 죽음의 속성을 각각 담지하고 있는 무엇일 것이다. 내려다보는 자, 사물을 지배하려는 자에게 경계는 분리를 뜻하지만, 사물과 대상세계에 손을 뻗어 연대하고자 하는 자에게 경계는 다른 의미를 지닌다. 경계는 나와 사물을 가르는 분별의 지표가 아니라, 나와 사물이 이어진 접면이며 그로 인해 고착된 나의 욕망을 자유롭게 흐르게 하는 사유의 지층을 잉태한다.

황동규의 시는 끊임없이 어떤 '장소'를 향해 가고 있었다. 그 장소는 거주지로서의 장소이다. 이 때 거주지란 단순히 사유의 거주지를 뜻하고 마는 것은 아니다. 공동체의 관습적 삶, 혹은 몸의 살아냄 자체가 스스로의 삶의 지층을 이루는, 삶의 총체로서의 거주를 향해 나아가 구축되는 길들의 집적이다. 그 길은 '몰운대'로, '버클리'로 끝없이 뻗어가며 시인의 문학적 삶의 결을 이루어 왔다.

그 장소들은 하나의 공간으로는 결코 고착되지 않았다. 시인의 정신은 끝없이 그 공간의 의미를 묻고 하나의 장소를 외부를 향해 열려 있는 소통하는 공간으로 만들고자 했다.

　　1 오래 벼른 일 / 만보(萬步) 걷기도 산책도 명상도 아닌 / 추억 엮기도 아닌 / 혼자 그냥 걷기! // 오랜만에 냄새나는 집들을 벗어나니 / 길이 어눌해지고 / (중략) / 길이 속삭인다. 계속 가요. 길은 가고 있어요. / 보이는 길은 가는 길이 멈춘 자리일 뿐 / 가는 것 안 보이게 길은 가고 있어요. // 혼자임이 환해질 때가 있다. (중략)

　　3 등성이 오르다가 / 이름 모를 빨간 열매들을 지나친다. / 이름을 모르다니? / 산수유겠지. / 산수유. 저 나무의 황홀한 보석들. / 저걸 어떻게 다 꿰지? / 꿰서 어디 걸지? / 보석 탐하며 걷다 미끄러져 / 사람의 삶 한 토막이 길 위에 눕는다. / 삶의 토막들이 줄지어 누워 있어도 / 연결되지 않고 서로 부를 때가 있지. / 누운 김에 다음 토막을 불러본다. / 대답이 없다.

　　4 늙었다고 생각하면 길이 덜 미끄러워진다. 조심조심. / 그러나 늙음은 사람이 향해 가는 그런 곳이 아니다. / 방금 빨간 열매를 쪼러 온 허름한 새의 흰 꽁지에는 / 열매를 쪼는 기쁨 외에 아무것도 없다. / 영원히 젊은 삶이라는 헛꿈이 사라지면 / 달리 늙음과 죽음이란 없다. / 소리꾼에겐 마지막 소리가 / 대목(大木)에겐 마지막 집이 잡혀 있을 뿐. / 사람은 길을 가거나 길 위에 넘어져 / 거기가 길이라는 것을 알려줄 뿐. (중략) 메뚜기들이 바지에 달라붙는다. (중략)

　　5 길 위에 멈추지 말라. / 사람들의 눈을 적시지 말라. / 그냥 길이 아닌 / 가는 길이 되라. / 어눌하게나마 홀로움을 즐길 수 있다면, / 길이란 낡음도 늙음도 낙담(落膽)도 없는 곳. (중략) 시인은 시가 타는 심지, / 허나 촛농이 없다면 그게 무엇이겠는가? / 어느 순간 한 삶의 초가 일시에 촛농이 된다면? / 할하라, / 할하라, 아직 꺼지지 않는 심지를 향해. (중략)

　　6 다람쥐도 올빼미도 / 팽팽한 삶 속에 탱탱히 가고 있는 자들. // 조금 걷다 뒤돌아보니 / 다람쥐의 목젖도 올빼미의 촉각도 다 그대로 있다. / 내 삶이 어느 날 그만 손놓고 막을 내린다 해도 / 탱탱히 제 길 가고 있을 촉각들을 생각하면 / 마음이 한가로워진다. (후략)

—「풀이 무성한 좁은 길에서」 부분

　시인은 "냄새나는" 도시의 집들을 빠져나와 좁은 산길을 걷고 걸어 다시 인간들이 거주하는 도시로 되돌아간다. 이 짧고도 긴 여행문에는 걷는 자의 신체가 숲길과 길 위의 공기들과 감각을 부대끼며 튕겨내는 반응들이 세세하게 기록되고 있다.

　풀이 무성한 길은 사람이 잘 다니지 않은 길이다. 그 길은 "보이는 길"이 아니다. 잘 안보이는 길, 혹은 길이 아닐지도 모르는 길을 시인은 걷고 있다. 이 걷기는 건강을 위한 "만보 걷기"도, "산책"이나 "명상"이나 "추억 엮기"도 아니고 오직 "혼자 그냥 걷기"이다. 이유도 목적도 이름도 없다. 걷기에 목적을 위한 이름이 묻을 때, 시인의 발과 길은 이내 그의 몸을 떠나고 있는 것이다. 그래서 "보이는 길은 가는 길이 멈춘 자리"라고 말한다. 사람의 감각과 의식에 통어되는 길은 시인이 말하는 "보이는 길"이겠지만, 이 때의 길은 이미 길의 고유한 움직임이 고착되어버린 한낱 수단으로서의 장소에 그친다. 시인이 지금 걷고 있는 "풀이 무성한 좁은 길"은 세속의 일상들이 잘 구획된 분별의 시간 너머, 혹은 그 아래에 있다. 길은 "하늘과 땅이 가려지지 않는 시간 속"(「밤 여울」)을 간다. 스스로 가고 있는 길은 "끊겼다 이어졌다…어느 날 떠올라 하늘이 되고 / 흐린 겨울 저녁이 되는"(「박수근의 그림」) 길과 인간의 삶이 부대끼며 형성하는 지속의 시공에 있다.

　"무성한" 풀은 길의 경계와 윤곽을 지운다. 잘 닦여진 길은 거주지와 거주지, 혹은 출발지와 목적지를 이어주는 연결통로일 뿐이다. 그러나 사람의 발자국이 드물어 "어눌"한 길은 그 자체 스스로 운행하는 하나의 거주지이다. 거주지로서의 길은 걷는 자에게 신체의 무한한 개방을 유도한다. 산책도 명상도 아닌, '그냥 걷는 길'에서 걷는 자는 길이 스스로 운행하고 있음을 느낀다. 그때 걷는 자는 길에서 거주할 수 있다. 그리고 길의 숨결과 무성한 숲길의 문법을 몸으로 받아들인다.

걷는 자의 몸에 부딪치는 숲길의 경험들은 정서적 경험이라기보다 감각적 경험들이다. 신체의 경험들은 정서를 중심으로 조직되지도 않는다. 단지 시인의 사유가 파편화된 신체적 경험들을 질기게 따라가고 있다.

시인은 "이름 모를 빨간 열매들을 지나친다"라고 말해 놓고 바로 다음에 그것이 "산수유"라고 확인하고 있다. 시인은 왜 처음엔 열매들의 이름을 모른다고 했을까. 그리고 다음 구절에서 왜 이름을 확인하고 있을까. 이름을 붙인다는 것은 그것을 대상화한다는 것이다. 그리고 대상화는 궁극적으로 대상에 대한 지시, 그리고 통제를 넘어 그것을 소유하려는 욕망으로까지 나아간다. 그 욕망은 시인이 방금 떠나 온 도시의 오랜 관습이다. "빨간 열매"라는 표현으로 지나치려 했으나, 걷는 자는 아직 숲길의 문법에 익숙하지 못하다. 그래서 "산수유", "황홀한 보석"이라는 命名을 시도한다. 그 순간 "저걸 어떻게 다 꿰지?"란 자문에 보이는 것처럼, 그것들에 대한 소유욕이 드러난다. 이 욕망은 결코 충족되지 않을 욕망이기에 끝없이 미끄러지고 스스로를 억압하는 욕망이다. 억압은 스스로를 찢고 토막낼 것이다. 그리하여 "산수유"라는 命名으로부터 걷는 자와 "빨간 열매" 모두 "토막" 난다. 토막 내지 않고 이름을 붙이는 것은 불가능하다. 토막들로 줄 세워 놓지 않으면 교환가치를 매길 수 없다. 토막 난 이름들을 다시 부르는 목소리 역시 삶의 근원으로부터는 멀리 튕겨져 나온 토막 난 욕망의 파편일 뿐이다. "누운 김에 다음 토막을 불러 본다 / 대답이 없다"고 되뇌이듯, 토막 난 시인의 조각들이 애타게 서로를 부르고 있는 모습은 애처롭기까지 하다. 숲길에서 만나는 사물인 "산수유"를 바라보는 중첩된 시선에 깃들인 시인의 자괴와 체념이 있다.

"늙음은 사람이 향해 가는 그런 곳이 아니다." 늙음은 사람이 계측할 수 있는 시간의 균질화된 범주 그 너머에 있다. 늙음, 시간의 흐름을 있는 그대로 받아들이면 "길이 덜 미끄러워진다." 숲길의 문법에 익숙해진 탓도 있겠지만, 자기 몸의 시간을 이루는 감각을 그대로 받아들이기에 그에 맞는 보폭으로 걸어갈 수 있기 때문이다. 늙은 새는 오로지 "열매를 쪼는 기쁨"만으로 살아간다. 거기에는 "늙음과 죽음"이란 인간의 저울질한 시간이 들어설 자리가 없다. 소리꾼과 大木, 그리고 모든 존재들은 자신의 삶의 길섶을 따라 밟아가는 시간이 있을 뿐, 아무 것도 교환하지 않는다. 그리고 자신의 걸음이 전해주는 몸의 시간을 따라 걸어갈 뿐이다. 그러다보면 숲길의 친구들인 "메뚜기"가 걷는 자의 발걸음을 타고 히치하이킹 할 것이다.

목적지를 향하는 통로로서의 "그냥 길"이 아닌 길 그 자체의 시간으로 운행하는 "가는 길"이 되어야 한다. 길은 낡지도 늙지도 않는다. 길의 시간은 이를테면 걷는 자와 숲 속 사물들의 심장의 박동과 숨소리일 것이다. "땅이 만드는 풀의 열기 / 나뭇가지의 성성한 냄새 / 살아 있는 잎들의 서로 무늬 다른 살랑거림", 이런 것들이 길의 시간과 몸을 이룬다. 걷는 자와 그 길을 황동규는 "시인과 그의 시"로 비유하고 있다. 시인과 그의 시가 한 몸이듯, 길의 살갗을 더듬어 길의 시간을 걷는 자와 길 역시 한 몸이다. "시인은 시가 타는 심지"라면 길을 걷는 시인의 삶은 "촛농"으로 떨어져 길섶에 맺히고 녹아든다. 길을 걷는 것은 스스로를 태워 녹인 촛농처럼 길과 스스로의 몸에 다시 살을 보태는 것이다.

그렇게 가는 길은 "팽팽한 삶 속에 탱탱히" 가는 것이다. 존재의 모든 감각들이 무한히 개방되어 더 열 것도 닫을 것도 없는 상태, 그 탱탱한 촉각들. 내 눈으로 내려다보고, 내 눈의 가시거리에 장착되는 사물들이 아니라, 내가 걸어가든 말든 "탱탱히 제 길 가고 있을 촉각들"은 나를 편안하게 한다. 그 한가로움은 나와 사물들 간의 거리를 삭이고, 나와 그들의 공간을 기하학의 규범적인 공간으로 구획되지 않은 미지의 불규칙한 공간으로 안내한다. "모르면서 서로 주고 받는 삶의 빛"(「풀이 무성한 좁은 길에서 7」)이 걷는 자들의 몸을 가볍게 하듯, 얼떨결에 나누는 인사와 같은 우연성이 생의 진실에 다가서는 길일 것이다.

5. 경계, 상처의 형식

황동규의 시는 삶과 죽음의 이편과 저편, 있는 것과 없는 것, 현실과 내면 사이의 고착과 그 좌절을 버팅기는 아슬아슬한 사유의 칼 끝 위에 있다. 현대 사회의 구획된 도시적 삶은 개인, 혹은 공동체적 욕망의 자연스러운 생성과 격발을 봉쇄하고 이성과 합리주의라는 근대적 출구를 통한 정제되고 토막 난, 급기야 스스로를 토막 내는 억압하고 억압받는 욕망만을 허가한다.

황동규는 현대적 삶의 양상들이 강요하는 분리와 고착을 넘어서기 위해 '경계의 사유'를 제시한다. "무량수전 안에는 / 서편에서 해 태어나는 쪽을 향해 / 해의 육계(肉髻)를 향해 눈 크게 뜨고 / 밤낮없이 눈썹 하나 깜짝하지 않고 앉아 있는 / 한 모진 인간의 모습"은 경계에 대해 피하지 않고 정면으로 응시하려는 시인의 자세를 보여 준다.

"가을이 아무리 깊어도 / 흘러가지 않고 남아 있는 뻘대('벼랑'의 강원도 사투리:필자) / 그 앞에 멎어 있는 어슬어슬 세상"은 지금 시인이 서 있는 그 자리이다. 그 곳에서 시인은 "둔치에 기어올랐다가 흘러내린"(「쨍한 사랑노래」) 물의 자리, 혹은 "여울"(「밤 여울」) 쪽으로 가서 멈춘다. 이런 공간은 휘어진 자리이며 기울어진 자리, 들쭉날쭉한 자리, 그리고 안팎이 잘 구별되지 않는 자리이다. 평평하거나 잘 구획된 기하학적 공간, 일정하고 논리적인 방향성을 가진 직선이 아니라, 우연성과 浮動性이 지배하는 곡선적 세계, 눈을 포기하고 귀를 뜨는 세계이다.

시인은 "아주 캄캄한 밤이 오히려 마음 편하다"(「밤 여울」)라고 말하고 있다. 시각은 거리 두기의 감각이다. 주체를 중심으로 대상을 조준하고 시야에 장착시킴으로써, 주체가 대상을 효과적으로 통제하는 데에 시각은 다른 어떤 감각보다 유용하다. 반대로 대상과의 거리를 지우고, 주체의 감각을 대상과의 연대를 통해 신체성 속에 분산시키는 데에 시각이 가진 이러한 권력적 속성은 장애가 될 수도 있을 것이다. 생태주의 철학자 정화열은 이리거레이(Luce Iriraray)의 목소리를 빌려 "눈과 시각은 남성을 지배한다. 시각만을 강조하여 다른 감각을 희생할 경우 몸의 구체성과 신체적 관계성이 빈곤해진다."[4]라고 언급하고 있다. 데카르트의 코기토는 시각중심적 인식론을 강화하고 논리중심주의와 남근중심주의와의 일체성을 가진다. 시각이 거리감을 나타내는 지각이라면 청각이나 촉각은 친밀감의 상징이 될 수 있다. 그

---

4) 정화열, 「Nature and Humanity : A Postmodern Configuration」, 『인간다운 삶과 철학의 역할』, 한민족철학자대회, 1995.

런데 황동규 시의 경우, 앞서 인용한 「풀이 무성한 좁은 길에서」를 포함해서, 자연물이나 풍경과의 교감을 주조로 한 근작시들에는 시각보다 촉각이나 청각적 심상들이 시인의 신체성과 보다 역동적으로 조응하고 있음을 쉽게 알 수 있다.

이런 예는 황동규 시가 가진 '경계'의 사유가 나아갈 가능성을 암시하고 있다. 그러나 시인은 이러한 세계, 스스로 기대고 있는 우연의 영역를 향하여 자신의 신체를 더욱 열어젖혀 개방해야 한다. 대상에 대한 지각 범주를 신체의 감각적 개방으로 확장, 유도해 내는 것은, 사물들의 '경계'를 '주체와 대상의 분리'가 아니라 '나와 타자의 접면'으로 사유하기 위한 전략으로서 가능할 것이다.

시인은 마크 로스코의 사각형이 구축하는 "그윽한 금(線)의 공간"을 응시하고 있다. 그런데 화가의 의도와는 다소 전도되는 듯한 이러한 집중이 '경계에 대한 논리적 강박'에서 비롯된다는 비판 역시 가능할 것이다. "예수의 십자가"와 "불타의 施無畏印", 그리고 원효의 구도 행각이 깨달음의 방식에 관한 상징적인 삼각 구도로 배치되는 시편들 역시, 시인의 고통과 상처가 지닌 지나친 자각성, 혹은 작위성이 껄끄럽게 드러나고 있다. 이런 다소 비약적이기도 한 비판을 피해 가기 위해서, 혹은 정면으로 맞서기 위해서는 시인은 차마 건너가지 못하는 한 쪽의 세계에 대해서도 몸을 적실 수 있어야 한다.

"도중에 멍하니 발길 멈추"고, "두 세상 사이에 서서 오도 가도 못하"(「황해 낙조(落照)」)는 시인에게 '경계'는 여전히 두 세상의 '완강한 사이'일 뿐이다. 원효의 이름 역시, 승인되는 억압의 영토 사이에서 또다른 이름으로 등장하는 더욱 완강한 권력의 장으로 딱딱하게 굳어버릴 지도 모른다. 만일 그렇다면, 생산적인 욕망의 모든 양태들

을 분리하고 구획하여 고정시키는 도시의 억압적 욕망에 저항할 새로
운 사유의 지층은 결코 태어나지 않을 것이다.

　순수하고 완전한 직선이 존재하지 않듯, 순수하고 완전한 곡선 역
시 존재하지 않는다. 모든 직선은 선험적 직관형식으로서의 기하학적
전제 위에 스스로 힘의 흐름들을 고정하려는 권력적 장의 응축이다.
모든 곡선은 그러한 직선의 기도가 한 번씩 부러지거나 바스러질 때
마다 형성되는 누적된 상처의 양식들이다. 곡선의 상상력이 단순히
기하학의 공간을 몽상적으로 부유하는 것이 아니라면, 또한 우연이라
는 경계의 토포스가 그 자체의 한계를 넘어서기 위해서는, 이 상처의
영토에 더욱 깊이 몸을 적셔야 할 것이다.

2. 경계(境界)의 심연(深淵)을 비추는 인광(燐光)

— 장옥관론

1

신(神)이 가진 동전의 앞면과 뒷면은 동일하다. 어떤 모양이든 신이 지워 놓은 운명의 짐을 인간은 벗어날 수 없다는 뜻일 터. 동전의 앞면과 뒷면은 하나의 거울이 쪼개진 두 개의 반쪽이다. 인간이 다른 한 면으로 고개를 돌리는 순간, 그는 자신의 얼굴이 아닌 뒤통수와 맞닥뜨려야 할 것이다. 바로 그 지점에서 인간 존재의 비극을 올라 탄 신의 놀이가 시작된다.

말과 침묵, 혹은 삶과 죽음의 관계 역시 이 모순의 수레바퀴에서 벗어날 수 없다. 침묵은 무음(無音)이 아니다. 침묵은 그 자체로 소리와 의미를 껴안는다. 리듬이란 운과 율의 보폭으로 빚어지지만 침묵의 띔뛰기로 새겨지기도 한다. 기실 운문과 산문을 아울러, 심금(心琴)의 유현(幽玄)을 품은 문장들은 침묵의 행간으로 내면의 격동을 운용한다. 은유와 이미지의 거품 속을 부유(浮遊)하려는 삿된 발설(發說)들을 어르고 다스리다 부추겨 문장의 척추를 세우는 힘은 바로 침묵의 리듬에서 비롯된다. 침묵은 언어가 숨겨놓은 두근거림이며, 소리가 의미에 긁힌 자국이다. 그렇다면 언어와 침묵은 문장이라는 거울 앞에 선 서로의 뒷모습이자 각자의 후생(後生)인 셈이다.

삶과 죽음은 또 어떤가. 죽음은 생명력의 고갈이나 생장의 정지만을 뜻하지 않는다. 그렇다면 인간은 죽음을 가지지 못한다고 말해야 할 것이다. 모든 의식은 인식하는 의식이라고 했던가. 인간은 자신의 죽음을 인식하지 못하며 경험하지도 못한다. 우리가 경험하는 죽음은 타인의 죽음이며, 이 죽음의 경험이 자신의 영혼과 내면에 죽음이라는 관념을 각인시킨다. 그리하여 죽음은 우리의 일상 안에 하나의 문화적 습속으로, 그리고 집단무의식의 심층에 똬리를 틀고 있다. 그래서 죽음은 끝없이 삶에 간섭하고 일상의 영역을 침범한다. 인간은 죽음의 공포로부터 벗어나기 위해 죽음을 제도적으로, 또는 문화적 의식으로 가공하기 시작했다. 그러나 이러한 죽음의 제례(祭禮)들은 — 그 태생적 수동성으로 인해— 여전히 죽음을 우리와 우리의 삶에 대한 타자로 머물게 함으로써, 삶과 인간에 대한 근원적 물음들을 방기(放棄)시키는 역할을 한다. 만일 죽음이 없다면 삶이란 존재할 수 있을 것인가. 영원히 이어지는 삶을 삶이라고 할 수 있을까. 죽음은 일회적인가. 그렇다면 삶도 일회적이다. 다시 죽는 일은 없는가. 그렇다면 다시 사는 삶도 없다. 죽음은 한 번으로 종료되는가. 그런데 왜 우리는 삶 앞에서 자꾸 거꾸러지며 엎어지며 원치 않는 갱신을 요구받는가. 하면 죽음처럼, 죽음보다, 란 말들에 우리는 왜 익숙한가. 죽음의 실루엣이 드리워진 삶만이, 우리를 우리 자신의 존재 근거와 모순에 대한 근원적인 물음 속으로 이끌어가기 때문이다. 죽음은 의식의

창설자라는 말도 있다지만, 죽음은 삶의 탐사자이며 발견자, 발굴자
이다. 죽음은 삶의 이면, 인간의 뒤통수를 비추는 깨진 거울의 반쪽
이다.

2

　장옥관 시인의 근작 시편들은 일상 속에서 삶과 죽음이 서로의 빗
장뼈를 가로지르는 순간들을 움켜쥐고 있다. 여기 저기, 군데군데 흩
뿌려진 검불들의 주검을 더듬고 있다. 골목마다, 음습한 담벼락마다
말라붙어가는 온기의 흔적에 대해 묻고 있다. "뜨신 김 무럭무럭 오
르던 / 시장기"가 "불어터진 당면"과 말라붙어 시들어가는 찌꺼기로
변한 사이에 "그새 무슨 일이 있었던가"(「무슨 일이 있었던가」)고. 또
는 이제 초경을 한 딸아이에게서 돌아가신 어머니의 뒷모습을 보는
(「꽃눈이 생겼다는 거지」) 것처럼. 그 물음은 죽음이 은폐되면서 함께
망각되었던 생의 기미와 날것들의 비린내에 대한 것이다.

　그러나 삶과 죽음의 틈새는 "아무리 용써도 손 닿지 않는 곳"에 있
는 "내 눈동자의 뒤편"(「달의 뒤편」, 이상 『달과 뱀과 짧은 이야기』)
임을 시인도 알고 있다. 깨진 거울의 양편을 동시에 바라볼 수 없는
시인이 할 수 있는 일은, 온 몸을 그 검은 감각의 우물 속으로 밀어 넣
는 것 밖에 없을 것이다.

　　벌초하러 간 어머니 묘에 커다랗게 구멍이 뚫려있다. 검게 아가리 벌리
　　고 있는 그 구멍은 죽음에 뚫은 문, 산토끼의 집이다. 하필이면 왜 무덤에
　　제 집을 판 것일까. 젖가슴처럼 봉곳한 봉분을 파고들며 토끼는 아찔하게

검은 젖*을 빨았을까. 죽음을 드나든다고 죽음이 달라지는 건 아니겠지만,
어머니가 다시 돌아오시는 건 더욱 아니겠지만, 죽음과 삶이 한통속으로 이
어지고 바람벽에 달아놓은 거울처럼 눈동자처럼 구멍이 갑자기 환하다. 입
구에는 분명 누가 기다리다 돌아간 듯 잔디가 동그랗게 눌려있다.

   * 검은 젖 : 이영광 시인의 시 「검은 젖」에서 빌림.

—「죽음에 뚫은 구멍」

　어머니의 무덤에 토끼가 구멍을 파고 집을 지었다. 시인은 거기서
삶과 죽음이 공존하며, 부재(소멸)와 존재(생성)가 한통속으로 이어지
는 순간을 발견한다. 시인이 바라보는 죽음의 공간인 무덤은 자신의
외곽에서 존재하는 엄연한 현실적 힘의 공간이자, 다른 한편으로는
부재의 상상이 지배하는 내밀성의 공간이다. 따라서 이 구멍은 현실
과 관념 사이에 뚫린 구멍이다. 시인의 눈길은 삶과 죽음으로 구획된
생명의 직선적 고랑에 흠집을 내며 제 "눈동자의 뒤편"을 더듬는 에
움길을 새긴다. 이로 인해 '무덤'은 죽음으로 닫힌 공간이 아니라 삶
쪽으로 열린 공간('집')이 된다. 토끼는 어머니의 "검은 젖"이라는 죽
음의 우물 속에서 생명의 두레박을 걸어 올리고 있었을 것이다. "입
구에는 분명 누가 기다리다 돌아간 듯 잔디가 동그랗게 눌려있다."
누구일까. 어머니의 무덤을 제 집 삼은 토끼 가족을 위협하는 여우나
들개같은 산짐승일까. 그렇다면 이 무덤이야말로 토끼의 삶을 포근하
게 감싸주는 온실이겠다. 아니면, 어머니의 "검은 젖"을 빨고 사는 젖
동기와 대면하고파 그 환한 구멍을 하염없이 바라보다가 돌아간 포유
류로서의 또 다른 화자일까.
　구멍의 입구에 동그랗게 패인 자국은 외롭고 쓸쓸하지만 알 수 없

는 설렘의 흔적이다. 시인은 거기서 혼자가 아닌 혼자가 된다. 시인은 의식이나 상상력의 강박에서 벗어나 떨리는 손끝과 두근거리는 심장만으로 세계 안에서 고립된다. 이 고립은 세계 안에서 자아의 존재감이 구체성과 개별성을 부여받는 대가이다. 행복한 고립이자, 결핍을 원적(原籍)으로 하지 않는 본질적인 고독이다. 시인은 삶의 뒤통수와 죽음의 눈동자가 한 구멍으로 환해지는 육화(肉化)의 시공 속으로 외롭게 걸어 들어가는 것이다. 그리하여 죽음은 생명의 멈춤과 함께 종료되는 것이 아님을, 끝없이 되풀이되며, 부유하고, 소모되며, 숨겨졌다 드러나기도 함을 보여준다.

고등어가 공기 속을 유유히 돌아다닌다.
부엌에서 굽다가 태운 고등어가
몸을 부풀려
공기의 길을 따라 온 집 구석구석을 돌아다닌다.
반갑지도 않은데 불쑥 손목을 잡는
모주꾼 동창처럼
내 코를 만난다. 만나서는 달라붙어 떨어지지
않는다. 제 몸을 감던 미역줄기와
소금기 머금은 물결이 문득 만져진다.
고등어가 바다를 데리고 온 것이다.
이 공기 속에는
얼마나 많은 죽음이 숨겨져 있는가. 화장장
굴뚝에서 뿜어져 나오는
기명과 무기명
고비사막에 섞여 있던 모래와 뼛가루처럼
어딘가에 스며있는 땀내와 정액,
비명과 신음
내 코는 고등어를 따라

　　모든 부재를 만난다.
　　죽음이 죽음 속에서 머물고픈 모양이다.

— 「고등어가 돌아다닌다」

　시인은 죽음을 무한히 되풀이되는 일상적 움직임 속에서 만난다. '향기는 존재의 스침'(J. P. 리샤르)이라고 했던가. 그러나 시인의 '향기(냄새)'는 영원 속에서 휘발하려는 존재의 끈을 부여잡는 경쾌하고 투명한 이미지로 나타나지 않는다. 그것은 느닷없이 튀어나와서 "만나서는 달라붙어 떨어지지 않는"다. 이 냄새는 소멸을 거부하고 망각에 저항하는 끈적끈적하고 축축한 육신의 기억을 지녔다. 죽은 고등어가 몰고 온 바다, 미역줄기와 소금기 머금은 물결, 사막의 모래와 뼛가루, 땀내와 정액, 비명과 신음, 이 모든 것이 생명의 시작과 끝을 완강히 끌어안고 서로 꼬리를 물고 있는 이중의 존재증명이 아니겠는가.

　고등어 타는 냄새를 통해 먼 바다와 이역의 사막이 숨기고 있었던 죽음의 흔적을 불러 모으는 시인의 기억과 감각에는 귀기마저 서려있는 듯하다. "내 코"는 이미 죽음의 그물망이다. 그는 죽음을 모든 초월적 층위에서 해방시키고 죽음의 관념이 키운 우연성을 제거하려 한다. 그럼으로써 죽음과 그 부스러기들을 일상의 곁에 붙들어두고 부재의 관념과 현존의 감각을 충돌시킨다. 그는 숨겨진 이 모든 죽음의 서사를 끄집어내어 맞대면하고 죽음을 개별화시킴으로써 죽음이라는 관념의 윤곽을 일그러뜨린다. 죽음은 절대적인 하나의 존재 양태가 아니게 된다. 도리어 죽음은 끝없이 몸을 바꾸고 변개하는 다중성 속으로 밀려들어간다. 그리하여 이 시를 온통 둘러싼 사멸과 부재의 이

미지들은 끝내 살아 숨 쉬고 부풀어 오르는 물질성의 깊이와 질감을
장착하게 된다.

죽음이 또 다른 죽음을 만나는 것, 죽음의 관념을 넘어 부재를 통과
한 죽음의 실체 속에 머무르고자 하는 시인에게 부딪친 화두는 다름
아닌 '몸', 그것도 '육탈을 거듭한 몸'일 것이다.

<blockquote>

뱀 몸통에 다리를 그려 넣은 화가도 있었다지만 물고기에 다리가 달려 있
다면 믿을 텐가. 순천만 짱뚱어는 걸어다닌다. 지느러미를 발로 바꾸고 아
가미를 허파로 갈아 낀 물고기. 아니야, 이게 아니야 저를 납득할 수 없는
마음이 물을 빠져나오게 만든 것. 어떤 영혼은 뿌리를 핏줄로 바꿔 제 몸에
담고 돌아다녔다지. 인체의 신비전에서 보았다. 살점 발라내고 핏줄만 거둬
박제한 형상, 식물의 뿌리였다. 봄마다 내 열 손가락에 돋는 습진은 터지고
싶은 꽃의 실뿌리가 아닌가. 벗어나고 싶어 근질거리는 꽃이 가지를 찢고
사슴은 사자에 먹혀 몸을 바꾼다. 중력 바깥에서 비로소 몸 바꾼 저 나무,
속에서 비릿한 밤꽃이라도 피우는지 붉은 구름 위에 발을 걸쳐놓고 시침 떼
고 서 있다.

—「바깥에서」

</blockquote>

물 빠진 개펄에서 엉금엉금 기어 다니다가, 가끔은 펄쩍 뛰기도 하
는 물고기가 있다. 어류라고도 하고 양서류라고도 하고, 어류에서 양
서류로 진화하고 있는 별종이라고도 한다. 그러나 아가미가 주요 호
흡기관이라는 점에서 분명한 어류다. 다만 아가미 외에 허파 역할을
하는 실핏줄이 있어 공기 호흡을 할 수 있고, 가슴지느러미를 앞발처
럼 사용하기에 양서류로 오인되기도 한다.

시인은 이 짱뚱어의 생태에서 꽃의 실뿌리와 사슴과 나무의 후생을
본다. 구획된 시공의 이분법인 "중력 바깥에서" 몸을 바꾸는 생명들

의 영원회귀를 본다. 그들은 왜 몸을 바꾸려 할까. 그것은 "벗어나고 싶어 근질거리는", "저를 납득할 수 없는 마음"에서 비롯된다. 이는 단순한 재생(再生)이 아니라 환생(還生)의 꿈이며, 한 삶과 한 죽음을 거부하려는 욕망이다. 꽃은 가지를 찢고 나와 몸을 바꾼다. 사슴은 사자에게 먹혀 또 다른 사자가 된다. 그러하니 꽃과 나무와 사슴과 사자는 이 중력의 바깥에서 이미 하나다.

'몸'은 세계와 독립된 개체가 아니다. 바람이 차면 손끝이 오그라들고, 그리운 사람의 목소리는 명치끝에서 소식을 울린다. 내가 나무를 바라보기 전에 나무의 풍경이 나를 먼저 덮친다. 감각은 자연이 우리의 신체에 꽂아 넣는 다양한 무게와 온도의 폭력을 읽어내는 비자발적 능력이다. 하여 몸은 세계와 연결되어 있음을, 따라서 죽음은 없고, 동시에 무수한 죽음이 있으며 되풀이되는 생성이 모든 경직된 주검들을 감염시킨다.

3

장옥관 시인의 죽음에 관한 시적 탐구는 이전의 시작(詩作)들을 통해 어렴풋이 가늠할 수 있겠다. 각각 시집의 표제시이기도 한 「황금연못」이나 「하늘우물」 등의 작품들이 보여 준 역동적인 상상력의 섬세한 교직과 선 굵은 이미지의 변주가 빚어낸 생명력의 완창(完唱)에서 우리는 그가 남다르게 도달한 시적 성취의 한 정점을 본다.

그러나 그는 이제 생명의 씨앗이 움트는 어두운 소리를 들으려 차가운 귓불을 적시고 그 소금 바다의 길 위에 굽은 등뼈와 터진 맨살을 내어준다. 그리하여 생사의 절벽으로 몸을 몰아붙이는 낯선 이명(耳

鳴)과, 상처로 싹트고 아물고 썩어가는 육신의 소리를 받아 적는다. 갈라진 영혼과 실핏줄 터진 기억의 간격을 뚫고 토해낸 몇 겹의 시간들은 상처 입은 영혼을 불러내는 무가(巫歌)에 가깝다. 심연의 시간을 비추는 인광(燐光)속으로 상처를 디디며 나아가는 그의 시업(詩業)이 끝끝내 쥐고 있는 무의식의 끈은 무엇일까.

> 연못가에 서 있었다 물무늬 속으로 겹쳐진 시간의 물을 밀어보았다 / 겹겹 거울의 방은 미로처럼 얽혀 소리를 녹이고 / 소리 없는 그곳에 그는 자기를 눕히고 싶었다
>
> ──「두레박」(『황금연못』, 1992) 부분

> 갇힌 못물은 제 속에서 홀로 출렁이는 것 세상을 버림으로써 그는 스스로 세상의 중심이 되었다
>
> ──「각」(『바퀴소리를 듣는다』, 1995)

> 비 온 뒤 고인 물웅덩이를 보면 / 흙탕물이 마침내 골목의 눈동자라는 생각 / 풀썩이는 도시 사막의 / 목마름이 불러낸 눈물방울이라는 생각
>
> ──「눈동자」(『하늘 우물』, 2003)

그의 시에 나타나는 물은 흐르는 물이 아니다. 파도치는 바다도 아니다. 공자의 '上善若水'나, 인간은 같은 강물에 두 번 몸 담글 수 없다던 헤라클레이토스의 경구도 무색하다. 물은 대지의 피요 땀이요 눈물이요 어머니의 젖이다. 그러나 시인의 고인 물은 흐름을 멈춘 물이다. 시간은 흐르는 대신 쌓인다. 생명은 자라지 않고 다만 늙어갈 뿐이다.

연못의 물무늬를 보며 그는 겹쳐진 시간의 지층을 가늠한다. 갇힌

못물 속에서는 세상을 버림으로써 세상의 중심이 되는 깊이의 힘을 읽고, 고인 물웅덩이야말로 말라붙어가는 이 도시 사막의 처음이자 마지막 생명력인 눈동자이며 눈물방울이라고 적는다.

시인의 고인 물에는 흐름이 걷히고 깊이가 자리 잡는다. 심연에의 갈망은 흐름이 상징하는 영원성이나 초월성 대신, 인간의 피와 땀, 눈물과 젖과 같은 모든 인간적 가치가 투사된다. 그러나 고인 물은 움직이지 않는다. 그러므로 죽은 물이며 죽음을 환기시킨다. 흐름과 속도를 잃은 물이 불러오는 것은 깊이와 심연에 대한 끝없는 갈증이며 동시에 그것은 나르시스적 거울이 된다. 시인은 자신의 운명을 고인 물의 풍경 속으로 끌고 들어간다. 그 풍경은 시 「하늘 우물」에서처럼 생명과 죽음의 근원과 끝이 서로 꼬리를 문 뒤집혀진 하늘이며, 그것은 동시에 인간의 운명에 대한 시적 원근법이 된다.

물의 이미지로부터 삶―죽음에 대한 시적 천착에 이르는 범속한 도식으로 시인의 필흔(筆痕)에 다가서려는 것은 가당찮다. 언어의 상징적 힘을 중후한 심미적 악력(握力)과, 생명력의 근기(根機)에 대한 섬세한 감응력으로 움켜쥐던 초기 시편들은 한 편 한 편 요약되지 않는 절절한 시적 탄성(彈性)들을 낳았다. 그곳으로부터, 그가 스스로 명명한 바 있는 생명과 반생명의 경계에 대한 탐구로 나아가는 최근의 시적 여정에는 분명, 오로지 그 자신의 언어만이 품고 있는 세계와 생명에 대한 무겁고 진중한 투시가 자리 잡고 있을 것이기 때문이다.

그는 신작시 「언어」에서, "켜켜이 쌓인 지층의 침묵"이 "사전의 죽은 말들"과 어울려 "거짓말"로 터지는 존재 누설의 실상을 되뇌며 "나무는 / 땅의 열쇠 / 해독할 수 없는 암호"라고 나무의 직립을 의심한다. 죽음과 언어 역시 그에게 끝없는 의심과 상처를 거쳐 도달할 수 있는 생명과 침묵의 쌍생(雙生)일 것이다. 시인은 두 쪽의 깨진 거울을 쥐고 소멸과 침묵이 공명(共鳴)하는 달팽이 귀를 열고서 몸으로 부대끼며 길을 열어가고 있다. 그 길이 생명과 언어의 어둠, 그 경계 너머 어느 깊이에 이를지 가늠하기 어렵다.

3. 책을 향한 몇 개의 시선, 혹은 배치
― 김수영과 남진우의 경우

1

인류 역사상 최초로 책을 불태운 이는 진시황으로 알려져 있다. 기원전 3세기에 일어났던 이 분서(焚書)는 익히 알려진 사실이기도 하지만, 서양에서는 이미 기원전 5세기 경에 책을 불태운 사례가 보인다. 그리스 철학자 프로타고라스의 어떤 책이 신의 존재를 부정했다는 이유로 아테네에서 불태워졌던 것이다. 이 외에도 우리는 인류 역사의 격변기마다 책이 불태워졌던 사례를 쉽게 찾아볼 수 있다. 이슬람의 정복자 칼리프 오마르는 그리스 사상의 보고인 알렉산드리아 도서관 장서를 6개월에 걸쳐 불태웠다고 한다. 유럽 중세의 수도원도서관은 교육과 문화의 중심지로서 실질적인 공공도서관의 역할을 하고 있었다. 그러나 16세기 프로테스탄트 종교개혁의 물결은 800개 이상의 수도원을 폐지시켰으며, 그에 휩쓸려 수도원 도서관의 장서들 역시 철저히 파괴되고 소멸되었다. 히틀러는 베를린 대학의 광장에서 '퇴폐

적이며 비독일적인 정신'을 담고 있는 2만 권의 책을 불태웠다. 토마스 만과 에밀 졸라, 그리고 마르크스의 책들이 화염 속에 던져졌다.[1]

이들은 민중을 지배하기 위해, 혹은 그 지배의 정당성을 확보하기 위해 책을 불태웠을까. 그러나 어쩌면 그것은 책이 형성하는 공간에 대한 공포에서 비롯되었는지도 모른다. 책은 인간의 정신과 사상을 표상하는 공간이며, 동시에 진리가 현전하는 장소이다. 책의 공간을 지배하지 못하는 자는 누구도 세계를 지배할 수 없었다. 그들은 책과 책의 로고스를 지배하지 못할 바에는 책을 태워 없애버려야 했던 것이다.

진리가 거주하고 현전하는 공간으로서의 책의 관념과 권위가 도전받은 것은 근대 이후의 일이다. 이른바 텍스트 시대의 개막과 함께 도래한 것이 책의 죽음이다. 하이퍼텍스트 시대의 책은 누군가에 의해 불태워지는 것이 아니라 스스로 불타오른다. 롤랑바르트에 의하면 텍스트의 탄생은 저자의 죽음과 함께 왔다. 저자는 죽었다기보다 살해당했다는 표현이 더 적절할지도 모른다. 바르트는 「작가의 죽음」이라는 글에서 작가—저자—의 절대성을 중심으로 한 문학의 이미지에 대해 반기를 들었다. 부르주아 사회의 억압적 코드에 대한 혐오가 바르트의 초기 텍스트론에 묻어 있긴 하지만 그는, '책'이 스스로 걸어 들어간 언어의 감옥으로부터, 그리고 스스로 부과한 윤리적 책무와 구속으로부터 문학을 해방시키고자 텍스트를 열 것을 제안했다. 텍스트를 연다는 것은 이 폐쇄된 공간을 자유롭고 자의적(恣意的)인 기호의 공간으로

---

1) 남태우, 「태우려해도 태워지지 않는 책들의 지옥 이야기」, 『사대도협회지』 2집, 사대도협, 2001.

뒤바꾸는 것이다.

　책과 텍스트의 개념을 누구보다도 명확히 구분하고자 한 사람은 데리다일 것이다. 데리다에게 책은 텍스트를 이해하기 위해 꼭 필요한 개념이다. 그에게 책은 체계와 중심으로 표상되는 수목적 구조를 가진다. 책은 뿌리에서부터 가지까지 체계적이며 유기적인 의미의 전체성이 현존하는 장소이다. 책은 유클리드적 공간과 위계질서의 상징인 것이다. 그런데 텍스트는 책의 이러한 폐쇄적인 권위에 도전한다. 텍스트에는 실질적이거나 고정적인 중심이 있을 수 없으며, 따라서 주체와 저자도 부재한다. 의미는 현존하지 않으며 그 의미의 고향도 있을 수 없다. 데리다에게 책 혹은 책이라는 관념은 서구의 현전의 형이상학을 구성하는 핵심적인 요소이다. 책은 혈통과 부계중심의 가족구도와 같은 로고스중심주의의 폐쇄적인 총체성을 상징한다. 데리다의 텍스트론은 책의 폐쇄성과 권력에 반대하고 텍스트의 개방성과 풍부성에로 독자를 유도하려는 전략을 담고 있다.

　블랑쇼는 『미래의 책』에서 두 가지, 혹은 두 단계의 책의 죽음을 증언하고 있다. 그 하나는, 테크놀로지와 매체의 속도에 부딪치면서, 완결된 의미공간으로서의 책의 개념이 소멸되는―근대적인―현상이며, 두 번째의 죽음은 책이 테크놀로지에 의해 파괴되기 훨씬 이전에 이미 암시되었던 자신의 종언이다. 텍스트의 도래와 더불어 책이 가지고 있는 현재의 가능성은 끊임없이 무화되며, 급기야 문학―책은 자신의 미래마저 앞질러버린다. 미래로 뛰쳐나가는 이 진리의 움직임을 책은 더 이상 수용할 수 없는 것이다. 그러나 블랑쇼는 끊임없이 연기되는 사태를, '미래의 책'이 도래하는 글쓰기의 운동과 그 가능성으로 돌려놓는다. 이 밖으로부터 도래하는 미래의 책, 시는 아직

도착하지 않은 기원을 향해 돌진하는 죽음의 목소리이다.

우리는 책의 파괴, 혹은 죽음을 응시하는 두 시인의 상이한 시선을 뜯어보면서 책의 죽음 너머에서 태어나는 시, 혹은 삶의 곤혹스러운 배치들을 확인할 수 있다.

2

푸코는 플로베르의 『성 앙트완의 유혹』을 분석하며, 근대 이전에는 전혀 경험되지 않았던 환상의 공간을 발견한다. 그곳은 도서관이다. 먼지 앉은 채로 닫혀진 책을 열어젖히는 순간 그에게 펼쳐진 것은 인쇄된 기호들의 희고 검은 표면에서 비상하는 망각된 단어들의 끝없는 유희이다. 서가의 회랑을 난무하는 주석들의 틈에서 펼쳐져나가는 그 끈덕진 소음들은 "꿈꾸면서 꿈꾸어지는 모든 다른 책들―다시 손보고, 분할되고, 옮겨지고, 조합되고, 멀어지는 책들, 몽상에 의해 간격을 두었다가 다시 몽상에 의해 욕망의 빛나는 환상으로 이끌리는 그런 책들의 꿈"[2]이다.

유럽에서는 중세로부터 근대가 도달하기 전까지 단 한 권의 책만이 존재했다. 세계의 모든 목소리들은 그 책 속의 문자들로부터 비롯되었으며 그 책 속의 문장들이 세계를 지배했다. 그 거대한 한 권의 책은 미로처럼 이어진 우주의 도서관을 이루고 있었으며, 그 책을 읽는다는 것은 수없이 그 책의 가지들을 증식하는 것을 뜻했다. 진리는 그

---

2) Michel Foucault, 김용기 역, 「도서관 환상」, 김현 편, 『미셸 푸코의 문학비평』, 문학과지성사, 219~220쪽.

책으로부터 기원했으며 모든 가능한 진리는 다시 그 책으로 귀환했다. 그 책 속의 문장들의 주인은 '신'이다. 이 문장들의 저자는 신의 목소리를 빌리고 있다. 따라서 그들이 진정한 저자는 아니다.

그런데 신의 목소리 밖에서 진리를 말하는 자들이 등장했을 때, 비로소 한 권의 유일한 책이 아니라 여러 권의 복수적인 책들, 텍스트가 만들어졌다. 텍스트는 신이 부여한 진리로부터 자유로운, 아니 대립되는 공간이다. 책은 이제 하나의 목소리에 사로잡힌 도그마가 아니라 자족적인 허구의 공간으로 태어난다. 그러한 몽상의 공간, 혹은 책들의 꿈이 플로베르가 어두운 도서관의 회랑에서 목격했던 욕망의 빛나는 환상들이다.

여기 한 그루 책이 있다 / 뿌리부터 줄기까지 잘 가꿔진 책 / 페이지를 넘기면 잎사귀들이 푸르게 반짝이며 / 제 속에 숨어 있는 나이테를 알아달라고 손짓한다 // 나는 매일 한 그루씩 책을 베어 넘긴다 / 피도 흘리지 않고서 책들은 고요히 쓰러진다 / 아니면 한 장씩 찢어 입에 넣고 오래 우물거린다 / 이 나무의 성분을 나는 짐작하지도 못하겠다 // 글자들의 푸른 잎맥을 따라가다가 / 간혹 벌레가 파먹는 자리를 발견할 때도 있다 / 비록 이 나무는 꽃도 열매도 맺지 못했지만 / 나름대로 시원한 향기를 뿜어내고 있다 // 여기 한 그루 책이 있다 / 책이 덩굴을 내밀어 내 몸을 휘감아오른다 / 무수한 문장들이 내 몸에 알 수 없는 무늬를 새기며 / 사방으로 뻗어나간다 아무리 베어내도 / 무성하게 자라오르는 책나무 // 책나무 속에 들어가 눕는다 / 내 속에 뿌리 뻗은 나무에서 일제히 날아오르는 / 저 눈부신 새 떼

— 「책 읽는 남자」[3]

시인이 바라보는 것은 "한 그루"의 책이다. 이 책은 "뿌리부터 줄

---

3) 남진우, 『타오르는 책』, 문학과지성사, 2000.

기까지" 세련된 체계와 형식의 페이지들을 거느린 "한 그루" 책이다. 시인은 "매일 한 그루씩" 책을 씹고, 우물거리고 삼키는데, "꽃도 열매도 맺지 못하는" 불임의 이 책이 오히려 시인을 삼킨다. 책을 읽어 나갈수록, "무수한 문장들이 내 몸에 알 수 없는 무늬를 새기며 / 사방으로 뻗어나간다". 플로베르의 도서관 환상처럼, 남진우의 책 역시 책을 열자마자 무수한 파편들이 난무하며 사방으로 증식한다. 그것은 "아무리 먹어치워도 결코 줄어들지 않는 / 글자들의 산"이며, "길이 또 다른 길로 이어지듯 / 책은 또 다른 책으로 이어"진다. 닫혀진 오래된 책을 펼칠 때마다 눈부시게 일어서는 먼지들의 비상처럼, 은폐된 욕망으로부터 활자들은 개방된다. 미세한 몽상의 조각들이 닫혀 있던 책의 자리를 밀어내고 새로운 기호로 등록된다. 그런데 이렇게 증식하는 책의 기호들, 부풀어 오른 활자들이 밀려난 자리들이 어떤 공간으로 형성되는지 우리는 지켜보아야 한다.

하나의 문장이 쪼개지고 옮겨지고 무질서하게 뭉쳐버리고 먼지처럼 날아오르는 형식들은 바로 책(혹은 텍스트)이 태어나는 공간을 이룬다. 새로운 책은 오래된 책이 무한 세포분열하는 흔적의 길을 따라, 혹은 독자(저자)가 오래된 책을 열어젖힐 때의 충격과 몽상의 간격을 통해 태어난다. 그런데 남진우에게 "한 그루" 책나무의 죽음은 또 한 그루의 책나무를 소환하지 못한다. 다만 시인을, 독자를 삼켜버린 책나무, 혹은 죽음의 페이지들을 우물거리는 독자의 음울한 독백만이 모든 책들의 아버지인 "한 그루 책"의 덩굴을 이루고 있다. "책을 읽을수록 나는 텅 비어가고 / 책은 글자들로 한없이 부풀어오른다"고 그는 중얼거릴 뿐이다.

어쩌면 그가 읽고 있는 것은 책이 아니라 텍스트의 매커니즘인지도

모른다. 그는 "침묵으로 가득 찬 / 어쩌면 텅 비었을지도 모르는 //
책", 이미 책도 아니고 텍스트도 아닌 근원적인 불안을 내장한 정체
를 알 수 없는 하나의 욕망의 덩어리들을 들여다 본다. 그의 표현에
의하면, 그는 책을 읽는 것이 아니라, '씹고 우물거리고 먹어치운다'.
"아무리 먹어치워도 결코 줄어들지 않는 저 글자들의 산"에 대한 도
착적인 포식행위의 끝은 "식어버린 죽은 말"로 가득 찬 "해골"의 형
상을 한 독자이다. 결국 "식탁의 접시 위에 올려진 한 권의 책"은 이
미 "우리에게 일용할 굶주림을 주"는 "근엄한 음식"일 뿐이다. 그러
나 책과 독서에 대한 이러한 환멸과 공포는 "아무리 읽어도 결코 도
달할 수 없는 / 그런 세계", 이를테면 중세의 그노시즘적인 몽상적 공
간을 끝없이 부유하고 있다.

　책의 자리는 끝없이 밀려나가서 또 다른 책에게 자리를 비켜 준다.
그 비켜섬의 공간이 하나의 텍스트가 태어나는 시공을 이룬다. 텍스
트의 비켜섬을 작동시키는 것은 쓰기와 읽기이며 모든 저자들의 움직
임 그 자체이다. 남진우에게는 "지워지는 문장 뒤로 다시 문장이 이
어지"지만 문장들이 이어지는 접점의 표정은 어디에도 남아있지 않
다. 남아 있는 것은 이미 화석화된 공포이다.

　남진우의 시에서 되풀이되는 책, 그리고 독서는 끊임없이 자기 증식
하는 기호들의 충적으로서의 텍스트이다. 그러나 그러한 텍스트의 매
커니즘을 되뇌이는 시인이 결국 읽어내는 것은 "죽은 저자가 뿜어내는
자욱한 입김"만이 난무하는, "아무리 읽어도 결코 도달할 수 없는 /
그런 세계"의 절망의 표정이다. 시인의 포즈와는 달리 이 절망은 결
코 공포를 동반하지는 않는다. 왜냐하면 그가 목도하는 텍스트의 자
기 증식이 저자나 텍스트의 죽음을 동반하지 않기 때문이다. 남진우

의 시에서 저자의 죽음은 텍스트의 파괴와 생성을 구성하는 시공과 동떨어져 별개의 기표로 완강하게 버티고 있다. 저자는 이미, 예전에 죽어 있는 저자이며 결코 다시 죽지 않는, 영원히 죽은 저자이기 때문이다.

그러나 저자의 죽음은 신화가 아니다. 저자의 죽음은 하나의 증언이며, 언제든지 부활하는, 죽음을 증언하는 텍스트의 레이블이다. 책은 하나의 총체성을 표상하는 시니피앙으로서의 완강한 관념이며, 저자의 죽음과 텍스트의 탄생은 총체성이라는 시니피앙의 파기를 뜻한다. 그런데 남진우의 시에서 끝없이 타오르는 책의 광경은, 이미 죽은 저자가 그 자리에서 다시 죽고, 욕망과 생성이 생략된 파괴의 기호만이 떠돌아다닌다. 그것은 영원히 닫혀 있는 텍스트의 망령들이며 죽음과 절망이라는 시니피앙으로서의 권력이다.

현기증 속에서 / 누군가 내게 불러준 문장을 따라 읽는다 / 마천루 물마루 위에 내리는 비 / 몸 속의 피가 빠져나가는 말간 어지러움 속에서 / 나는 잠시 몸을 돌려 세우지만 / 빈혈의 밤거리는 조용하다 / 누가 내게 그 문장을 불러 주었을까 / 마천루 물마루 위에 내리는 비 / 내리는 빗속으로 우산도 없이 떠나는 사람들 / 몽롱하게 풀어진 어둠 위로 떠오르는 얼굴을 지켜보며 / 나는 계속 중얼거린다 / 마천루 물마루 위에 내리는 비 / 드러나지 않는 세계의 비밀이 담긴 이 은밀한 문장 / 도둑고양이 한 마리 날쌔게 가로지르는 / 포장마차가 늘어선 거리를 지나 이 밤 / 내 피는 자꾸 흘러나가고 흘러서 먼 강에 이르고 / 고개를 들면 말라들어간 입술을 적시는 짠 빗방울 / 마침표도 없이 떠올라 내 귓가를 스쳐지나간 저 문장의 / 행방을 나는 알 길이 없는데 / 문장 바깥엔 아무도 없고 다만 / 물 위에 떨어지는 물 소리뿐 / 술에 취한 사내 두엇 휘적휘적 사라진 짙은 어둠 속 / 다시 누군가 가만히 내 귀에 속삭인다 / 마천루 물마루 위에 내리는 비

—「기다림」

그는 "누군가 내게 불러준 문장을 따라 읽"을 뿐이다. 내가 지금 읽고 있는 것이 내가 읽는 것이 아니라 누군가 불러 준 문장이라는 것은, 텍스트의 심층을 이루는 다양하게 중첩된 의미의 결들을 표상하고 있다. 어쩌면—독자를 씹어삼키는 책나무에서 보이는 것처럼—교환가치가 지배하는 현대 사회의 소비적인 욕망의 패턴을 증언하고 있는 지도 모른다. 그러나 시인의 귀를 스쳐 지나가는 것은 "드러나지 않는 세계의 비밀이 담긴 은밀한 문장"이며, "들어올릴 수 없는 / 침묵으로 가득 찬 / 어쩌면 텅 비었을지도 모르는" 책의 공허하고 음울한 목소리이다. 그 문장의 고향은 "아무리 읽어도 결코 도달할 수 없는 / 그런 세계"이기에 "다 읽고 나면 두 손엔 / 한 움큼의 재만 남을 뿐"이다.

한 권의 책은 저자의 죽음을 등록하며 레이블을 갈아 끼운다. 저자의 죽음은 욕망의 흔적이다. 그 욕망의 흔적을 읽어내는 것은 텍스트의 탄생과 소멸을 뜻한다. 남진우의 시가 저자의 죽음을 은폐하고 있는 것은 아니다. 단지 그는 저자의 임종을 경험하지 못할 뿐이며, 저자의 죽음은 그에겐 하나의 "기다림"(16), 혹은 환상일 뿐이다. 그것은 텍스트의 외피를 입은, 죽음과 공포의 신비주의로 등록된 고착된 욕망이다. 그 욕망들은 중세의 사원과 죽은 저자의 유령 주위를 배회하고 있다.

텍스트의 자기 증식을 작동시키는 것은 지식이라는 욕망의 끝없는 회로이다. 그런데 남진우의 텍스트들은 욕망이 일으키는 무한한 기호의 방사를 의미의 진열대인 유클리드적 공간으로 묶어 놓는다. 남진우의 시에 드러난 좌절과 공포의 포즈들은 텍스트의 매커니즘을 중얼거리지만 저자—책의 죽음과 텍스트의 표면이 철저히 분리되어 있다.

남진우의 이러한 '책의 관념'은 전형적인 텍스트적 사유의 일단을 보여 주면서도 결국은 '한 권의 책'이라는 중세적인 책의 존재론으로 회귀한다.

3

> 가까이 할 수 없는 書籍이 있다 / 이것은 먼 바다를 건너온 / 容易하게 찾아갈 수 없는 나라에서 온 것이다 / 주변없는 사람이 만져서는 아니될 冊 / 만지면은 죽어버릴 듯 말 듯 되는 冊 / 가리포루니아라는 곳에서 온 것만은 / 確實하지만 누가 지은 것인줄도 모르는 / 第二次大戰 以後의 / 긴긴 歷史를 갖춘 것같은 / 이 嚴然한 책이 / 지금 바람 속에 휘날리고 있다 / 어린 동생들과의 雜談도 마치고 / 오늘도 어제와 같이괴로운 잠을 / 이루울 準備를 해야 할 이 時間에 / 괴로움도 모르고 / 나는 이 책을 멀리 보고 있다 / 그저 멀리 보고 있는 듯한 것이 妥當한 것이므로 / 나는 괴롭다 / 오오 그와 같이 이 書籍은 있다 / 그 冊張은 번쩍이고 / 연해 나는 괴로움으로 어찌할 수 없이 / 이를 깨물고 있네! / 가까이할 수 없는 書籍이여 / 가까이할 수 없는 書籍이여.
>
> ―「가까이할 수 없는 書籍」(1947)

김수영의 책은 "가까이 할 수 없는" 책이다. 그 책은 "容易하게 찾아갈 수 없는 나라에서 온 것"이니만큼, 책의 저자와 책의 기원에 대해 시인은 격절되어 있다. 이 시에서 줄기차게 되풀이되고 있는 것은 시인(독자)과 책과의 거리감이다. 김수영은 한 권의 '책'에 대해 말하고 있으나 기실 자신과 책과의 '거리'를 끊임없이 중얼거린다.

"주변없는 사람이 만져서는 아니 될 책", 책의 권위와 위압감이 드러난 문맥 뒤에 숨어 있는 것은 그 책을 바라보는 시인의 존재론적 열

패감이다. 이 시가 처음 발표된 것은 1947년이다. 제 2차 세계대전이 종전한 지 2년 남짓한 시기이다. 그런데 김수영은 "제2차대전 이후의 / 긴긴 역사를 갖춘 것 같은 / 이 엄연한 책"이라고 말하고 있다. 2년 남짓한 시기를 "긴긴 역사"라고 되뇌이는 시인의 의식 속에는 세계사적 사건의 중심적 시공과 격절된 한국사회의 국지성과 소외에 대한 자조가 담겨 있다. 그래서 시인은 "이 책을 멀리 보고 있"으며, "그저 멀리 보고 있는 듯한 것이 타당한 것이므로 / 나는 괴롭다"고 말한다. 그런데, '그저 멀리 보고 있는' 것이 아니라 "그저 멀리 보고 있는 듯한 것이 타당하다"고 말하고 있다. 단지 책과 시인의 거리가 조준되는 데 그치는 것이 아니라, 시인을 밀어내는 책과, 시인이 밀어내는 책, 그리고 책으로 다가가고자 하는 후진국 지식인의 애증이 이 말 속에 중층적으로 담겨 있다.

덮어놓은 冊은 祈禱와 같은 것 이 冊에는 / 神밖에는 아무도 손을 대어서는 아니된다 // 잠자는 冊이여 / 누구를 향하여 앉아서도 아니된다 / 누구를 향하여 열려서도 아니된다 // 地球에 묻은 풀잎같이 / 나에게 묻은 書冊의 熟練― / 純潔과 汚點이 모두 그의 象徵이 되려 할 때 / 神이여 / 당신의 冊을 당신이 여시오 // 잠자는 冊은 이미 잊어버린 冊 / 이 다음에 이 冊을 여는 것은 / 내가 아닙니다

―「書冊」(1955)

룻소의 「民約論」을 다 精讀하여도 / 執權黨에 阿附하지 말라는 말은 없는데 (중략) 데칼트의 「方法通說」을 다 읽어보았지 / 아부에도 여유가 있어야 한다는 말일세 (중략) 베이컨의 「新論理學」을 읽어보게나 / 原子彈 이나 誘導彈은 너무 많아서 / 效果가 없으니까 / 인제는 다시 匕首를 쓰는 법을 배우란 말일세 (후략)

―「晩時之歎은 있지만」(1960) 부분

VOGUE야 넌 잡지가 아냐 / 섹스도 아냐 唯物論도 아냐 羨望조차도 / 아
냐──羨望이란 어지간히 따라갈 가망성이 있는 상대자에 대한 시기심이 아
니냐, 그러니까 너는 / 羨望도 아냐 // 마룻바닥에 깐 비니루 장판에 구공탄
을 떨어뜨려 / 탄 자국, 내 구두에 묻은 흙, 변두리의 진흙, / 그런 가슴의 죽
음의 표식만을 지켜온, / 밑바닥만을 보아온, 빈곤에 마비된 눈에 / 하늘을
가리켜주는 잡지 (후략)

— 「VOGUE야」(1967) 부분

책은 시인의 시선 앞에서 반복적으로 닫힌다. 시인은 책을 바라보
고, 손 대려 하지만 책은 완강한 침묵으로 자신을 닫아걸고 있다. 시인
의 시선에 와서 부딪히는 것은 책의 물질적이며 정치적인 반향이다.

「서책」은 김수영이 책을 소재로 쓴 초기 시편에 속한다. 이 시에 있
어서의 책은 아직 총체성으로서의 기표라고 할 수 있다. 이 책은 누구
도 함부로 열어볼 수 없고 손댈 수조차 없는 완강한 시간의 감옥이다.
그러나 이 책을 향한 시선을 묶어두고 있는 기표들은 텍스트적인 시
공을 견디고 있다. "잠자는 책", 즉 아무에게도 열려지지 않는 책은
이미 "잊어버린 책", 즉 시간의 마모를 지탱하지 못하는 책이며, "이
다음에 이 책을 여는" 나는 이미 내가 아니다. 책을 여는 행위는 텍스
트의 탄생에 참여하는 것이다. 책의 열림과 닫힘은 "서책의 숙련"이
라할 수 있다. 텍스트의 탄생과 죽음은 "지구에 묻은 풀잎같이" 시인
에게 묻어오는 가장 물질적인 과정이다.

그러나 「만시지탄은 있지만」에서 보이듯, 루소와 데카르트와 베이
컨의 저서들은, '책'이 표상하는 총체성으로 귀환하지 않는다. 그들
은 제각기 개별적이며 특수하며 다양한 정치적인 자세를 취하고 있
다. 시인은 끝없이 책으로부터 소외되지만, 시인은 책의 자세와 방향

을 고정시킴으로써 한 권의 책을 또 한 권의 책으로부터 분리시킨다. 응고된 책으로의 시선은 총체성으로서의 책의 관념을 파괴하면서 개별적인 물질적 기표로 다시 태어난다. "民約論"과 "方法通說"과 "新論理學"은 그들의 기원으로 돌아가지 못하고, 그 책들은 시인의 시선 앞에서 반복적으로 닫히고 닫힘의 발언들은 연쇄적으로 중첩된다. 이 책들은 섹스도 유물론도 선망도 아닌, 그렇다고 그것들의 사이 혹은 틈이나 흔적도 아닌, 구공탄이 탄 자국과 변두리의 흙이 묻는 구두를 응시하는 시인의 눈에 "하늘을 가리켜주는 잡지"이며, "스크린" 쳐지는 세계를 거부하는 분명하고 "엄연한" 현실로서의 책이다. 이 책은 책이라는 총체성으로서의 관념을 거부한다. 책은 모든 중심화된 사유와 동일성의 신화를 거부하며 개별적인 삶의 방식으로 태어난다. 김수영에게 책은 새로운 삶의 방식과 시선을 생산하는 정치적 기제이다. "잠자는 책은 이미 잊어버린 책"이며 "이 다음에 이 책을 여는 것은 내가 아"(「書冊」)니다. 지금 책을 여는 나와 이 다음에 책을 여는 나 사이에 존재하는 분절적 공간은 하나의 책을 열기 위해 책의 실존 앞에 나서는 독자/저자의 이미지이다. 그러나 책은 이미 그 기원을 상실한 "피폐한 고향"이며 "죽어있는 방대한 서책"(「國立圖書館」)일 뿐이다. 기원으로서의 책이 가진 "예언자"적인 권능은 이제 상실되었다. 이 "엄연한" 책의 공간과 시인의 "靈"(「死靈」)은 분리되지 않는다.

「아메리카 타임誌」, 「엔카운터誌」, 「육법전서와 혁명」 등에 나타난 책들 역시 그것의 질료적 특성과 정치적 사유의 층위들이 독자의 시선과 관계하는 방식을 보여 준다. 이로 인해 하나의 개별적인 책은 독자와의 내면적 조우를 넘어 '책의 외부성'을 획득하게 된다. 이 외부성에 대한 인식은 "容易하게 찾아갈 수 없는 나라", "가리포루니아", "제2차대전 이후"와 시인 김수영 사이에 가로 놓인 시공의 간격과 분절선을 띄워 올린다. 따라서 김수영에게 책의 내면은 그 책의 외부를 넘어 책을 말하는 시의 외부, 그리고 시인의 의식에까지 몸을 댄다. 김수영에게 책은 그 내면의 중얼거림과 외부의 활자―기표―가 서로 엉켜 다른 소리를 낸다. 화해하지 못하는 양자의 배치로 인해 책은 언제나 시인 앞에 닫히는데, 이렇게 닫히면서 책은 또 다른 책이 된다.

'한 권의 책'이라는 관념은 허구이다. 예컨대 인용된 시에 등장하는 데카르트의 『방법서설』은, 진리의 가늠자를 신성(神性)으로부터 인간의 이성(理性)으로 끌어내려 중세를 마감하고 근대 이성의 시대를 연 책인 동시에, 역설적으로 코기토의 전제로서 신의 존재를 확립시킨 책이기도 하다. 이 책은 서구 철학의 전통을 집대성한 철학사이기도 하고, 서구 형이상학의 전통을 뒤집어버린 반역서이기도 하다. 또한 이 책은 갈릴레오의 지동설을 논하고 있는 우주론이기도 하며, 광학과 기상학과 기하학에 대한 책이기도 하다. 언어학자에게는, 이 책은 최초로 라틴어가 아닌 프랑스어로 쓰여진 학술서이다. 『방법서설』은 이미 복수이며, 단일성의 기표로 귀환하지 못한다. '한 권의 책'이라는 기표는 다른 기표들과의 관계로부터, 또는 책의 역사적 탄생, 혹은 사건으로서의 책이 형성하는 외부성으로부터 결코 자유롭지 못한 것이다. 김수영에게 루소와 데카르트와 베이컨의 책들은 각각의 상이한 정치적 지층으로 형성된 배치 속에서, 농담과 풍자와 자조와 좌절의 영토에서 태어나고 죽는다. 그 책의 죽음은 이를테면 책과 그 외부가 만나면서 형성되는 일종의 주름이다. 책의 시체와 텍스트의 자궁이 겹쳐지며 생성되는 이 주름들은 다시 김수영 시의 내면에 양각되면서 독자에게 되돌아온다. '몸-꽃[4]-책'이라는 컨텍스트를 형성하고 있는 다음 시는 삶과 의식의 양극적 긴장을 지탱하게 하는 책-텍스트의 매커니즘을 설명하고 있다.

> 꽃을 주세요 우리의 苦惱를 위해서 / 꽃을 주세요 뜻밖의 일을 위해서 / 꽃을 주세요 아까와는 다른 時間을 위해서 // 노란 꽃을 주세요 금이 간 꽃을 / 노란 꽃을 주세요 하얘져가는 꽃을 / 노란 꽃을 주세요 넓어져가는 소란을 // 노란 꽃을 받으세요 원수를 지우기 위해서 / 노란 꽃을 받으세요 우리가 아닌 것을 위해서 / 노란 꽃을 받으세요 거룩한 偶然을 위해서 // 꽃을 찾기 전의 것을 잊어버리세요 / 꽃의 글자가 비뚤어지지 않게 / 꽃을 찾기 전의 것을 잊어버리세요 / 꽃의 소음이 바로 들어오게 / 꽃을 찾기 전의 것을 잊어버리세요 / 꽃의 글자가 다시 비뚤어지게 // 내 말을 믿으세요 노란 꽃을 / 못 보는 글자를 믿으세요 노란 꽃을 / 떨리는 글자를 믿으세요 노란 꽃을 / 영원히 떨리면서 빼먹은 모든 꽃잎을 믿으세요 / 보기싫은 노란 꽃을
>
> — 「꽃잎(二)」(1967)

이 꽃은 시인의 몸이자, 일상적인 사유의 지층으로 고착된 몸을 역동적인 정치적 자세로 돌려세우게 하는 책, 혹은 책으로의 시선이다. 이 꽃-책은 일상적으로 주어지는 것이 아니라 항상 "우리의 고뇌"와

---

4) '꽃', 혹은 '꽃잎'의 이미지는 김수영 시에 있어 현실성과 초월성, 혹은 미적 인식과 윤리 의식 사이의 긴장을 버팅기는 매개체이자 개체의 실존적 한계 극복, 혹은 타자와의 소통을 위한 계기로서의 '몸'의 상징으로 자주 나타난다. "그리하여 / 疲勞도 내가 만드는 것 / 긍지도 내가 만드는 것 / 그러할 때면은 나의 몸은 항상 / 한치를 더 자라는 꽃이 아니더냐"(「矜持의 날」)란 구절에 보이듯, '꽃'은 의식과 영혼의 성숙을 표상하는 동시에 시인의 육체와 정신을 이어준다. 마찬가지로, 시간과 존재의 생성에 참여하는, 운동하는 몸의 존재성을 가운데에 두고, '꽃'과 '책', 혹은 '문자'라는 육체/정신의 복수적 매개들이 등장하는 것이다.

"뜻 밖의 일", 즉 고착된 삶의 양태로부터 벗어날 때 주어진다. 또한 그것은 시인의 의식과 몸을 초월하는 공간이 아니라, 질적 차이를 지 닌 시공에서 구체화된다. "아까와는 다른 시간"에서, 그리고 "노란 꽃"과 "하얘져가는 꽃"의 구체적인 색채와 질감의 변모를 지나 "넓어 져가는 소란"에 이르기까지 꽃—책의 의미는 공간적으로 치환된다. 이렇게 받아들인 꽃—책은 이미 "우리가 아닌 것"이며, 구획되고 고 정적인 의미의 시공에서 탈각된 "거룩한 우연"의 영역에서 이룩될 수 밖에 없을 것이다. 꽃—책의 새로운 의미를 받아들인다는 것은 이전 의 의미를 지우는 것을 뜻한다. 즉 "꽃을 찾기 전의 것을 잊어버"려야 하는 것이다. 그것은 "꽃의 소음"인 꽃—책의 다양하고 이질적이며 개별적인 의미의 흐름과 발산을 그대로 받아들이는 길이다. 꽃—책의 의미 영역을 그 기원이라는 고정적이며 단일한 기표의 공간에 묶어두 지 않는 것은 "꽃의 글자가 다시 비뚤어지게" 하는 것이다. "나는 결 코 그의 種子에 대하여 / 말하고 있는 것은 아니다 / 또한 설움의 歸 結을 말하고자 하는 것도 아니다"(「꽃(二)」)라는 말과 같이, 그는 한 권의 책을 기원을 향한 단일성의 기표로 귀속시키는 것을 거부하는 것이다.

책을 읽는 것은 이와 같이 불확정적이고 모호한, 그러나 구체적이 고 개별적인 텍스트의 시공으로 자신의 몸을 던지는 것이다. 그때 책 의 모든 억압적인 기원으로부터 흘러나온 한 권의 책은 "못보는 글 자", 즉 권력적 기표의 은폐로부터 개방되고, 다양한 의미의 흐름을 진동시키는 "떨리는 글자"가 된다.

이 "꽃의 소음"이 진동하는 공간은 꽃—책의 내면이 그 외부와 상 호 소환하는 경계들로 배치된다. 책을 향한 시인의 복수적인 시선으

로 형성되는 이 각각의 배치들은 시인과 책 사이의 거리 위에 이질적
인 다양성의 층위들로 중첩된다. 그리하여 딱딱하게 굳은 책의 관념
은 존재론적 차이로 진동하는 텍스트로 태어난다. "보기 싫은 노란
꽃"이지만 그래도 직시해야 하는 시인의 고통스런 시선은 은폐와 개
진을 반복하는 한 권의 책을 떨어뜨린다. 그것은 "영원히 떨리면서
빼먹은 모든 꽃잎"이며 끝없이 진동하는 의미의 텍스트이다.

4

책은 문자의 역사이다. 책에서 문자의 역사와 그 논리적 귀결을 읽
어내는 대신 문자의 흔적을 주시하게 되면서부터 책의 담론들은 텍스
트가 된다. 남진우에게 책은 행간의 진행에 따라 반복되는 의미들의
흔적, 급기야 소멸하는 허무의 기표로서의 텍스트이다. 남진우의 책
은 만지자마자 타오르고 끊임없이 증식하지만, 책이 저자 혹은 독자
와 부딪치는 공간을 설정하지 못함으로써, 혹은 외면함으로써 결국
단 한 권의 위대한 책이라는 중세적 관념으로 회귀할 수 밖에 없다.
단지 이 책은 시간과 공간, 그리고 의식을 초월한 몽상의 공간에 완강
하게 열려 있음으로써, 몰락하는 책과 독자를 덮치는 환멸의 이미지
를 작성해 낼 수 있었다. 반면 김수영의 책들은 현실적인 시공의 배치
위에서 다양하고 상이한 닫힘의 자세를 형성한다. 시인이 책을 바라
보는 시선, 그리고 책이 다른 책과, 혹은 책의 내부와 외부가 부딪치
며 생성해내는 시선들은 책과 독자와의 관계에 대한 실천적인 담론의
공간을 만들어낸다.
우리는 이 공간들을 통해, 아직 가능성의 영역에 배치되어 있는 김

수영의 육체와 김수영의 시와 그의 시선이 동시에 하나의 텍스트로 읽히는 공간을 가늠해 볼 수 있다. 물질적인 책들을 향한 복수적인 시선과의 끈질긴 고투는 상이하고 다양한 의미들의 분절선을 생성해 낸다. 이 분절선들은 책의 목소리와 그 질료적 형태들이 내뿜는 시선과 그 마찰음이 생성해 내는 끊기고 이어지는 매듭들로 이루어져 있다. 뫼비우스의 띠를 연상시키는 책을 향한 시선과 그 배치들은 패권적 이성이 쌓아올린 텍스트의 권력과 폐쇄성을 뚫고 구술적 개방성의 장으로 나선다.

책의 외부성을 사유한다는 것, 권력적 기표로 은폐된 책의 내면을 이질적이며 개별적인 책의 외부를 향해 상호 소환하는 것, 기원을 향한 동일성으로 무장한 한 권의 책과 그 공간을 책의 외부와 시인의 시선이 형성하는 사건, 혹은 사건들이 진동하는 장으로 돌려놓는 것, 이것은 '한 권의 책'이라는 관념으로 표상된 모든 사유와 현실의 권력적 지층에 대한 고통스런 대결의 흔적이라고 할 것이다. 김수영은 책을 읽는 것이 아니라 책을 '산다'(生活). 책을 살아낸다는 것, 책의 역사성과 그 기원을 건축해내는 객관화된 반성적 이성 대신 책이 스스로 움켜 쥐고 풀어내는 표정을 독자와의 관계 속에 되살려내는 것, 그리하여 인간/책, 혹은 주체/대상과의 역동적이며 창조적인 관계를 솟아오르게 하는 것, 책과 인간, 나와 타자를 분리하고 규정하는 객관 세계의 고착된 이성적 권력이 은폐한 구체적인 생활의 지평을 생성해 내는 진정한 독서로서의 정치적 리듬.

4. 스며드는 경계들

— 문태준의 「묽다」

새가 전선 위에 앉아 있다
한 마리가 외롭고 움직임이 없다
어두워지고 있다 샘물이
들판에서 하늘로 검은 샘물이
흘러들어가고 있다
논에 못물이 들어가듯 흘러들어가
차고 어두운 물이
미지근하고 환한 물을 밀어내고 있다
물이 물을
섞이면서 아주 더디게 밀고 있다
더 어두워지고 있다
환하고 어두운 것
차고 미지근한 것
그 경계는 바깥보다 안에 있어
뒤섞이고 허물어지고
밀고 밀렸다는 것은
한참 후에나 알 수 있다 그러나
기다릴 수 없도록 너무

늦지는 않아 벌써
새가 묽다

— 문태준, 「묽다」(『현대문학』 2005년 2월호)

1

시인은 인간의 눈과 몸을 향해 밀려왔다가 흩어지는 자연의 표정을 거머쥐고 그 풍경을 자신의 운명 속으로 삽입시키는 자이다. 그 운명의 형식은 자기와 사물의 만남으로 빚어지는 리듬과 색채의 질감이 서로를 묶고 있는 현(絃)의 긴장감으로 나타난다. 그러나 자연은 끝내 이 모든 것을 다시 대지 속으로 내려놓으려 한다. 자연을 당기는 인간과, 그 인간을 함께 당겨 다시 풀어 놓는 자연의 힘들이 버티는 풍경은 위태롭고도 숭고하다. 그 힘의 팽팽한 밀고 당김 속에 곧잘 드러나는 것은, 보이는 것과 보이지 않는 것의 경계, 혹은 사물과 사물, "자기"와 "타자"의 경계이다. 말 한 것, 드러난 것들은 말하지 않았거나 숨어 있는 것들의 힘을 암시하고, 말하지 않은 것들은 드러난 것들의 여백을 지탱한다. 가시와 비가시의 경계는 인간과 자연이 만나고 그 힘이 상쇄되는 장소이다.

문태준의 신작시 「묽다」를 읽으며, 전후 미국의 추상표현주의 화가 마크 로스코를 떠올렸다. 그의 작품은 두 개의 색사각형이 아래위로 배치되어, 흘러나오는 듯한, 아니면 팽창하는 듯한 사각형의 윤곽이 서로를 건드리는 매우 단순하면서도 무거운 구도를 가지고 있다. 나는 그의 그림을 두고 다음과 같이 말한 적이 있다.

마크 로스코의 그림에서 우리는 그 색사각형이 윤곽선의 경계를 뚫고 나
오려는 강렬한 색채의 질료적인 일렁임을 먼저 발견할 수 있다. 사각형 사
이의 경계와 선은 자족적인 것이 아니라 사각형의 색채와 형태가 발산하는
움직임으로 밀려나는 피동적이며 가변적인 공간이다. 사물이 다른 사물과
악수하기 위해 몸을 뻗는 부분의 잉여. 내부로부터 바깥을 향해 스멀스멀
번져가는 어떤 욕망의 움직임들. 하나의 덩어리 역시 그 자체 자족적이지
않고 끝없이 팽창한다. 그러나 그 팽창의 속도는 지나치게 완만하다. 작가
는 저 사물들 사이, 혹은 욕망의 국지성 속에 스스로를 고착시키려는 경계
를 정말로 해체하려는 것인지 의심이 들 정도로 색채들이 흘러나가는 속도
는 완강하리만치 느슨하다.

— 『문학사상』 2004년 1월호

존재의 벼랑에서 생성과 소멸은 하나이다. 현존을 향한 비상의 끝
간 곳에서 전위적 인간들이 맞닥뜨리는 것은 다름 아닌 소멸의 미래
적 기억이다. 생성의 속도는 소멸의 흔적을 삼키고 태어난다.

2

한국어는 술어 중심의 언어이다. 주체에 의해 한정되지 않는 언어,
주어가 없이도 의미를 전달할 수 있는 한국어는 사물들의 관계성에
의한 존재의 발견을 기술하는데 더 없이 용이하다. 이 시는 한국어의
이러한 장점을 최대한 이용하고 있다. "뒤섞이고 허물어지고 / 밀고
밀렸다는 것은"의 주어는 무엇인가. 처음 그것은 "경계"였다가 "경
계"를 주시하는 시적 자아의 시선으로 바뀐다. 이러한 시선의 확산과
침투는 자기 밖의 세계, 한정된 사물의 존재를 넘어서는 외부를 사유
하는 힘을 가능하게 한다. 사물의 테두리를 완결짓는 주어의 주도성

이 문장을 압도하게 되면, 사물의 내면과 외부의 대화를 엿들을 수 없다. 주어로 수렴되지 않는 문장은 논리의 틈이 생성해 내는 모호한 여백의 공간을 품고 있다.

> 물이 물을
> 섞이면서 아주 더디게 밀고 있다

　주술관계가 교착된 비문이 의미의 통사구조를 뚫고 일어서고 있다. "물이"는 "섞이면서"의 주어이면서, "밀고 있다"의 주체가 된다. 동시에 주어에 붙어 있는 목적어 "물을"은 "물이"와 함께 결합하여 "섞이면서"와 "밀고 있다"를 동시에 푼다. 양자의 술어는 "물이"와 "물을"이라는 두 단어를 입체적으로 수렴하면서 대상으로서의 "물을"을 주체의 위치로까지 끌어올린다. 대상이 주체의 그늘로 스며드는 것이다.

　정서가 완전히 배제된 묘사로 충일한 이 시의 발성법의 계보를 더듬으면, 김종삼의 「文章修業」이 있다.

> 헬리콥터가 떠 간다
> 철뚝길 연변으론
> 저녁 먹고 나와 있는 아이들이 서 있다
> 누군가 담배를 태는 것 같다
> 헬리콥터 여운이 띄엄하다
> 김매던 사람들이 제집으로 돌아간다
> 고무신짝 끄는 소리가 난다
> 디젤 기관차 기적이 서서히 꺼진다

"담배를 태는 것 같다"에서처럼, 보이지 않는 것이 보이는 것들과 아무 부담 없이 존재에 참여한다. 헬리콥터와 아이들과 김매던 사람들과 기관차 기적, 이런 것들이 제각각 내는 소리들과 그 소리의 그림자들이 모락모락 피어오르고 있지 않는가. "사물의 있음"을 소박하게 한정하는 묘사가 존재의 배면을 건드릴 수도 있다.「文章修業」이 수채풍경화라면,「묽다」는 추상유화라고 해도 좋다. 문태준의 시는 조금 더 미시적이고 현상학적이다.

3

완결체로서의 "자기"를 구성하고 상정하는 것은 근대의 사유방식이다. 이 종교는 타자를 은폐하고 자연을 대상화하거나 배제함으로써 가능해졌다. 거창한 담론을 들먹이지 않더라도, 타자와의 관계성을 떠난 내면적 자아만이 충만한 서정시들의 남루한 표정들을 우리는 쉽게 발견할 수 있다. 사물의 존재성을 확정하기보다 그것의 내면과 외부가 관계하는 만남의 방식에 오늘의 시인들은 지각을 집중해야 한다.

시인은 어스름이 깔리는 무렵의 저녁 풍경을 깊이 들여다보고 있다. "샘물-들판-하늘"로 이어지는 가시지평의 경계들은 천천히 녹아내리며 습합한다. "환하고 어두운 것 / 차고 미지근한 것"의 경계가 번질 때, 비로소 보이지 않았던 것들의 숨결이 드러난다. "섞이면서 아주 더디게 밀고 있"는 것은 우리를 둘러 싼 공간의 경계들인데, 그것들이 천천히 열어주는 것은 시간의 스냅사진들이다. 우리는 거기에서 분절된 공간을 일그러뜨리는, 미분화의 시간을 본다. "외롭고 움직임이 없"던 한 마리의 새가 주변 사물과 공기에 삼투해가기 시작한다. 논에 못물이 흘러들어가듯, 한 공간이 다른 공간에 허리를 내어준다. 바닥에 떨어진 두 개의 물방울이 뭉쳐질 때의 모습을 상상해도 좋다. 사물과 사물은 표면에서 만나는 것이 아니라 내부에서 끓어오르는 자장(磁場)에 이끌리는 것이다. 그러나 그 자장은 설명되거나 구획되지 않는 것이어서, "밀고 밀렸다는 것은 / 한참 후에나 알 수 있다". 그것은 매우 느리고 더딘 것이다. 그러나 그 전이는 말 그대로 "부지불식간에" 이루어진다. "기다릴 수 없도록 너무 / 늦지는 않아" 새가 어느새 환하고 어두운 것, 차고 미지근한 것의 섞임 가운데에 있다. 이 가없이 느린 공기의 행군이 품고 있는 것은 사물의 내부가 숨기고 있는 비밀스런 자장이다.

"환하고 어두운 것"과 "차고 미지근한 것"의 "경계는 바깥보다 안에 있"다. 사물과 사물을 구별짓는 벽으로서의 경계는, 존재의 배면을 엿보는 관계적 사유로 내려가면 그 테두리에서 휘발하고 만다. 경계는 내부에 있는 것이다. 그것은 사물과 사물이 악수할 때의 표정이며, 사물의 망각된 기원과 응축된 존재성이 서로를 넘나들고 서로에게 스며드는 접면이다.

극도로 억제된 수사와 언술, 어떤 의미나 이미지에도 물들어 있지 않은 이 시의 회화적인 표현주의는 자족적 언어에 갇혀 폐쇄적 완결성에 안주하는 서정시의 미학주의에 저항하는 듯하다. 주체의 조작된 연속성에 틈을 내는 일, 완결된 구조의 전체성을 어그러뜨리는 일, 흘러내리거나 삐져나오거나 파고드는 사물의 경계를 드러내는 것은, 사물과 주체의 외부를 향한 시선을 열어둠으로써 비로소 주체의 시선을 개방시킨다.

이 시의 스멀거리는 어두운 속도는 우리의 일상과 시선을 고착시키는 선조적(線條的) 시간과 구획된 기하학적 공간의 틈을 비집어내고 있다. 시인의 눈에 의해 가까스로 벌어진 사물의 표정이 삼키고 있는 것은 흔적으로만 설명되는 자연의 힘과 속도이다. 자연은 세계를 향하여 은폐된 타자를 드러내고 주체를 대상으로 내려놓는다. 오늘의 시가 그 존재의 깊이에 이르기 위해서는, 정체성보다 관계성에 지각을 집중해야 한다. 문태준의 「맑다」는 이를테면 "깊이 없이 이를 수 있는 깊이"에 닿아 있다.

제3부

감각의 풍경

1. 시적 언어의 장력(張力)과 감각의 현상학

— 오탁번론

1

머리로 읽히는 시가 있는가 하면 가슴으로 읽어야 하는 시도 있을 것이다. 이마로 처음 와 닿는 시는 어떨까. 들이미는 듯한 시어들의 행간을 더듬다가 그 시선 둘 곳 찾지 못해 시의 액자 바깥을 가늠하는 사이 뺨을 물들이는 시, 그러다 갑자기 심심한 옆구리를 불쑥 찔러오는 시가 있다. 오탁번의 시가 그러하다. 그는 말하고자 하는 바를 섣불리 비유와 운율로 덧대거나 이미지에 메시지를 겹쳐놓기보다 일상의 맨 얼굴을 먼저 내민다. 그 맨 얼굴의 표정에서 누구는 순수와 동심을 읽고 누구는 모성과 원시적 심성에의 갈구를 읽고 누구는 날렵하고 결 고운 한국어의 맵시와 시적 언어의 위의와 자존을 읽고 누구는 호방한 유머와 능청스런 해학의 고갱이를 짚어 보고 한바탕 웃는다. 그러나 이 맨 얼굴의 이마에 새겨진 주름과 그 주름의 간격을 가늠하지 않고서는 오탁번의 시가 품고 있는 겹겹첩첩이 둘러쳐진 내적 언어의 공명에 다다르기 힘들다.

　오탁번의 일곱 번째 시집 『손님』에는 그의 시세계를 두고 회자되었던 언어와 상상력의 진경이 '소도록이' 펼쳐져 있다. 특히 그 맵고 짠 언어 미감과 상상력의 진폭을 에두르거나 가까스로 거슬러 올라 가 보면, 시선을 돌이키고 자리를 고쳐 앉게 하면서 시와 삶을 서로 끌어 당기는 어떤 장력(張力)에 이르게 된다.

> 흰 두루마기를 입은 노인이
> 우리 집 사립 앞에 와서 큰 기침을 했다
> ―이리 오너라!
> 동무들과 소꿉놀이를 하던 나는
> 바느질하는 어머니에게 달려갔다
>
> 어머니는 바늘겨레에 바늘을 꽂으며 말했다
> ―누구시냐고 여쭈어라!
> 어머니의 목소리가 사립에 닿자마자
> 우리 집을 찾아온 노인이 대꾸했다
> ―충주 오생원이라고 여쭈어라!
>
> 어머니는 방문을 열고
> 섬돌로 내려서며 반갑게 말했다
> ―당숙 어른 아니세요? 어서 오세요
> 노인은 큰기침을 하면서 들어왔다
> 어린 흰둥개도 덩달아
> 섬돌까지 따라오며 꼬리를 쳤다

―「손님 1」

　표제시인 「손님」에는 전통사회의 내외 관습이 통과하는 시골집의

한 풍경이 정갈한 구도와 날랜 서사적 진술로 그려져 있다. 어디 틈이란 게 보이지 않을 정도로 완미하다. 마치 소설의 한 부분이나 잘 만들어진 흑백영화의 한 장면을 보는 듯하다. 시의 형식 속에 자연스럽게 녹아들어 빚어진 서사적 속도감과 영상적 생동감은 장르를 횡단하는 상상력의 또 다른 경지를 보여준다고 할 수 있거니와, 이는 표현에 매달린 사소한 덧칠이나 더께도 까탈스럽게 잘라내고 털어내고야 안심하는 시인의 엄격한 시어 운용에서 기인하는 것이기도 하다. 이 작품의 보기 드문 성취를 일일이 열거해 보는 것도 의미는 있겠지만, 조금은 더 작품 속에 들어가 앉아 보는 것도 괜찮을 듯싶다.

미리 언급한 영상적 생동감은 단정하고도 속도감 있는 구도와 엄격하게 다듬어진 구문에서 비롯된다. 그러나 한편으로는 두 개의 이질적인 세계가 만나거나 부딪치는 극적 장치의 효과라고 보는 것이 옳겠다. 바느질하는 어머니와 소꿉놀이하는 어린 화자의 평범한 일상과, "이리오너라!"라는 비일상적 호명을 둘러 싼 낯선 이의 등장이 그 첫 번째요, 두 번째는 "이리오너라!"와 "누구시냐고 여쭈어라!"로 교환되는 내외문답의 규범적 형식성과 나란히 "어머니에게 달려"가는 어린 화자와 "따라오며 꼬리를" 치는 흰둥개의 동작이 보여주는 일상성과 천진성이 그것이다. 일상적 삶과 비일상적 형식이 서로 업고 함께 어우러진다. 일견 부자연스럽게 보일 수도 있는 관습적 장면이 투명하고도 소박하며 인정(人情)적인 아이러니로 흘러넘친다. 이 작품을 읽고 왠지 모르게 미소를 흘리고 있다면 그 때문일 것이다.

그러나 정작 시인이 하고 싶은 말은 「손님 2」에 있는 것 같다. 손님이 오신 날이면 겸상으로 흰밥을 먹을 수 있는 어린 화자에게 손님은 특별한 존재이다. 또 그 자리에서 어린 화자는 손님에게서 "흰 두루미 날아오는 세상 이야기를" 귀 쫑긋 세우고 들을 수 있다. 이제 이 시의 '손님'에 대해 다시 생각해보지 않을 수 없다. 평온하고 잔잔한 일상에 끼어든 낯선 손님으로 인해 어머니와 집안은 상차림을 비롯하여 새로운 질서에 편입된다. 그러나 이 풍경도 뜻밖의 정겨운 형식이 될 수 있다. 그리고 '손님'은 어린 화자에게 다른 세상과 다른 상상을 가져다주는 메신저가 된다. 볼품없는 "의지가지 없는 노인"이겠지만 어떤 특별한 이유를 떠나 어머니는 예를 다해 대접한다. 어린 화자에게도 손님은 더없이 소중한 존재이다. 그 손님은 시인에게 무엇이겠는가. 이 '손님'은 어쩌면 '시'와 닮지 않았는가. 그것 자체만으로는 아무짝에도 소용되지 않지만 관계의 형식을 통해 더 깊이 새겨진 삶의 씨줄과 날줄을 드러나게 하는 것, "흰 두루미 날아오는 세상"과 같은 다른 세상을 꿈꾸게 하는 것. "이리오너라" 큰기침하는 호령을 어머니에게 달음질하며 알리는 어린 시인의 눈에 그것이 혹 '시'의 도래는 아니었겠는가. 조금 앞서 나간 해석일 수도 있겠지만, 이 '손님'이 시인의 저 오랜 시적 상상력의 모태와 이어져 있는 것은 분명해 보인다.

2

이번 시집에 드러나는 또 하나의 특징은, 단아하고 정갈하게 운용되고 구성되는 시언어의 배후에서 내면을 향해 직핍하는 성찰을 담은 시편들도 보기 드문 형상화를 얻고 있다는 것이다. 그것은 조금 더 몸을 낮춘 삶의 추체험에 말미암은 것이다. 내적 성찰을 위주로 하는 어떤 시들은 시언어가 바탕이 되는 미학적 구조보다 정신적 고도에 그

시적 긴장을 기대고 있는 경우를 우리는 흔히 확인할 수 있다. 그러나
오탁번의 경우 어느 하나를 도외시하는 법 없이, 완결적 구조와 미세
한 언어 감각의 저변에서 미학적 긴장과 내적 성찰을 동시에 지탱하
고 있다는 점은 주목할 만하다.

> 할아버지 산소 가는 길
> 밤나무 밑에는
> 알밤도 송이밤도
> 소도록이 떨어져 있다
>
> 밤송이를 까면
> 밤 하나하나에도
> 다 앉음앉음이 있어
> 죽정밤 회오리밤 쌍둥밤
> 생애의 모습 저마다 또렷하다
>
> 한가위 보름달을
> 손전등 삼아
> 하느님도
> 내 생애의 껍질을 까고 있다
>
> ─「밤」

　너무 많지도 적지도 않고 너무 크지도 작지도 않은, 그러나 저마다
크기와 색깔과 모양새가 다른 밤들이 소담하게 여기저기 떨어져 있
다. 그 모습을 표현한 "소도록이"란 말 하나만으로도 시인의 언어 감
각을 감지할 수 있다. 이 "소도록이"야말로, "밤 하나하나에도 다 앉
음앉음이 있어" "생애의 모습 저마다 또렷"한 유일하고 고유한 한 때
의 밤송이를 수식할 수 있는 단어 아니겠는가. 그도 그렇지만, 다시

시를 찬찬히 읽어보면 산소, 송이밤, 보름달, 손전등으로 연결되는 원환의 이미지가 둥글고 깊은 어둠과 밝음을 오가는 "생애의 껍질"을 나선형으로 이어놓고 있음을 볼 수 있다. 그것은 생명과 죽음, 밝음과 어둠이 제각각 몸을 바꾸고 또 몸을 채우는 삶의 원형적 모델이기도 한 것이다. 이 나선형적 구도 속에서 시적 화자의 생애 역시 밤송이와 무덤을 오가며 삶과 죽음의 경계와 겹쳐진다.

오탁번 시의 비유와 아이러니는 수사적 장치라기보다 맨 얼굴의 표정과 일상 속에서 생각없이 펴 보이는 손 매무새를 통해 더 깊고 넓어진다. 「가는귀」에서는 잘 들리지 않는 세상의 소리에 대처하는 너그러움과 그 너그러움에 젖어 있는 하릴없는 서러움과 난처함이 아이러니로 형상화되어 있다. 우리는 이 시를 통해 이순(耳順)이란 말을 나이육십에 남의 말이 잘 들린다는 뜻이라기보다 들리는 소리 잘 안 들리는 말에도 너그러워진다는 뜻으로 받아들일 줄 알게 된다. 또는 「숨바꼭질」에서는, 나이 들수록 심해지는 건망증을 하느님과의 "숨바꼭질"로 여기는 여유 있는 유머를 통해 시간을 일상의 물레에 감긴 실타래 정도로 받아들이는 느긋함이 있다. 단단하게 짜인 구조와 심상을 건너가며 거기에 시인의 표정과 자세를 얹어 보면, 우리는 시와 삶을 마주 보는 시인의 엄격한 자기 절제와 진중한 상념의 흔적까지 되새길 수 있는 것이다.

3

오탁번 시의 어떤 이미지들에는 설명되지 않는 모호함과 설명될 필요가 없는 투명함이 겹쳐져 있다. 이 모호함과 투명함이야말로 오탁

번 시의 감각과 이미지에 무게와 깊이를 더하는 매체이다. 이번 시집
에서는 특히 자연 대상과 그 이미지를 향한 감각적 갱신이 깊이와 다
채로움을 함께 얻고 있다.

「무심사(無心寺)」에서 "한댕한댕 흔들리는 풍경(風磬)소리"나 "수련
(睡蓮) 잠드는 소리"와 같이 고요의 세필(細筆)을 얽어 끓어오르는 적멸
의 시공을 드러내는 장면이나, 「설한(雪寒)」에서 장작 타는 소리를 스
스로의 몸으로 흘러 보내는 극미(極微)의 시간을 듣는 촉수도, 이제 시
인이 천천히 자신의 몸을 비우고 또 다른 감각의 지평으로 건너가는
표징으로 보인다.

오탁번의 시에서 대상은 모호하면서도 투명하고 단단하면서도 잘
게 쪼개지는 이미지들로 방사된다. 이미지는 대상과 일대일로 대응되
지 않는다. 사실 이미지는 대상의 복제가 아닐뿐더러 대상의 원형도
아니다. 이미지는 퇴적과 침식이 반복되는 시간과 공간을 감각적 순
간을 통해 직조해내는 정서적 복합체이다. 우리는 이미지의 생성과
소멸을 통해 고정되면서 왜곡되는 대상을 구원하고 자연의 다양한 형
상들을 건져 올릴 수 있다.

> 풀귀얄로
> 풀물 바른 듯
> 안개 낀 봄산
>
> 요요요 부르면
> 깡종깡종 뛰는
> 쌀강아지
>
> 산마루 안개를

홑이불 시치듯 호는

왕겨빛 햇귀

— 「춘일(春日)」

  이미지의 속성과 생명력은 대상에 대한 지각과 대상의 안과 겉을 가로질러 사라지는 형상들을 향한 상상력, 즉 지각과 상상력의 버팅 김에 있다. 이미지는 대상으로부터의 지각에서 비롯되지만 정작 이 미지를 정립시키는 것은 대상을 둘러 싼 부재의 흔적들이다. 이미지 가 인간의 사유를 견인하는 감각적 매개로서 작용하는 바탕에는, 바로 이미 사라진 대상의 흔적을 묶어두면서도 대상으로부터 벗어날 수 있는 상상력의 힘이 자리 잡고 있다. 우리는 숱한 시 속에서 많은 이미지들을 만나지만, 이미지의 이러한 본질적인 성격에 걸맞는 예를 찾아보기는 힘들다. 대부분의 범속한 이미지들은 대상에의 지각으로부터 출발하여 이미 사라진 대상(에의 관념)으로 귀환하고는 한다(그것은 대상에 대한 짝사랑이라고도 할 수 있다). 대상의 왜곡이라기보다 이미지의 완력이 부족한 데에서 기인한 것으로 보아야 한다. 하나의 이미지는 단 하나의 고유한 순간과 그 시공으로부터 비롯되는 것이지만, 강력하고 효과적인 이미지는 그 단일한 시공에 얽매이지 않는다.

  「춘일(春日)」에서, 시인의 시선은 대상을 향한 의식을 몇 갈래로 산포시키고 있다. "안개 낀 봄산"을 "풀귀얄로 풀물 바른 듯"하다는 표현도 그 자체로 보기 드문 언어적 속도와 감각의 예리함을 보여주지만, 그보다 봄산－강아지－햇빛으로 이어지는 시선이 결집과 방사를 반복하는 복합적인 이미지를 만들어내고 있다는 데에 주목해야 한다.

먼 곳으로의 시선이 가까운 곳으로, 다시 먼 대상에 대한 조망으로 이어진다. 봄산이라는 대상은 시인의 시선으로부터 외따로 떨어진 것이 아니라, 시인의 감각적 시선이 통과하는 경로로 치환된다. 이 시선의 경로는 숨겨진 듯 모호하다가 투명하게 제 몸의 향기와 색채를 드러내는 모티프들로 빽빽하다. 1연에서는 '봄'이 환기하는 생명력을 숨긴 풀물의 아득한 향내가, 2연에서는 "요요요"라는 호명과 "쌀강아지"의 앙증맞은 동선이, 3연에서는 1연과 2연의 숨김과 드러남을 케이블카로 연결하듯 이어놓는 "왕겨빛 햇귀"가 모호함과 투명함을 껴입고 있다.

이 시가 보여주는 다채로운 감각의 향연이 극도로 응축된 언어 세공에 상당부분 빚지고 있음은 부인할 수 없다. 그러나 대상의 본질로 귀환하기보다 대상을 자유롭게 놓아주며, 대상이 떠난 흔적을 새로운 공간으로 분기시킴으로써 정립되는 복수적인 이미지의 창출은 대상을 향한 집중과 의식의 자기 절제 없이는 가능하지 않을 것이다. 오탁번 시의 현상학은 시 언어에 대한 방법론적 탐구의 엄격성에서 출발했다는 점에서도 소중하다. 이미지는 있는 것과 없는 것 사이에 완강하게 존재함으로써 있었던 것과 있어야 할 것과 사라진 것들의 흔적을 증거한다. 오탁번의 시는 이미지의 이러한 직능을 최고도로 수행하고 있는 것으로 보인다. 그의 세공된 언어들은 손 끝에서 만들어진 것이 아니다. 단 하나의 말을 찾아 그 결을 고르고 질감을 내는 이정(里程)은 시를 버리지 않고 시를 넘어서는 시와 삶을 찾아가는 방편이다. 그 여정에 깊이 아로새겨진 시어의 무게들을 두고두고 새겨볼 일이다.

2. 감각과 해체의 분류학

— 송재학론

네그렇게 얼굴만 자꾸 진흙으로 빚어내는 조각가에겐 제 목을 잘라 얹어
놓은 흰 접시가 있다 술과 고기는 창자를 지날 뿐 몸에는 여전히 부처가 있
다라는 건 사막에서 떠도는 이야기이다 조각가의 목은 길어서 칼로 베기가
안성맞춤이지만 너무 자주 접시 위에 얹어졌다 전봇대가 직렬 연결에 열중
한다면 조각가는 자신의 얼굴을 비춘 거울을 굽는 데 집중한다 앙다문 입
바로 안쪽의 동굴에 가득 찬 것이 모래라면, 뱉어낼 것이 아니라 모래로 씌
어지는 글자를 찾아야 한다 그러니까 내 얼굴도 흩어지는 모래를 감싸고 여
민 흔하디흔한 비닐봉지인 셈이다 금방 터져 내용물이 흘러나올 것을 알고
있는 듯 울음은 두 손을 끌어당겨 급한 것부터 가린다 피할 수 없는 운명이
새겨지는 점토판, 얼굴

— 「진흙 얼굴」

스스로의 목을 잘라 접시 위에 얹어 놓은 조각가처럼, 이 시와 시집
은 접시 위에 다소곳이 담긴 시인의 잘린 목과 그 얼굴이다. 두상과
흉상 테라코타만 20여 편이나 남긴 권진규처럼, 시인도 너무 자주 접
시 위에 스스로의 얼굴을 얹어놓은 모양이다. 그 얼굴의 입 안에 모래

가 가득 찼다고 했고, 그 모래를 뱉어낼 것이 아니라 모래로 씌어지는 글자를 찾아야 한다고 했다. "모래로 씌어지는 글자", 이 글자를 찾는 것이 이 즈음 그의 시작(詩作)이 다다른 물음이리라. 그런데 그 모래가 가득 찬 입과 얼굴은 언제 터질지 모르는 비닐봉지 같은 신체이다. 터지기 직전의 울음을 기록하는 점토판, 시인의 얼굴, 시.

그런데 어딘지 모르게 불안하고 뒤뚱거리는 표정이 엿보인다. 목젖에서 튀어나오고 얼굴에서 흘러내리는 모래와 그것의 의미를 주워 담기도 전에 얼굴을 덮어버리는 울음. "술과 고기", 그리고 입 안에 가득 찬 "모래"가 구축하는 의미들을 뱉어내기보다, 그것의 터질 듯한 이미지, 어쩌면 "피할 수 없는 운명"일지 모르는 자신의 "얼굴을 비춘 거울"을 구워내기. 그렇다면 이 둔중한 존재론을 둘러싼 감각의 결들이 새기고 있는 이미지들은 어디서 유래했으며 어디를 지나치고 있으며 그 종착점은 어디일까. 이 짧은 글이 그런 물음에 모두 답할 수는 없겠지만, 우리는 시인이 흘려 놓은 강박적 이미지들이 거세당한 의미들과 버팅기는 장면에 새겨진 몇 개의 모티프들을 통해서 거기에 접근할 수는 있을 것이다.

상투적 서정을 거부하는 섬세하고도 격렬한 비유와 이미지로 삶과 죽음, 있음과 없음의 난삽한 이원론을 가볍게 뛰어넘는 송재학의 감각주의는 우리 시단에서 독자적인 영역을 차지하고도 남음이 있다. 세 번째 시집 『푸른 빛과 싸우다』에서 그의 감각적 방법론이 뼈대를 얻어가기 시작한 것으로 보이는데, 예컨대 시인에게 철아쟁과 가얏고의 음률은 촉각적 이미지로 번역된다. 내면의 파동에 물든 언어들을 물리적 공간 위로 끌어내리려는 것, 내면은 먼지와 공기에 빗대어 조각나고 감각되는 대상과 감각하는 자아는 뒤섞인다.

그의 시에서 대상은 고정되거나 결정되어 있지 않다. 시적 자아가 감각을 도구로 대상에 접근한다기보다 대상에 빗대어 감각을 더듬어 보는 것. 이 때 감각은 시적 자아의 정서를 구축하거나 강화하지 않고 오히려 주체의 지각과 의미를 쇄신하는 것으로 나아간다. 그가 노루귀의 분홍을 "흰색을 벗어나려는 격렬함", 혹은 "육체가 생기기 시작한 겨울 숲이 울고 있는 흔적"(「흰색과 분홍의 차이」, 『그가 내 얼굴을 만지네』)이라고 말했을 때, 이 섬세한 비유가 봉사하는 것은 자아의 내면도 대상의 이미지도 아닌 갱신하고 쇄신하는 감각의 질서 그 자체이다. "분홍이 아니라도 무엇인가 노루귀를 건드렸다면 노루귀는 몇 세대를 거듭해서 다른 꽃을 피웠을 것"이며 "분홍은 또다른 감각에 도달하고픈 노루귀의 비밀"이라고 했다면, 결국 오롯이 남아 있는 것은 흰색도 분홍도 노루귀도 아닌 감각의 흔적과 궤적이다. 하나의 대상 속에 "몇 개의 방"과 "몇 세대를 거듭"한 다른 꽃의 자리를 마련하려는 것. 이 때 대상은 주체의 손아귀—혹은 시선—에서 빠져나가고 멈칫거리며 산포하는 이미지의 감각성만이 남는다.

망설임 사이에서 미끄러지며 튀어오르는 대상의 이미지가 낳는 차이들, 이 다채롭고 풍요로운 감각의 장(場)에서 그는 오래 머물렀다. 그러나 이 장은 경계에서 떠도는 운명 아래에 놓여 있기에 위태롭고 모호할 뿐더러 자아의 내면을 때로 필요 이상의 비장함 쪽으로 내몬다. 경계란 실체라기보다 추상이고 개념이다. 우리는 경계를 사물과 사물의 개체성을 구획하는 절단면으로 생각하는데 익숙하지만, 실제 경계란 사물과 사물의 겹쳐진 부분, 혹은 맞닿은 부분이기도 하다. 계면(界面)이란 개념은 이러한 실체로서의 경계에 대한 사유로부터 나왔다. 사물 각각의 성질과 위상을 초월적인 권위로 구획하지도 못하고 양 쪽 사물의 이질성을 물고 있는 실체로서의 유동적이고 가변적인 공간은 불안하고 모호하다.

송재학 시의 풍요로운 이미지의 배후에는 흔들림으로 충만한 불안과 의심이 "각주가 많은 흉터"(「황무지에로의 접근」, 『기억들』)처럼 널려 있다. 그러나 그가 이 사막과 황무지를 떠나지 못하는 것은 "황무지가 폐허가 아니라 심연"이라고 믿기 때문이며, 불안과 모호함 이야말로 "가둘 수 없는 정신"인 존재의 풍요로움이 숨쉬는 공간일 것이기 때문이다. 불가역적인 이 실존의 공간에서 나무나 꽃들은 끊임없이 갱신되는 다수적 삶으로 태어난다. 그것은 주체의 시선을 대상에게 되돌려주는 것으로 가능하다. 송재학 시에서 자아는 언제나 시선을 '받는' 자아이며, 대상들은 대상들 서로와 관찰하는 화자의 내면과 완강하고도 평등하게 연결되어 있어서 정서가 풍경을 조직하지도 못한다. 풍경은 풍경 그대로의 질서를 내보일 뿐이다. 사물과 공기를 건드렸던 현(絃)이나 건반이 사실은 내면으로부터 미끄러져 나온 언어이지만, 내면이 조직하는 것은 정서가 아니라—혹은 아니기 때문에— 차라리 침묵에 가까운 감각들이다.

새 시집에 실린 시편들 역시, 등단 이후 출간된 다섯 권의 시집에서 보여준 세계에서 그다지 멀리 떨어져 있지 않다. 그러나 사물이나 풍경을 향한 시선이 조금 줄어든 대신 자신의 신체와 내면으로 눈을 열고 귀와 촉각을 세우고 있다. 이런 조짐은 이전 시집 『기억들』에서 "이제야 알겠다, 내 얼굴이 / 밖에서 새겨진 것이 아니라 안에서 천천히 이루어졌음을"이라고 말할 때부터 보이긴 했지만, 이번 시집에서는 몸에 대한 탐구가 좀더 집요해진다.

> 내 육체에도 / 담쟁이가 기어들어온 흔적은 있다
>
> ―「민물고기 주둥이」 부분

> 까마귀가 울지만 내가 울음을 듣는 것이 아니라 내 몸 속의 날것이 불평하며 오장육부를 이리저리 헤집다가 까마귀의 희로애락을 흉내내는 것이다 (중략) 개울이 흘러 물소리가 들리는 게 아니다 내 몸에도 한없이 개울이 있다
>
> ―「사물 A와 B」 부분

> 이 고목의 동성애와 다름없는 한평생이 은행의 다육성 악취와 함께 울컥 내 인후부에 머문 어느 하루
>
> ―「평생(平生)」 부분

> 내 발바닥에도 연한 육질이 생겨 어둠과 비슷하게 소리 없이 걷게 되었다
>
> ―「고양이 키우기」 부분

> 연어를 생각하자 내 등에 지느러미가 돋아나와 물의 숨결 하나하나와 부딪친다 산수유 핀다는 종소리가 들리는 건 그때!
>
> ―「내 몸에서 연어를 잡다」 부분

몸을 향한 시선이 붙들고 있는 것은 동물성 속의 식물성이거나 그 반대이다. "피돌기가 고스란히 드러나는 아가미로 숨쉬는" 명자나무(「명자나무 우체국」)가 전해주는, 혹은 담쟁이가 기어 다닌 몸의 흔적에 들린 감각은 까마귀 울음소리를 "내 몸 속의 날것"이 까마귀의 야생성을 쫓아다닌 것으로 번역한다. '사물 A'와 '사물 B'는 각각 "몸"과 "소리", 혹은 몸 안의 소리와 몸 밖의 소리이다. 까마귀란 기껏 은유에 지나지 않는다. 지상의 모든 물소리는 몸 안의 소리와 몸 밖의

소리가 섞였다가 갈라지거나 부대끼면서 드잡이질을 나누는 소리에 다름 아니다. 물소리가 따로 있어서 몸을 건드리는 것도, 몸이 물소리에 다가서는 것도 아니라는 것.

식물성과 동물성을 넘나드는 해체된 감각의 분류학은, 결국 사물과 공기 속에 풀어 헤쳐진, 던져진 몸을 드러낸다. 이 몸은 몸으로 다가오는 물고기가 숨쉬는 아가미이기도 한데, 사물은 동등한 사물인 타자의 몸을 숨쉬면서 다가오는 것이다.

전통적인 분류학은 기본적으로 피라미드형의 위계적 구조를 지향한다. 가장 아래에는 무기물질이 있을 것이고 최상층부에는 신이 자리 잡을 것이다. 아래에서 위로 올라가는 것은 동일성을 바탕으로 차이를 제거하는 방식에 지배된다. 차이는 미개한 것이고 부족한 것이며 배제되어야 하는 것이라는 이데올로기가 분류학을 건축한다.

주체의 서정적 집중에 봉사하지 않는, 달아나거나 흩어지며 대상 속에 파고들며 섞여버리는 감각의 이미지들이 동일성과 분류학의 권력에 도전하려는 송재학 시의 인식론을 지탱하는 것은 아닐까. 자연을 놓아주려 하지도 않고 관조하려 하지도 않고 다만 자신을 자연 근처에 부려놓음으로써, 생성되는 다수의 존재들과 시간을 만나는 것. 천둥소리가 내 몸 안에서 북채를 잡을 수 있도록 놓아두는 것(「천둥 같은 꽃잎」). 물의 숨결을 어루만지면서 산수유 피는 종소리를 듣는 방법은 내가 연어 속에 들어가는 것.

직립의 수목성과 비린내 나는 피돌기 사이, 혹은 그것들이 겹쳐진 경계와 계면을 질펀한 감각의 내재율로 넘나드는 분류학을 무어라 부를 것인가. 그의 시집을 노려보는 동안 몇 번의 가을이 목을 꺾었던가. 아니 겨울이었던가.

3. 몸 속 가시나무의 길

1

　　마음이 또 수수밭을 지난다. 머위잎 몇장 더 얹어 뒤란으로 간다. 저녁만큼 저문 것이 여기 또 있다.
　　개밥바라기별이
　　내 눈보다 먼저 땅을 들여다본다
　　세상을 내려놓고는 길 한쪽도 볼 수 없다
　　논둑길 너머 길 끝에는 보리밭이 있고
　　보릿고개를 넘은 세월이 있다
　　바람은 자꾸 등짝을 때리고, 절골의
　　그림자는 암처럼 깊다. 나는
　　몇 번 머리를 흔들고 산 속의 산,
　　산 위의 산을 본다. 산은 올려다보아야
　　한다는 걸 이제야 알았다. 저기 저
　　하늘의 자리는 싱싱하게 푸르다.
　　푸른 것들이 어깨를 툭 친다. 올라가라고
　　그래야 한다고. 나를 부추기는 솔바람 속에서
　　내 막막함도 올라간다. 번쩍 제정신이 든다

정신이 들 때마다 우짖는 내 속의 목탁새들
나를 깨운다. 이 세상에 없는 길을
만들 수가 없다. 산 옆구리를 끼고
절벽을 오르니, 千佛山이
몸속에 들어와 앉는다.
내 맘속 수수밭이 환해진다.

— 「마음의 수수밭」(『마음의 수수밭』, 1994)

천양희 시인의 네 번째 시집 표제작인 「마음의 수수밭」이 내보인 시적 성과는 발표 이후 시단 내외에서 두루 눈길을 끌어왔다. 세월의 신산을 머금은 내면의 격정을 자연과 자아에 대한 품격 높은 관조와 응시로 다스리는 화자의 어조는 시적 진술에 긴장감을 부여함은 물론 작품의 구조와 형상에 둔중한 향취를 더한다. 내면적 성찰과 절제된 언어, 그리고 분방하나 깊이와 격조를 잃지 않는 상상력이 고루 작품의 형상화에 봉사하고 있다. 좀 더 자세히 살펴 볼 필요가 있겠다.

단순하지 않은 비유의 폭과 겹층의 의미를 지닌 세 문장을 한 행으로 처리한 서두는 의미를 읽는 호흡과 행간의 긴장을 함께 염두에 두고 있다. 마음이 "또" 수수밭을 지나며 머위잎 몇 장 "더" 얹어 뒤란으로 가는데 저녁만큼 저문 것이 여기 "또" 있다고 했다. "마음―머위 잎―저녁"이 "지난다―얹어―간다―있다"로 이어지는 팽팽하게 조여진 의미 구조가 속도감 있는 서사로 던져진다. "또"와 "더"는 뒤에 이어지는 시적 진술과 묘사에 나타나는 현상과 행동의 갱신과 반복, 그리고 개별성과 구체성을 예언하고 있다. 한껏 응축된 의미의 뭉치들은 이제 하나씩 풀어지면서 호흡을 늦춘다.

"개밥바라기별(하늘)―논둑길(들판)―산(원경)"으로 시야는 확대되고, 시선은 시적 화자의 내면풍경을 향해 파고든다. 세계와 내면을 동시에 통과하는 감각의 원심력과 구심력이 안팎으로 자재롭다. "세상을 내려놓고는 길 한쪽도 볼 수 없다", "이 세상에 없는 길을 / 만들 수가 없다"와 같은 묵직한 잠언적 진술이 예리한 울림을 주는 것도 자아의 외부와 자연을 향한 시선을 풀어놓으면서 내적 긴장을 늦추지 않는 치열하고 끈질긴 시의식에 말미암은 것이다. 시적 화자와 시적 자아가 일치할 때 감수하기 마련인 서정적 발화의 단조로운 의식 구조를 일거에 혁파하고 입체감을 읽어내고 있다.

"나를 부추기는 솔바람 속에서 / 내 막막함도 올라간다"는 진술은 보이지 않는, 그러나 끝내 다다르기 위해 밀고 올라가야 할 막막한 진실을 실존적 몸부림으로 지탱하려는 모든 시적 분투를 증언한다. 그것은 별빛이 "내 눈보다 먼저 땅을 들여다"보는 것처럼, 산은 인간이 그 시선을 확장함으로써 구획하고 장악할 수 있는 대상이 아니라 "올려다보아야 / 한다는 걸" 알아차린 자에게서야 비로소 가능하다. 세상의 진실에 대하여 우리가 끝내 거머쥘 수 있는 것은 쥐면 쥘수록 손가락 사이를 빠져나가는 한 줌 모래알일수도 있을 것이다. 그러나 자기를 먼저 깎아내며 기어 올라가는 물음의 행로속에서만 산은 "몸속에 들어와 앉"고 그제야 비로소 "내 맘속 수수밭이 환해"지는 것이다.

서정성의 요체는 명증성을 발판으로 하는 보편적 공감지역보다 개체적 경험의 내적 통찰이 스스로의 한계를 돌파하는 책임과 형식으로부터 비롯된다는 당연한 진실을 다시 확인시켜 준다. 이 시의 공력이 껴안고 있는 시적 감응력과 완성도는 최근 십여 년 간 발표된 눈에 띄는 서정시 중에서도 윗길에 든다.

나지막하나 완고하며 부드러우나 끈질긴 자기 탐구로 열어 보이는 세계와 존재에 대한 성찰이 미려한 형식과 체험적 진실성의 깊이로 시집 『마음의 수수밭』을 수놓고 있다. 그런데 세계와 사물, 인간과 관계를 말하는 천양희 시인의 이러한 낮은 시선과 목소리는 이전의 세 시집에서 보여주었던, 비극적 운명에 대한 격정적 발성과는 그 격과 질을 달리하는 것이다. 한 시인의 시세계가 논리적 인과를 바탕으로 한 계기적 연속성으로 온전히 설명되는 경우는 많지 않다. 그럴 수 있다 하더라도 대개의 경우 작가론적 천착이 승한 비평적 욕망은 텍스트의 억압과 희생을 불러오기 십상이다. 그러나 천양희 시인에게 그 세계 인식과 시적 비전이 어떤 계기로 변모의 곡절을 지나쳐 왔는지에 대한 물음이야말로 아직 그늘에 덮여 있을지도 모를 시세계의 진면목은 물론 시적 추구의 행로를 가늠하기에 적절한 터수가 될 수도 있을 것이다.

2

개 같은 운명을 위하여
불행은 부동자세로 다가오고
나는 종말적으로 울며
허옇게 드러눕는
내 죽음에 동참했었지
다시는 태어나지 않기를
나는 이 지상에 무덤으로 누워
망망한 대해
내 눈물의 바다를 보았지
시퍼렇게 떠오르는 나를 보았지

─「默想·1」(『사람 그리운 都市』, 1988) 부분

부동자세로 다가오는 불행이란, 인간의 힘으로 거역할 수 없는 천형과도 같은 비극적 운명에 다름 아니다. 그러한 운명에 대처할 수 있는 방법은 없다. 시인은 "종말적으로 울며 / 허옇게 드러눕는 / 내 죽음에 동참"하며 "다시는 태어나지 않기를" 희구하는 것밖에 달리 할 일이 없을 것이다. 거대한 운명의 소용돌이에 휘말린 유한자로서의 인간은 이를 깨물며 감내하는 복종과 목이 터지는 부정 사이에서 스스로의 존재마저 부정하기에 이른다. 시인의 몸은 "무덤"으로 가라앉고 육신은 "눈물의 바다"를 빚어낼 뿐이다. 무덤과 눈물만이 비극이 덮친 한 인간의 육신을 덮어버리는 것이다.

뼈 속까지 스며든 이 비극적 인식은 어디에서 비롯되었을까. 그것은 몇몇 지면을 통해 시인 스스로 고백한 불행과 고통의 세월을 딛고 있을 테지만, 상처를 자각하고 운명에 대처하는 시적 응전은 이러한 인과론적 설명으로 완결될 수는 없을 것이다.

> 그날 밤 우리는
> 못물에 비친 밑뿌리 환한 절망을 보았다
> 천지가 쓰러지고
> 산천이 고함치고
> 강물 여럿이 흐느꼈다
> 마을과 마을 사이
> 낡은 다리도 끊어졌다
> 왼쪽과 오른쪽
> 들판이 엇갈리자
> 우리는
> 먼 초목 지는 달 바라보다가
> 못물 깊이 침몰한 평생을 보았다
> 날이 가고 또 달이 가도

그것은
건질 수 없는 못물 속
달과 같았다.

— 「세월」(『사람 그리운 都市』)

　인간사의 뿌리 깊은 비극성을 이처럼 건조하고도 무거운 어조로 담아내기는 힘들 것이다. 이 "절망"을 낳은 비극을 지배하는 것은 고유하고 특수한, 또는 공감 가능한 계기가 아니라 피할 수 없는 천재지변과도 같은 운명이라는 인식이 짙게 드러나 있다. 비극의 역사도, 구체성도, 체험적 진실성도 보여주지 않는 이 시가 둔중한 울림과 발화의 진정성을 보여주는 것은 완고하고도 처절하게 고수되는 비극성의 인식에 있다.

　"밑뿌리 환한 절망"이란 못물에 비친 달빛을 뜻한다. 스스로를 침몰시킨 상처와, 그 상처의 역사를 밑뿌리까지 보며 감내해야 하는 인간 존재는 그 자체로 인해 반복되는 비극을 표상한다. 이 비극의 근원은 만질 수도, 건질 수도 없지만 인간과 인간사의 곡절을 뿌리부터 환히 비춘다. 인간이란 존재는 제 상처를 뿌리까지 바라보며, 그 눈길에 다시 상처입으며 살아나가야 할 천형을 지닌 존재인 것이다.

　자아가 세계로부터 떨어져 버림받았다는 생각이 바탕이 된 비극적 세계관은 인간이 모태로부터 분리되는 시점과 그 인식에서 비롯된다는 점에서 시원적인 것이다. 또한 개체 존재를 가능하게 하는 사유가 세계라는 모체와의 분리와 결합을 동시에 견디는 과정에서 성립한다는 점에서 존재론적인 것이기도 하다. 그러나 자족적인 존재 근거와 세계 속에서의 자기 정의(定義)를 위한 물음은 필연적으로 자아 외부와의 소통과 연결을 필요로 한다. 따라서 비극적 세계관에 젖은 시인

이 훼손된 자기 존재를 회복하고 세계와 화해하고 합일하고자 하는
모든 몸짓은 자신의 존재와 내면을 초월한 세계를 향하고 있다는 점
에서 낭만적 포즈를 취한다. 낭만주의는 인간의 내면이 스스로의 존
재론적 한계를 뛰어 넘어 조화롭고 행복한 세계로 초월할 수 있다는
원심력으로 추동된다. 따라서 역설적이지만 이러한 사유 구조는 다소
간 소박한 낙관주의로 향하게 된다. 비극적 세계관과 낙관주의의 교
호적 소통은 초월주의에 바탕한 낭만성의 사유구조에 내장되어 있는
것이다.

> 시로서 세상을 만들 수 있을까 시로서
> 세상을 살 수 있을까 시로서
> 집을 짓고 시로서
> 사랑을 할 수 있을까
> 시가 햇빛이 되고 불빛이 되고
> 시가 고향이 되고 나라가 되고
> 시로서 따뜻하고 시로서
> 사람들이 행복한 곳
> 정든 땅 언덕 위에

—「정든 땅 언덕 위에」(『사람 그리운 都市』) 부분

'시로 만든 세상'이란 이승도 저승도 아닌 '다른 세상'이다. 다른
세상으로의 초월은 역설적으로 '나'와 '세계'의 관계성을 약화시킨
다. 초월을 위해서는 '나'와 관련된 '우리'는 필요하지 않은 것이며,
'나'를 둘러싼 '세계'의 정당성과 존재성을 부정해야 하기 때문이다.
출구를 잃은 내면은 좌충우돌하면서 폭발하고 길 잃은 자는 스스로
자기 안에 유폐된다. 그러나 자기 안에 갇혀 절규하던 시인은 결국

"우리는 영원히 세상밖으로 나가지 못한다"(「이외에는 없다」)는 것을
자각할 수밖에 없다. 이 때 어둠 속의 비탄은 빛을 향한 갈구로, 눈물
의 절규는 희망의 가능성을 더듬는 촉수로 진화해간다.

> 웃는 아침을 위하여
> 나팔꽃이 피면 안되나
> 나팔꽃은 아침을 위하여
> 웃으면 안되나
> 아침이 나팔꽃을 위하여
> 있으면 안되나
>
> — 「위하여」(『사람 그리운 都市』) 부분

라며 비로소 바닥까지 가라앉은 시선을 나팔꽃과 아침에게, 그리고
만났다 헤어지는 너에게로 돌리는 것이다. "지하 속에서는 / 아주 작
은 불빛도 / 희망이다"(「佛행하리」, 『하루치의 희망』, 1992)에 보이는
것처럼, 세 번째 시집에서는 이러한 측면이 조금 더 구체화된다. 상
처투성이 운명의 비탄을 생명과 생성의 영탄으로 전화시키려는 고단
한 여정의 시 쓰기가 그것이다.

3

"시가 햇빛이 되고 불빛이 되고 / 시가 고향이 되고 나라가 되고 /
시로서 따뜻하고 시로서 / 사람들이 행복한 곳"(「정든 땅 언덕 위에」,
『사람 그리운 都市』)을 이 세상 바깥이 아닌, 스스로 숨 쉬고 느끼며
발을 딛고 있는 이 지상에서 일구려는 시인이 가장 먼저 눈길을 돌린

곳은 다름 아닌 자신의 육신이다. 운명을 수락할 수 없어 세상 바깥을 향해 뛰쳐나가려는 몸짓이 과잉된 자의식의 격정적인 발설로 점철되었다면, 어둠 속에서 한 조각의 빛을 건져올리려는 몸부림은 그 촉수를 지금 이 자리의 육신에게로 돌린다. 몸은 상처의 무덤으로 이루어진 폐쇄회로, 또는 고통으로 뭉쳐진 치욕의 흔적만이 아니다. 지금 다시 싹 트고 움트는 산 것들이 자신의 길을 새록새록 열어가는 생명의 길이다.

> 가시나무는 얼마나 많은 가시를
> 감추고 있어서 가시나무인가
> 나는 또 얼마나 많은 나를
> 감추고 있어서 나인가
> 가시나무는 가시가 있고
> 나에게는 가시나무가 있다.
>
> ─ 「가시나무」(『마음의 수수밭』) 부분

내 속에 감추어진 가시나무, 나도 모르게 자라나서 가시밭길을 이룬 가시나무에 기대어 본다는 것은 가시나무를 상처와 고통으로부터 놓아주는 길이다. 내 속의 가시에 찔려 피 흘리면서 육신을 상처의 무덤으로 삼는 것 대신, 가시나무로 인해 내가 있음을 받아들이는 것이다. 이 내면을 향한 감각, 고통의 수락은 자신의 육신을 숨 쉬는 세상 모든 산 것들의 육신과 함께 경배에 들게 한다. 그래서 아기가 뒤뚱뒤뚱 걸어오는 것을 보면서 "생생한 生! 우주가 저렇게 뭉클하다 / 고통만이 내 선생이 아니란 것 / 깨닫는"(「여름 한때」) 것, 그리고 "내 손으로 내가 잡을 수 있는 건 내 살밖에 없"(「소리봉길」)다는 것을 깨달게 되는 것이다. 그것은 "내가 생의 속으로 들어가 생 속을 들춰"(「은행에서」)보는 것으로 드러난다.

> 가깝고도 먼 것이 무엇이었더라. 원근리에 머무는 마음이여. 길 한쪽이 나를 당긴다. 꼬불꼬불한 것은 길만이 아니다 내 속의 산맥들 그리고 능선들. 원근리는 몰래 나를 알고 있어서 마음의 명암까지 뭉클해진다. 삶은 꼬리 잡혀 꿈쩍 않는데 하늘 한끝에서 별똥별이 떨어진다 포기한 자 이탈한 자 그들이 자유롭다 문득 느낀다. 내 그림자 나에게서 떨어지지 않는다. 생각지도 않은 생나무 그늘이 발끝까지 따라온다. 나는 촘촘한 생의 생잎들을 조금씩 들춘다. 들추다가 지름길을 힐끗 엿본다. 재봉새 한 마리 언제 끝날지 모를 집을 짓는다. 빠른 길만이 앞선 것은 아니다. 오늘도 길은 가까웠다 멀었다 하였다. 저물녘에서야 마음의 경계 너머 다른 길에 멈춘다. 언제나 바짝 엎드린 기찻길. 우린 아무것도 일치할 수 없다. 세상 속을 가로질러 길 끝과 마음끝이 나란히 선다. 가깝고도 먼 것이 무엇이었더라. 소리치며 기차가 지나간다. 날마다 내 속으로 들어온 길. 원근리에 가서 꺼내놓는다.
>
> — 「원근(遠近)리 길」(『마음의 수수밭』)

「원근(遠近)리 길」은 시집 『마음의 수수밭』과 그 이후의 시세계에 대한 주석(註釋)으로 읽을 수 있다. 내면을 향한 차분하고 진중한 응시, 사물과 대상 세계에 다가서는 날렵하고 섬세한 감각이 부드러운 어조로 풀어진다. 멀고 가까운 것에 대한 상념은 시적 자아가 세계를 읽는 방식으로 확대된다. 원근리의 꼬불꼬불한 길은 "내 속의 산맥들 그리고 능선들"과 겹쳐지며 대상 세계의 숨소리가 시인의 감각을 향해 한결 다가선다. 끝이 보이지 않는 집을 짓고 있는 재봉새를 보며 지름길과 에움길이 다시 겹쳐진다. 이 원근리는 원근법이 지배하지 않는 공간이며, 마음의 명암이 지름길을 늘이고 에움길을 당기는 공간이다. 시적 화자, 또는 주체의 시선으로 고착된 가깝고 먼 곳, 그 구획된 길의 원근법을 벗어날 때에서야 비로소 "촘촘한 생의 생잎들" 이 깨어나는 순간을 맞는다. 이 길이 "날마다 내 속으로 들어"올 때, 시인의 눈은 더욱 깊어지고 손끝은 부드러워진다.

사물과 세계에 대하여 눈으로 측정하지 않고 몸으로 다가서는 시선은 모든 살아 있는 것들의 숨소리를 깨우고 세계가 숨겨 놓은 움트는 생명의 길을 열어준다. "不二, 不二하며 나를 향해 두 눈을 부라린다. 이제야 너와 내가 無等임을"(「숲을 지나다」) 알겠다는 시인에게 새 한 마리 풀 한자락은 생의 마음길을 함께 가는 동지가 된다. 그리하여 "나는 본다 / 나에게로 세상에게로 / 내려앉는 말의 꽃이파리들 / 내 귀는 듣는다 / 나에게로 세상에게로 / 뚜벅뚜벅 걸어오는 / 말의 발자국 소리들"(「그 말이 나를 살게 하고」)에서처럼 꽃과 세상이 시인에게 말을 걸어오는 것이다.

스스로의 상처에 갇히지 않고 그것을 그대로 긍정하는 것, 나와 세계의 어긋남으로부터 비롯된 비탄과 절규로 얼룩진 부정의 자의식에서 돌아서서, 그 칼날을 스스로에게 돌리고 올곧은 제나를 확인해나가는 길, 그것은 세상 모든 작고 소중한 것들의 생명을 찾아가는 치열한 긍정의 길이다.

제 몸에 쌓인 상처의 벼랑을 끌고 가는 낮은 포복의 세상 읽기를 통해 뭉클한 생명의 비밀들을 엿보는 시 쓰기. 이 절절한 노래는 이윽고 한점 미물이 무한천공의 세상을 깨우는 생명의 완창을 그려낸다.

폭포소리가 산을 깨운다. 산꿩이 놀라 뛰어오르고 솔방울이 툭, 떨어진다. 다람쥐가 꼬리를 쳐드는데 오솔길이 몰래 환해진다.

와! 귀에 익은 명창의 판소리 완창이로구나.

관음산 정상이 바로 눈앞인데
이곳이 정상이란 생각이 든다
피안이 이렇게 가깝다
백색 淨土! 나는 늘 꿈꾸어왔다

무소유로 날아간 무소새들
직소포의 하얀 물방울들, 환한 水宮을.

폭포소리가 계곡을 일으킨다. 천둥소리 같은 우레같은 기립박수소리같
은─바위들이 몰래 흔들한다

하늘이 바로 눈앞인데
이곳이 무한천공이란 생각이 든다
여기 와서 보니
피안이 이렇게 좋다

나는 다시 배운다

絕唱의 한 대목, 그의 완창을.

─「직소포에 들다」(『마음의 수수밭』)

　　시적 소재와 배경, 감각적 체험의 흐름과 화자의 시선 이동 등을 감
안한다면 이 시는 정지용의 후기 시인 「비로봉」과 「옥류동」 등을 떠
올리게 한다. 정지용의 후기 시편은 자연 사물에 대한 미시적인 지각
체험을 바탕으로 시적 감각의 쇄신과 풍경의 입체성을 음악적 차원의
생명력으로까지 승화시킨 현대시 성숙기의 대표적 성과로 꼽힌다. 정

지용 시가 섬세한 감각성과 색채감, 주변 사물과의 호흡을 통해 역동적인 운동성을 이룩하고 있다면, 이 시는 화자의 목소리를 중심으로 자연 사물과의 교감에 보다 분명하게 집중되어 있다. 다소 돌출되어 있는 듯한 화자의 영탄적 발성은 자연과 시적 자아의 직관적 결합에서 비롯된 놀랍도록 생동적인 이미지("다람쥐가 꼬리를 쳐드는데 오솔길이 몰래 환해진다.")와 어우러져 감흥의 폭과 깊이를 확장하는 것이다. 이 풍요롭고 직설적인 교감의 세계는 우리에게 인간과 세계의 관계를 다시 돌아보게 한다. 생동하는 인간의 삶은 자연의 맥박과 리듬이 진동하는 열린 공간에서야 비로소 관계성을 획득할 수 있을 것이다.

이 시 「직소포에 들다」는 자연의 대기와 호흡을 함께 하며 주변에 놓여지거나 숨쉬고 있는 사물들을 흔들어 깨우는 시적 공통감각의 절정 상태를 보여 준다. 폭포소리의 웅장함과 솔방울 떨어지는 소리의 경쾌함, 그리고 무소새와 물방울이 일으키는 환상의 프리즘을 뚫고 자연과 생명이라는 오케스트라가 울려 퍼진다. 피안은 이처럼 가까운 것이다. 눈과 몸은 한껏 낮추었지만 꼿꼿하게 비상하는 정신, 삶의 에움길을 힘겹게 통과하며 스스로와 싸워 온 자만이 발설할 수 있는 법열의 순간이 곁가지 쳐 내린 화음 속에 꽃 피어 있다.

4

천양희 시인은 1965년 등단한 후 40년이 넘는 시력(詩歷)을 통해 단 6권의 시집만 내 놓았다. 과작이라 할 만하다. 그러나 등단 직후 18년간의 공백 후 첫 시집을 발간했다는 점, 그리고 『마음의 수수밭』에서 보여준 풍성하고 역동적인 시세계는 그의 시가 아직 드러나지 않은 광맥을 숨기고 있다는 것을 말해준다. 『오래된 골목』(1998)과 『너무 많은 입』(2005)에서는 그간의 시적 모색에 더욱 다채로운 빛깔과 진중한 성찰의 깊이를 더하고 있다.

> 풀 베다 본다
> 한 뿌리 모두 여러 갈래다
> 같은 땅인데 길조차 여러 갈래
>
> 풀섶이 내 속에 들어앉는다
> 풀씨만한 한 생이 꿈틀거린다
> 풀아 날 잡아라
> 내가 널 당겨 일어서겠다
>
> —「풀 베는 날」(『오래된 골목』) 부분

풀잎 하나조차 한 뿌리에서 비롯되어 천지사방으로 뻗어가는 생이 있다. 이제 싹 내민 무명초도 잘못 잡은 이의 손을 베게 하는 날카로운 발톱을 숨기고 있다. 시인은 그 풀섶을 스스로의 가슴 속에 앉힌다. 살아 꿈틀거리는 그것들의 호흡과 발성과 몸짓에 귀를 기울이고 뺨을 갖다 대보는 것이다. 그때 비로소 눈과 귀는 더 청명한 창을 얻고 발끝은 가벼워지는 것이다.

그것은 "물같이 산다는 것"(「물에게 길을 묻다」)이면서, 삶의 밑뿌리를 더듬어가며 운명을 밀어가야 한다는("살아 있어, 깊은 물소리 듣지 못한다면 / 어떤 生이 파도를 밀어가겠는가"(「몽산포」)) 자각에서 비롯된 것이다.

> 그러나 길도 때로 막힐 때가 있다
> 막힌 길을 골목이 받아적고 있다
> 골목은 사라지는 것이 아니라 살아지고 있다고
> 옛집 찾다 다다른 막다른 길
> 너무 오래된 골목
>
> ―「오래된 골목」

'막힌 길, 그러나 살아지는 골목'은 먼 길을 돌아 온 시인의 운명과 존재에 대한 은유이다. 시련과 상처에 허덕이다 끝내 다다른 곳, 그러나 이 막힌 길을 받아 적는 골목은 다름 아닌 낮게 포복하여 삶을 기록하는 그의 신체일 것이다.

천양희 시에서 곧잘 보이는 특징 중 하나는 '말놀이'이다. 대개의 경우 부조리한 세태를 비웃거나 상투적인 인식을 전복하면서 언어에 갇힌 존재의 한계를 가볍게 뛰어넘는 전략으로 수행되기도 한다. 그러나 가끔은 이 시에서처럼, 웅숭깊은 성찰의 결과로 비치지만 동시에 더욱 그 인식을 심화, 확대시킬 수 있는 계기를 차단하기도 한다. '살아지는 골목'이란 이미지가 담고 있는 중량감 있는 시적 인식은 공교로운 언어유희로 마감될 만큼 가벼운 발견이 아닌 것이다.

내 몸 안의 가시나무에 눈을 돌리며 "나는 또 얼마나 많은 나를 / 감추고 있어서 나인가"(「가시나무」, 『마음의 수수밭』)라던 인식은 "가시는 언제나 속으로 파고든다 / 가시가 아프다고 뽑지 마라 / 가시가 없으면 가슴이 없는 것"(「가시나무」, 『너무 많은 입』)이라는 나선형적 인식의 궤도를 돌며 더욱 깊고 절실해졌다. 사물과 세계의 맥박을 따라가는 물같은 삶을 희구하는 시인이 "내려가나 나아가는 물줄기들"(「마음의 경계」)의 이미지를 바라볼 때, 그 물은 떠밀려가는 물

이 아니라 자연과 세상의 리듬에 탄력받아 튀어오르듯 흘러내려 가고
자 하는 의지를 내비치는 것이다.

1초에 90번 제 몸을 쳐서 공중에 부동자세로 서는 벌새처럼, 천양
희 시인의 시업(詩業)은 스스로가 택한 외롭고 가혹한 채찍질을 통해
보다 생생한 생의 기미를 일구고 있다. "구를 때마다 / 몸속의 어둠이
터져나온다 / 그때마다 / 텅 빈 몸이 텅텅거린다"(「물결무늬고둥」,
『너무 많은 입』)는 고둥 껍질 속의 시인이 들려 줄 생의 음악은 아직
미지의 광휘로 가득 차 있다. 잠시 새어나온 빛무리를 따라잡아 여기
적어두는 것으로 이 글을 마칠까 한다.

이른 새벽
도도새가 울고 바람은 나무 쪽으로 휘어진다
새가 알을 깨고 나오려나 보다
가지가 떨리고 둥지가 찢어진다
숲에서는 나뭇잎마다 새의 세계가 있다
세계는 언제나 파괴 뒤에 오는 것
너도 알 것이다
태어나려는 자는 한 세계를 파괴해야 한다는 것
그래서 남은 자의 고통은 자란다고 했을 것이다
생각해보렴
일과 일에 걸림이 없다면 얼마나 좋겠느냐
그러나 세상에서 가장 어려운 건 사는 것이라고
저 나무들도 잎잎이 나부낀다
삶이 암중모색이다
가지가 찢어지게 달이 밝아도 세계는 그림자를 묻어버린다
일어서렴
멀리 보는 자는 스스로를 희생시켜 미래를 키우는 법이다
새의 칼깃 뒤에도 나는 자의 피가 묻어 있다

그러니 너는 네 하루를 다시 써라
쓰는 자의 눈으로 안 보이는 것은 없을 것이니
극복 못할 일이 어디에 있을라고
극복에도 바람은 있다
뛰어넘으려는 것이 너의 아픈 극복일 것이다

                — 「새는 너를 눈뜨게 하고」(『창작과비평』 2007년 가을호)

4. 환상의 거주와 배치, 혹은 장소와 형식

— 이민하론

1

1920년대 전후 유럽의 초현실주의 유파는 회화예술에 있어서 기존의 가치체계와 회화 문법을 전복시키려는 일군의 작가들을 고무하고 있었다. 그들은 환상, 욕망, 그리고 무의식에 잠겨 있던 내면 세계를 과감히 노출시킴으로써 기존의 제도나 선입관이 억압하고 왜곡했던 삶과 인간성의 구조를 해체하고 해방시키고자 했다. 르네 마그리트 역시 이들 중 한 사람이다. 그러나 자동기술을 회화적으로 원용하여 무의식의 변형 재생산에 몰두했던 동료들과 달리, 마그리트의 방법론은 보다 지적인 것이라고 할 수 있다. 그는 일상적인 오브제들을 상식과 보편에서 벗어난 상태로, 그러나 매우 정교하고 사실적인 터치로 묘사하여 배치함으로써 사물이 가지는 일상적인 논리와 그 질서를 역전시키고자 했다. 마그리트의 방법론은 초현실주의 회화의 여러 도전적 시도와 일정한 거리를 가지면서도, 당대 초현실주의의 사조적 영향력을 포괄할 만한 지성적인 전략의 하나로 인정받는다.

　이민하의 시세계를 더듬기 위해 우리가 먼저 거쳐 가야 할 첫 시집
『환상수족』을 독해하는 데 빼 놓을 수 없는 것은, 마그리트식의 개념
적 조작에 의한 대상 왜곡이 의도적이고 반복적으로 실험되고 있다는
점이다. 이 비틀리고 학대받는 육체, 선조적 시간과 관습적 공간을 일
그러뜨리는 상상계의 언어들은 최근의 젊은 시인들에게서 나타나는
환상성이라는 테마와 견줄 수도 있을 것이다. 그러나 이민하 시에 나
타난 기괴한 환상적 형상들이 내포하고 있는 이미지 자체의 파괴력의
효과와 작용에 관한 문제는 좀 더 깊이 논의될 필요가 있다. 이민하 시
에서, 모순적 이미지들이 조작, 결합됨으로써 독자가 경험하는 것은
공포나 놀라움보다는 불쾌감이나 불안에 가깝다. 그것은 이미지들이
기존의 언어적 관습과 부딪칠 때 생성되는 것으로, 이미지의 결합이
관념과 관념 사이의 비유적 효과를 노린다기보다 결합 자체가 파생하
는 충격 효과를 기대한다는 데에 기인한다. 이것은 다른 시인들의 시
에 나타난 환상적 이미지의 특징들로부터 이민하 시를 떨어뜨려 놓는
중요한 기법적인 지점이다.

> 　(중략) 나는 벽 속으로 들어가요, 키위의 날개를 숨겨둔 그곳에는 눈에서
> 빗물을 흘리는 노파가 나를 타고 앉아 있어요, 내 몸의 시든 꽃가지들을 똑
> 똑 따먹으며 노래를 불러요, 귓속에선 구더기처럼 새싹이 꼬물거려요, 어깨
> 로 가슴으로 넘쳐흘러요, (아아 아름다운 아침이군요,) 해가 앵무새의 내장
> 을 바른 샌드위치를 배달하는군요, 역겨운 비린내에 비틀거리던 비위, 당신
> 의 팔뚝만큼 근육질이 되었어요, 물어뜯을수록 살점은 고무맛일걸요, 거리
> 의 굴뚝마다 인육 냄새가 피어오르구요, 길가 꽃들은 피보다 붉게 타올라
> 요, 혈흔을 빨아들이며 달리는 구름, (중략) 햇살이 몸을 찢고 파이프를 박
> 아 넣어요, 앵무새 즙이 파이프를 타고 몸 속에 퍼져요, 목까지 출렁이는 앵

> 무새 울음, 더 높은 소리로 바이올린을 켜는 나의 키위, 솔잎처럼 파릇파릇
> 목청이 돋는 아아 아름다운 아침이군요,
>
> ——「가벼운 탄주—아침의 나라」 부분

그것의 작용이 어떤 특정한 관념의 형성에 봉사하거나 관념을 거느리는가의 여부에 따라 이미지를 서술적 이미지와 비유적 이미지로 구분할 수 있다면, 이민하 시의 이미지들은 오히려 서술적 이미지에 가깝다. 이 시에서도 이미지에 스며들어 있는 은유가 의도하는 것은 이미지의 결합에 따른 충격 효과이지 그 이미지가 내포하거나 환기시키기를 희망하는 비유적 관념은 아니다. "햇살이 (내) 몸을 찢고 파이프를 박아 넣"는 형상은 매우 충격적이고 기괴하기는 하나, 그 이미지의 작용이 내포적 관념을 확산하거나 전이하는 역할을 하지는 않는다.

해는 앵무새의 내장을 바른 샌드위치를 배달하고 샌드위치를 물어뜯은 살점이 타서 굴뚝의 연기로 날아오르며 구름은 혈흔을 빨아들이며 달리는데 이 질주를 흘러가게 하기 위해서 햇살은 내 몸을 찢어 파이프를 박는다. 여기서 하늘—해—앵무새—굴뚝—육체(파이프)로 이어지는 기하학적 구도가 완성된다. 비유와 이미지는 시인이 설치해 놓은 장치들의 정교한 묘사와 기묘한 결합의 충격 효과를 증폭시킨다. 그런데 이 이미지들은 환유적 관계와 공간성의 맥락을 완전히 해체하거나 부인하지 않으면서 시적 논리와 의미망 사이에서 위태롭게 지탱된다.

이상에서 김춘수를 거쳐 박상순에 이르는 과격한 환상[1]의 계보를

---

1) 현실에서 이루어지지 않는 비일상적인 논리가 시적으로 구조화되어 있는 것을 시에서의
 "환상"으로 규정하고 논의한다면, 리얼리티의 부인이나 위반의 정도와 시적 구현의 방식

잠시 돌아보자. 그들은 통사론과 의미론의 인과, 그리고 시공간적 인접성의 환유를 파괴함으로써 기존의 맥락에 의한 독해를 원천적으로 거부한다. 그들의 환상에는 어떤 의미나 알레고리도 개입되어 있지 않으며, 파괴의 논리만으로 새로운 감각과 현실을 창조하려 한다. 이민하 시의 경우, 표현된 이미지의 논리와 그 이미지들이 구축하는 시적 구조의 논리는 이원화되어 있다. 그의 이미지는 통상적인 감각적 질서를 왜곡하고 전도시킨다. 그러나 이미지들의 흐름은 시공간의 환유적 연쇄고리를 따라가며 감각의 알레고리를 서사화(「물고기 연인」)하거나, 건축적으로 공간화(「가벼운 탄주―아침의 나라」)한다. 이민하 시에서 표현된 이미지는 그 이미지의 작동 공간 내에 자족할 뿐 전체 시적 구도 속에 비유적으로 확산되거나 알레고리 속으로 수렴되지 않는다. 이것은 시인이 의도했을 수도 있고 아닐 수도 있다. 그러나 최소한 시인의 전략이 언어적 전도나 왜곡된 이미지의 변주 그 자체를 본질적인 요체로 모종의 실험과 발언을 수행하려는 것은 아니라는 것은 분명하다. 이 점에서 이민하 시의 환상은 이상을 비조로 하는, '내용 없는 환상'을 지향하는 과격한 환상의 계보와는 거리를 두고 있다. 이민하 시의 비틀린 언어들과 기괴한 형상들은 시인의 미학적 자의식을 구성하는 알레고리의 기폭장치로 기능한다. 알레고리의 서사에 스며들지 않으면서 언어적 자의식의 경계를 지탱시키는 환상의

에 따라 환상의 범주는 무한정으로 확대될 수 있고, 급기야 '모든 시는 환상시다'라는 규정까지 불러올 수도 있을 것이다. 그렇다면 우리는 시에서의 환상성이라는 문제에 최소한의 공약수를 상정하고 논의를 진행할 필요가 있다. 현실의 재현을 목적으로 하거나 모방 충동에 좀 더 기울어진 환상과, 환상 그 자체의 표현을 목적으로 하는 환상으로 범주화할 수 있을 것이다. 나는 여기서 후자의 경우를 "과격한 환상"이라고 잠정적으로 규정했다.

방법론은, 따라서 필연적으로 메타시적인 시쓰기로 시인의 전략을 몰고 간다. 예를 들어, 「물고기 연인」의 경우 '물고기 연인'이 시적 화자가 사육하는 또 다른 감각적 자아라고 볼 수 있다는 점에서, 그리고 인용된 「가벼운 탄주－아침의 나라」에서는 보다 직접적으로 시적 감각의 해체와 탐색에 주력하고 있다는 점에서 이 시들 역시 메타시에 속한다.

2

　상처야말로 세계를 표상하는 가장 유효한 내면이라는 듯, 시인은 세계에 끊임없이 상처들을 부착한다. 이민하 시의 상처들은 현실의 억압적 메커니즘으로부터 생겨난 것이 아니라 시인이 직접 도려낸 칼자국들로 난만(爛漫)하다. '모두 병들었는데 아무도 아프지 않'(이성복)은 세계에서 잠든 병(病)을 깨워 삶을 일으키기 위한 유일한 방법은 남아 있는 신체를 더 찢어발기면서 몸이 반응할 때까지 그 상처를 증식시키는 것밖에 없다. 다음 시들은 세계의 잠든 병(病)을 불러내기 위해 상처입어야 하는 오브제들이 호출되는 장면을 보여준다.

　　(중략) 청색 선반 가장자리에 다리를 곤 줄무늬넥타이(1)가 보입니다 / 먼지가 쌓인 스카프(2)는 살짝 비어져 나온 회색 머리칼을 흔들며 졸고 있습니다 / 레고로 조립된 교복(3)이 이어폰을 꽂다가 지팡이(4)로 교체됩니다 / 바깥에서 뒷모습만 보이는 이들은 모두 쇼윈도를 등지고 놓여 있습니다 / 한 세트로 보이는 커플룩(5~6)은 황홀한 표정연기가 일품입니다 / 시간을 탕진하고 싶을 만큼 구매욕을 자극합니다 / 군복(7)이 불안한 눈빛으로 옆자리를 조준합니다 여긴 품절인데요 / 재빠른 파마머리(8)가 빈자리를 꿰차고 나면 /

탁상용으로 좋은 멜빵바지(9)가 8의 무릎에 곧바로 부착됩니다 / 우산들이 선반 사이를 비집고 다닙니다 / 긴장한 선반이 나사를 조입니다 / 유니폼을 입은 마네킹들이 7의 팔을 빼 3의 어깨에 끼워 봅니다 / 1의 눈에 9를 박아 넣고는 수군댑니다 근사한걸 / 4의 정가표 위에 세일 딱지를 붙이고 건전지의 수명을 확인합니다 / 폐점 시간입니다 / 마네킹들이 서로 짖으며 안내 방송을 하고 / 우산들은 다시 비오는 거리로 나갑니다 / 내일은 좀더 단순한 디스플레이가 필요합니다 / 다양한 각도에 따른 연구가 요구됩니다 / 문이 닫힙니다.

—「꿈꾸는 지하철 3호점」 부분

지하철의 승객들이 일일이 번호가 붙여져 의류 판매점 진열대의 마네킹이 된다. 현대 사회의 개인이 거대 자본과 매스미디어에 의해 생산되고 유통되는 하나의 브랜드에 불과할 수 있다는 냉혹한 현실 위에, 시인은 재기 넘치게도 이 광경에 자신의 시적 기획을 밀어 넣어 겹쳐 놓고 있다. 한편, 대상과 대상들의 관계에 상처를 내고 그 흔적들을 증식시키기 위해서는 자신의 눈과 신체 역시 무한 번식시킬 수밖에 없다.

사진을 찍었다 필름을 화분에 심었다 볕이 잘 드는 베란다에 화분을 내놓았다 화분 속에서 주렁주렁 사진들이 익어갔다 너무 읽은 사진은 바닥에 떨어져 짓물렀다 방 안 가득 단물이 고였다 물컹물컹 사진들이 내 발목을 핥았다 한 달 전에도 사진을 찍었다 어제도 찍었다 난간에 매달려 찍었다 화분에서 흘러넘친 필름은 창을 향해 넝쿨처럼 뻗었다 / (중략) / 어머니는 손에 잡히는 대로 사진들을 오려냈다 눈을 감은 어머니는 가위질 솜씨가 대단했다 물집을 도려내자 사진들은 오븐에 구운 것처럼 금세 바삭해졌다 다리가 잘린 아버지가 목이 없는 아이의 무릎에 포개져 방바닥에서 웃고 있었다 감탄한 나는 자꾸 사진을 찍었다

—「사진놀이」 부분

이 시에서의 '사진'과 다른 시 「거울놀이」에서의 '거울'은 환상수족의 다른 버전이다. 사진 찍기는 눈과 뇌(기억)를 동시에 번식시킨다. 시인은 이 기계(필름)를 식물(화분)에 이식한다. 무럭무럭 자라고 뭉컹뭉컹 익기를 기다릴 것이다. 이제 다 익은 사진들은 바닥에 떨어져 짓무르고 내 몸을 핥아대는데, 필름을 심어놓은 화분에서 "앳된 얼굴의 어머니"가 흘러나오셨다. 이 앳된 어머니는 사진 찍기가 번식한 또 다른 나다. 어머니는 사진을 자르기 시작한다("오려냈다"는 표현은 조금 애매하다. '오리다'는 일부분을 절단해서 떼어내는 것을 말한다). 내가 사진을 찍는 족족 다른 나(어머니)는 그것을 잘라버리고 잘린 사진들이 방바닥에 쌓인다("다리가 잘린 아버지가 목이 없는 아이의 무릎에 포개져 방바닥에서 웃고 있었다"). 방 안에서는 더 이상 찍을 몸뚱이가 없어지자 상상 속의 기차와 파랑새도 찍는다. 그것도 어머니가 자른다. 사진 찍기와 가위질은 끝없이 계속된다. 나는 사진을 찍을수록 잘리고 잘려서 하얀 분말이 되어 날아오른다. 그리고 내가 사진을 찍으며 번식시킨 눈들이 다시 나를 찍는다.

그런데 이 사진놀이는 사진 '찍기' 놀이에 그치지 않는다는 점이 중요하다. 시인은 사진 '자르기' 놀이가 더 즐거운 것이다. 필름을 화분에 심어 주렁주렁 열리게 하는 것으로는 성에 차지 않는지, 시인은 자기 안의 어머니를 불러와 자신을 쪼개며 번식시킨다. 어머니의 가위질이 없다면 이 사진놀이는 성립하지 않는다. 이 시에서 여성의 억압적 삶과 분열과 그 분열을 넘어서는 탈주의 방식과 경로를 읽어내는 독자도 있을 것이나, 그것은 이 '사진놀이'를 사진 '찍기' 놀이에 국한시켜 해석하려는 시각에서 비롯되는 것으로 보인다. 이 어머니는 다리 잘린 아버지가 그렇듯 가족 이데올로기가 스며든 어머니가 아니

다. 어머니와 아버지는 내 몸이나 내 눈의 복제이거나 장치이거나 내
몸에서 흘러나와 벽에 박힌 눈알이거나 버드나무 밑둥에 하체를 밀어
올리는 바지이거나 꿈꾸는 지하철 3호점의 1, 2, 3 혹은 무한 증식하
는 수많은 나들, 내 눈들과 다르지 않다. 이민하 시의 오브제들은 이
렇게 탄생한다.

　문제는 상처 그 자체도, 상처의 치유도 아니다. 상처를 '아프다' 라
고 말하는 것, 그리고 그것을 말하는 방식과 은폐된 상처들을 폭로하
는 것이다. 이것은 세계의 상처를 건드리려는 이민하의 시적 전략이
사물과 대상, 그리고 우리를 둘러싸고 있는 모든 '관계' 들에 대한 전
복으로 나아감을 의미한다. 시집의 제3부에는 '관계에 대한 고집' 을
부제로 한 5편의 시가 실려 있다.

> 아이의 배꼽에서 여자가 주름투성이 손을 내민다 / 여자의 배꼽에서 아
> 이가 털복숭이 앞발을 내민다
>
> 　　　　　　　　　　　　　　　　—「배꼽—관계에 대한 고집」 부분

> (중략) 여자 몸을 뛰쳐나온 아이가 물방울 눈을 뜨고 두리번거린다 / (중략) /
> 아이의 무릎 위에 여자가 잠들어 있다
>
> 　　　　　　　　　　　　　　　　—「데칼코마니—관계에 대한 고집」

> (중략) 남자는 소녀의 그늘 아래 기저귀를 깔고 소녀는 무르익습니다 /
> (중략) / 지나가던 소녀가 남자에게 기저귀를 채워 데려갑니다
>
> 　　　　　　　　　　　　　　　　—「낙원—관계에 대한 고집」

　여자와 아이(엄마와 아이), 소녀와 남자(연인과 연인)의 위치와 역
할은 역전된다. 여자와 아이와 소녀와 남자 사이에서 텔레비전과 담

배와 싱크대와 기저귀가 횡단하는데, 사물들은 서로 꼬리를 물고 상처를 내거나 교접하지만 결코 "서로의 앞모습은 볼 수 없"(「哀人―관계에 대한 고집」)다. 서로의 앞모습을 본다는 것은 절대적 타자의 위치에서 서로를 호명한다는 것을 뜻한다. 그러나 우리를 둘러싼 사물들은 결코 동일한 위치, 절대적 위치로 환원되거나 고정되지 않는다. 편견과 관습의 두꺼운 각질로 은폐된 사물들의 자세를 역전시킴으로써 기존의 문법을 파괴하고 사물의 생명력을 깨워내는 것이 시인의 전략이라면, 이 배치들은 지극히 자연스럽고 당연한 귀결이다. 사물과 사물, 사물과 인간, 인간과 인간의 관계를 고착시키는 모든 제도와 규범의 각질에 상처를 내고 균열을 가하는 것이 이민하에게 있어 '관계에 대한 고집'으로 나타난다. 시집 3부의 마지막에 배치된 시 「토크―쇼―관계에 대한 고집」에서는 이러한 시적 전략을 시로 쓰는 시론의 형태로 드러냈다.

> (중략) 저는 시를 쓰는 게 아니라 시 속에 지워집니다. (중략) 나는 나라는 육체에 속하는 게 아니라 나라는 육체에 참여합니다. 참여한다는 건 속하지 않으며 동시에 속함을 의미하고, (중략) 내가 그대를 그리워한다는 것은 그대에 의해 그대 속에서 그대를 향해 그대와 싸우며 그대에 의해 그대 속에서 그대를 향해 그대와 싸우며 그대라는 길 위에서 헤매는 일이지요. (중략) 말하자면 나는 이 시대의 죽음이라는 통로를 주목하지요. (중략) 일상을 파괴해야 합니다. 그리고 무엇이나 소통될 수 있는 죽음이라는 방식에 대한 새로운 확장이 필요합니다.
>
> ―「토크―쇼―관계에 대한 고집」 부분

이민하에게 시를 쓴다는 것은 이미 배치된 사물과 자신의 신체를 지워나가는 일이다. 고정된 배치를 지우는 작업은 다시 태어난다는

의미에서 죽음에 비견된다. 그것은 죽음의 확장이며 반복되는 삶의
시작이다. 육체에 '속하는 것'이 아니라 '참여한다는 것', 제도에 의
해 둘러씌워진 정체성에 안주하는 것이 아니라 균열을 가하고 상처를
내는 방식으로 그것을 묻는 것. 그렇다면 그의 이 '관계에 대한 고집'
은 구체적으로 어떻게 수행되는가.

「물고기 연인」에서, 시적 화자는 "벽 속의 열대어를 꺼내 주"지 않
는 학교에 가지 않아 집에서 쫓겨난 남자를 사육한다. '벽 속의 열대
어'가 품고 있는 의미들이 이민하 시의 전체적 문제의식과 무관하지
않겠지만, 여기서는 이 '벽'의 은유 자체에 대해 주목해 보자. 이상할
정도로 시인은 '벽'에 집착하고 있다. 벽에 대한 고집.

> 창백한 몸뚱이가 한쪽 벽을 부여잡은 채 놓여 있다. (중략) 나는 그 자리
> 에 한쪽 벽을 부여잡은 채 누에처럼 눕는다.
>
> —「나비잠」

> 골목 어귀에 다시 갔을 때 검은 담벼락에 눈이 부셨네 담벼락을 휘감은
> 당신의 몸에서 아직 검은 꽃잎이 자라는 중이었네
>
> —「산책」 부분

> 꿈을 꾸었어요 이카루스, 벽을 빠져나가는 꿈 / (중략) / 천만분의 일도
> 식지 않는 몸의 열기를 벽에 묻었어요 / 벽에 아랫도리를 박아 넣고 두 손을
> 철쇄로 감았어요 // 벽에 들이댄 쇠망치를 거두어요 / 오래 버틴 힘으로 벽
> 은 무너질 줄 모르네 / 오래오래 묵은 힘으로 벽은 몸을 반으로 가르지도 못
> 하네 / 미궁을 벗어나면 추락일 뿐이지 / 날개를 탓하지 말아요, 끝없는 날
> 갯짓 / (중략) 해마다 벽 속에서 해산되는 탐스런 일곱 아이들 / 당신을 위한
> 제물이에요 벽 속을 궁금해 하지 말아요 / 벽은 날개를 삼켰지만 당신과의
> 안전한 소통을 보장해 줘요 (중략)
>
> —「사각의 눈」

벽은 공간과 공간을 갈라 구획하는 기하학적 경계선이 아니다. 벽은 공간을 공간이게 하도록 언제나 작동한다. 공간에 의미를 부여하는 것도, 의미를 박탈하는 것도 벽이다. 벽으로 인해 공간은 비로소 장소가 될 수 있다. 공간은 아직 의미가 스며들지 않은 장소이며 장소는 의미화된 공간이다. 따라서 벽은 항상 공간이 아니라 장소가 된다. 공간이 장소가 될 때의 의미를 나르는 장소, 혹은 장소가 의미를 잃고 빈 공간으로 왜곡되어 간다면 그 의미들을 잠재적으로 보관하고 있는 장소. 벽은 공간과 공간의 차이를 생성하기도 하지만 동시에 차이를 무화시키기도 한다. 벽은 이곳과 저곳, 이것과 저것의 경계와 관계를 윽박지르며 망치를 들고 달려드는 시인의 토포스가 거주하는 집이자 탈주선을 내장한 화살이다.

이 완강한 벽에 들린 시인의 환상수족들. 차이를 삼키며 공간을 지배하는 권력적 벽을 두드리거나 매달리거나 기어오르거나 상처 입은 육체와 욕망의 혈흔을 남기면서 벽의 물질성을 되살리는 것, 벽의 기하학적 권력에 저항하면서 벽 바깥의 장소와 소통하는 것, 그리고 스스로 벽이 되어 소통의 장소가 되는 것.

「나비잠」에서 '몸뚱이'는 벽의 일부가 되어 있다. 영화 매트릭스에서처럼 전화선을 타고 방을 드나든 이들의 발자국이 새겨진 곳은 몸뚱이이자 벽이다. 문은 없다. 날이 밝아오는데, "하늘이 들어오려고 창문을 잡아뜯"을 때, 시인은 폐쇄된 세계를 열어젖힐 가능성을 내장한 창의 진부한 존재론도 부인한다. 뜯겨진 창을 향해 꿈틀거리는 것은 '몸뚱이'도 '나'도 아닌 기우뚱, 흔들리는 벽이다. 벽을 통해 '몸뚱이'와 '나'는 교환되고 나는 다시 벽에 묻혀 발자국들을 기록할 것이다.

「사각의 눈」에서는 보다 직설적이다. 시인은 이카루스의 날개를 벽에 묻었다. 벽이 몸을 조일수록 두 눈은 튕겨 오른다. 이 벽은 미궁(迷宮)이다. 벗어날 수 없다. "미궁을 벗어나면 추락일 뿐"이다. 시인은 날갯짓에 더 이상 미련을 두지 않는다. 날개란 어차피 "오르기 위해서가 아니라 떨어지지 않기 위해 필요한" 것일 뿐. 시인은 벽을 벗어나기보다 벽에 몸을 묻고 눈이 튀어나오기를 기다리기로 한다. "당신의 부릅뜬 눈이 좋아요 당신의 불안이 좋아요."

3

시집에서 두 번째로 배치된 시가 「입구—벽화, 240×240cm, 2000」였다는 것을 기억하자. 벽의 모티프는 이민하 시의 상상력으로 들어가는 입구이다. 벽에 대한 문제의식은 시인의 시적 전략이기도 하면서 이민하 시의 환상성과도 연결된다.

르네상스기에 발견된 고대 로마의 동굴 유적 속에는 기괴한 형상의 벽화가 장식되어 있었다. '동굴'은 이탈리아어로 grotta, 영어로는 grotte, 또는 grotto라고 표기된다. 이 동굴 벽화는 덩굴 식물 같은 것에 공상적인 생물이나 괴상한 인간의 모습, 또는 과일이나 심지어 촛대 같은 것도 함께 얽혀 있어서 보는 이에게 묘한 불안과 공포가 아니면 우스꽝스러운 흥미나 불쾌감을 자아내기도 했다. 인간성이나 이성이 구획해 놓은 분류 체계와 자연적인 법칙을 완전히 무시한 이 형상은 그 영역과 체계를 무참하게 유린하고 붕괴시킴으로써 당대인을 혼란과 공포로 몰아넣기에 충분했다. 이러한 형상과 기법에 대한 관심으로부터 그로테스크(grotesque)라는 개념이 발전하게 된다. 그로테스크는 '부조화'를 기본적인 요소로 가지고 있다. 이 부조화는 일반적이 거나 정상적인 기율을 벗어난 상태를 기법적인 과장이나 억지를 통해 표현해낸다. 비정상적인 상태는 주로 동물적인 것과 식물적인 것의 혼합과 결합에 의해 이루어졌다.

그리고 깃발처럼 나무의 몸통에 꽂혀 펄럭이는 바짓가랑이 / 가까이서 보면 왼쪽은 맨발, 오른발엔 낡은 신발을 끼운 검붉은 바지의 하반신 하나 가 가지처럼 뻗어 있다

— 「입구 — 벽화, 240×240cm, 2000) 부분

담벼락을 휘감은 당신의 몸에서 아직 검은 꽃잎이 자라는 중이었네 (중 략) 당신을 한 아름 꺾어 내 몸에 꽂았네

— 「산책」 부분

화분 속에서 머리가 반쯤 돋아난 여자 / 화분 속에서 팔이 쭉쭉 늘어나는 여자 / 화분 속에서 녹색 벽돌을 나르는 여자 / 화분 속에서 아이를 한 채 짓 는 여자

— 「배꼽 — 관계에 대한 고집」 부분

처녀막처럼 찢어진 잎들 사이로 삐죽이 솟는 나무의 탯줄

— 「공기무덤」

아버지는 풀이 돋는 뼈를 가졌으며 머리가 잘린 버드나무 아랫부분 에서 웬 바지 하나가 몸통을 밀어 넣고 있으며 당신과 나의 몸과 귀에 서는 초록 이파리나 여린 속잎이 돋아난다. 여기저기 흩어져서 땅으 로 파고들거나 치솟아 오르거나 벽으로 빨려들거나 공중으로 쏟아지 고 뿌려지는 이미지들을 한 켠으로 모아볼 수 있다면, 그 중 한 다발 은 식물성과 동물성이 서로의 경계를 빨아들이는 풍경이다. 이 기형

아들은 단어의 숫자만큼이나 다양하지만 동시에 의외로 단순한 구조의 유전자로 이루어져 있는 것이다. 식물의 물관이나 가지 사이에서 꿈틀거리는 동물이거나 동물의 혈관에서 구멍을 뚫고 번식하는 식물이다. 그로테스크를 근대 부조리극의 형식적 표현으로 규정했던 게르하르트 멘싱은 그것을 "이질적인 것이 혼합되어 있고, 괴리된 것이 조화를 이루도록 강요된것"이라고 설명한다. 이런 점에서 이민하 시에 나타나는 기괴성과 환상성은 그로테스크 미학의 고전적 강령을 충실히 수행하고 있다고 말해도 좋을 것이다. 그로테스크는 형식미학적 측면 외에 사회비평적 관점을 동시에 고찰해야만 그 성격이 올바로 드러난다. 그러나 이민하 시의 그로테스크적 특성은 주로 전자의 함의에 기울어져 있다고 보인다.

4

이민하 시에서 다양한 형태로 출몰하는 '환상수족'은 기존의 체제가 가장하고 있는 관계들이 가진 경직성과 허구성을 파괴하고 고발하며 새로운 미적 실체를 재건축하는 또 하나의 '감각의 수족'이다. 이 시도들이 탈근대시대의 분열된 주체들이 쥐어짜고 쏘아 올리는 다양한 감각의 한 축을 보다 분명한 수준에서 틀어쥐고 있다는 평가는 새삼스러울 것이다. 한편, 최근의 젊은 시들에 쏟아졌던, 찬사와 의심과 명명(命名)의 소문을 둘러 싼 언표들 외에, 이민하 시에서 더 말해야 할 것과 아직 말하지 못한 것은 무엇일까.

먼저, 시인의 전략은 환상과 실재의 경계를 허물어뜨린다거나 환상을 실재보다 더 실재적인 어떤 것으로 끌어올리려는 것 따위에 있지는 않다는 점을 다시 지적하자. 합리적 배치를 냉소하며 전도시킨 이미지들이 대상 재현이라는 현대시의 재래적 지평에 가한 충격은 물론 파괴적이었고, 환상이라는 명명은 그녀의 대상과 언어에 대한 치밀한 설계와 악전고투가 낳은 이미지들의 모험이 발신하는 전파를 수신하기에 충분했음은 의심할 여지가 없다. 그러나 시인이 집요하게 매달린 것은 환상 그 자체라기보다 '환상의 배치'라는 것이 좀 더 강조되어야 한다. 일상에 포섭되어 있던 우리 주위의 사물과 사람들을 전도된 시선으로 밀어 올려 호출해내고 화자 자신의 신체를 쪼개고 쪼개 상처를 설치하는 제작자의 시선, 혹은 무대 위의 공기에 대한 것이 그것이다. "나의 꼬리뼈는 루머에 지나지 않는다"(시집 자서)라는 말이 단순히 위악 섞인 넋두리가 아니라면, 그녀가 골몰했던 것은 꼬리뼈를 담아 두고 설치할 상자와 서랍과 무대 장치였는지 모른다.

본지 이번 호에 발표되는 신작시들에는 몇 가지의 미세한 징후가 감지된다. 「海溢」을 포함한 5편의 시가 모두 메타시적인 경향을 많든 적든 띠고 있다는 점이 그 중 하나다. 추상적이면서도 복잡하고 다층적인 함의를 가진 코드들(『환상수족』으로부터도 더 나아간 듯한)이 덧씌워져 있어 의미의 단층들이 명료하게 분절되지는 않지만 시작(詩作)과 방법론에 대한 자의식이 이전과 다르게 조심스럽고도 교묘하게 발설되고 있다. 「사탕수수밭」에서의 혀와 손가락, 「떨림, 서정적 징후」에서의 풍경과 외팔이 정원사와 전지가위와 테이블은 대상에의 시선과 표현, 그리고 시인의 시적 전략에 대한 은유이다. 「물고기 연인의 근황」에서 다시 등장하는 '물고기 연인'은 『환상수족』에서의 실험과 배치에 대한 의심을 위해 호출되었다. 또한, "두 사람이 나가자 그들의 발자국 밑에 흐릿한 잠기운이 여기저기 밟혀 있다 (중략) 나는 스위치를 모두 켜고 창가에 서 있는 어둠을 밀어 아래로 떨어뜨린 다.”(「이사 전야」)와 같은, 상상(환상)이 개입하지 않은 사실적인 표현 도 (변모의 조짐으로 보기엔 성급할 지라도) 이전의 시편에서는 찾아 보기 힘든 것이다.

환상과 그로테스크가 가진 근원적인 힘은 우리에게 매우 낯익은 어 떤 것이 사실은 오래된 억압과 배제와 소외를 통해 굳어 온 것임이 천 연덕스럽게 폭로됨으로써 빛난다. 그러나 환상성이 언제나 기존의 억 압적 체제를 위반하고 저항하는 역할을 하는 것은 아니다. 오히려 위 반의 기제들을 전시하고 면역성을 강화함으로써 환상에 틈입된 현실 의 위선적 요소들을 기존 제도에 편입시켜 포섭하는 역할을 할 수도 있다. 또한, 환상으로 기입된 현실의 부정성이 기실 제도가 승인한 미학에서 태어난 것인 한, 궁극에는 묘사된 현실 자체의 긴장을 소거 시키는 계기가 될 수도 있다는 마르쿠제의 진단을 곱씹게 된다(『에로 스와 문명』). 이런 측면에서, 환상이라는 매체를 배치의 방법론으로 밀고 나가려 했던 이민하의 시도는 의미를 가진다. 문제는 환상 그 자 체가 아니라 환상이 거주하는 장소라는 것. 이민하의 시는 지금 이 거 주를 위한 형식을 찾아 분투하고 있는 것으로 보인다.

제4부

무중력의 시 읽기

1. 속도를 넘다
— 신현정의 「우체부는 더 빨리 걷지 않는다」

우체부가 지나가니까 들국이 소담하니 핀다

개똥지빠귀가 우는가 하면

어느 담 밑에 늦은 과꽃은 세 번을 벨을 가장해 울기도 한다

거 우체부 아저씨 조금만 빨리 걸으시면 안 되나

늘 그 걸음이다

기쁜 일이거나 슬픈 일이거나 항시 그 걸음이다

아예 자전거는 옆구리에 모시고 다니신다

염소에게 글을 가르치시나

담배 한 대 더 태우고야 엉덩이를 턴다

이 세상에서 가장 아름다운 누나도 기다림이 된 지 오래다

오늘은 유난히 행낭이 불룩하시다

하, 새끼 기러기 몇 마리 목을 내밀고 있다

그렇다고 걸음이 더 빨라지지 않는다

그 걸음으로 저기 저 달까지 무난히 갈 것을 내 믿는다.
　　— 신현정, 「우체부는 더 빨리 걷지 않는다」(『실천문학』 2008년 겨울호)

　좋은 시는 의미와 발화를 둘러싼 응축과 파열의 음악으로 얽혀 있
다. 말하고 싶은 정념과 침묵해야 할 형식 사이에서 시의 윤리와 시인
의 투쟁이 시작된다. 발화와 침묵의 리듬이 일정한 격조를 유지할 때
메시지와 비유는 형식 속에서 균형을 찾는다. 정념에서 비롯된 메시
지가 리듬과 이미지에 삼투해 있을 때, 시 작품의 의미는 역동적으로
확산되면서 조화와 불협화를 상호조명하는 독자적인 형식을 창조하
게 된다.

　이 시 「우체부는 더 빨리 걷지 않는다」의 행간은 우체부의 보폭이
라는 직관적 단위들로 팽팽하게 조직되어 있다. 느린 발걸음이 부화
해 놓은 시간의 알곡들이 형형색색으로 빼곡하다. 언어가 달력을 닮
은 원고지의 네모 칸을 빠져나와 물방울처럼 일상의 세목을 유영하고
있다.

　먼저 첫 세 행에서는 우체부의 걸음(시간)이 대지(사물)의 열림과
함께 인간의 지각을 통과하는 과정이 참신하고 기발한 이미지로 제시
되어 있다. 우체부의 걸음과 들국의 개화(1행), 개똥지빠귀의 울음(2

행), 과꽃의 개화(3행)가 동행하는 것이 그것이다. 특히 3행에서 과꽃의 개화를 개똥지빠귀의 울음과 엮어 놓은 장면은 독자로 하여금 어리둥절할 정도의 감각적 충격을 안겨 준다. 더구나 ‘늦은’ 과꽃과 ‘세 번’의 벨을 병치하였다. ‘늦게’ 피는 과꽃의 시간적 시각 이미지와 바쁜 듯 재촉하는 ‘세 번’의 벨소리가 내는 청각 이미지를 하나의 비유 체계로 연결시켰다. 이는 사물에 틈입하는 시간의 복합적 성격을 고스란히 드러내는 역할을 한다. 지각 반경의 놀라운 확대이며, 언어의 감각적 한계를 돌파하는 순간이라고 할 만 하다. 시간과 공간은 본질적으로 구분되지 아니한다. 공간 위의 시간, 또는 시간을 머금은 공간이 존재할 뿐이다. 사물과 자연으로부터 격절된 절대적 시간이 존재한다는 것은 시간을 판매하고 속도를 숭상하기 위해 고안된, 인간과 세계의 관계에 대한 헛된 기망(欺罔)에 속할 것이다. 이 첫 삼행의 이미지들은, 시간이 반드시 사물 속에 깃들어서 현현되며, 사물(대상과 공간)은 시간의 숨결을 타고 인간에게 다가온다는 것을 여실히 보여주는 것이다.

4행에서는 “거 우체부 아저씨 조금만 빨리 걸으시면 안 되나”라고 짐짓 의뭉스럽게 추임새를 넣으며 꽉 조여진 시적 호흡의 고삐를 늘어뜨린다. “아예 자전거는 옆구리에 모시고 다니신다.” 자전거가 아날로그적 이동 수단으로 각광받고 있지만, 사실 자전거만큼 속도에 종속적인 이동수단은 없다. 자전거에 타고 넘어지지 않으려면 페달을 밟고 앞으로 나아가지 않으면 안 되기 때문이다. 우체부는 시골 마을의 어느 나무 그늘 아래에 쪼그리고 있다. 굴러다니는 막대기로 땅에 뭔가 휘휘 그리거나 적고 있다가 담배 한 대를 더 태우고 일어서는데, 그 주위를 어슬렁거리던 염소가 물끄러니 바라보고 있다가 지나간다.

"염소에게 글을 가르치시나 / 담배 한 대 더 태우고야 엉덩이를 턴다"
라는 능청스러운 표현이 바쁠 것 없는 시골길의 한가로운 풍경 한 소
절을 간결직절하면서도 유머러스하게 빚어낸다.

 "하, 새끼 기러기 몇 마리 목을 내밀고 있다"라고 했다. 기다림에
닿아야 할 하 많은 그리움들, 소식들이 행낭 안에서 발을 동동 구르고
있는 모습이 유쾌하고 기지에 찬 비유로 그려졌다. 이 이미지는 "이
세상에서 가장 아름다운 누나도 기다림이 된 지 오래다"라는 시절과
맞물린다. 그 기다림과 그리움의 주체가 누나일 수도, 누나를 그리워
하는 화자의 것일 수도 있다. 어쨌거나 누나에 대한 화자의 기다림,
아니면 누나의 그 누군가에 대한 기다림 모두, 유난히 불룩한 행낭 속
에서, 그리고 우체부의 느긋한 발걸음 속에서 아득하고 절절한 의미
의 시공을 거쳐 발효되고 있는 것이다.

 근대 문명이 낳은 속도에의 광신을 비판하고 느림이 주는 가치를
예찬하는 시편들이 그리 낯설지는 않다. 그러나 신현정의 이 시는 이
러저러한 메시지를 날것으로 제시하는 대신, 세계와 사물을 향한 시
인의 시각과 호흡을 시적 이미지들을 통해 드러냄으로써 읽는 이로
하여금 느린 시간의 구두 뒤축이 숨겨 놓은 감각의 풍요로움을 경험
하게 한다.

 지도가 타인의 토지를 선점하기 위해 만들어졌다면, 시계는 타인의
시간을 매매하기 위해 발명된 것 아닐까. 인간은 점점 빠르고 효율적
인 의사소통 도구를 구입하면서 절감된 시간을 합리적으로 관리한다
고 믿는다. 그러나 관리되는 그 시간이 정녕 자신의 것일까. 혹은 그
합리성은 그것을 위해 포기해야 했던 가치들의 망각 위에서 축조되는
것 아닐까. 관리된 시간을 향유한다는 것은 결국 내 존재와 자연 사물

의 관계 외부에 있는 어떤 힘들이 부과한 체계를 수락하는 것에 불과한 것 아닐까. 또한 우리는 곧잘 커뮤니케이션의 발전과 커뮤니케이션 도구의 발전을 혼동하기도 한다. 그러나 그것은 전혀 별개의 사건이다. 시간을 지배하려고 하면 할수록 시간의 전체성과 그 본질은 망각되고 있는 것이 아닐까. 시간을 동일한 기준과 척도에 따라 계량화하고 배열할수록, 인간의 존재와 시공의 진행을 주재하는 한 요소인 우연성은 배제되기 마련이며, 구획된 시간의 외부에서 생장하는 사물들에서 비롯되는 지각과 경험의 폭과 깊이는 점점 더 축소될 것이다. 의사소통의 즉시성이 가속화될수록, 역설적이게도 의사소통의 적시성은 기대치를 밑돌게 된다. 불확실성을 채워주던 여백과 우연성이 가치절하되면서 고독에 대한 면역력은 약해지고 소통의 부재 공간은 확대된다. 그러나 너무 심각하거나 엄격해지지는 말자. 이 시가 가르치는 것 역시 "그렇다고 걸음이 더 빨라지지 않"을 뿐더러 더 느려지지도 않을 것이다. 어쨌거나 그는 "그 걸음으로 저기 저 달까지 무난히 갈 것을" 그도, 나도 믿는다. 시간과 언어의 성긴 틈을 비집고 무언가 우리 존재의 진실한 순간을 굴착하려는 집요한 갈망과 그로 인한 발견의 즐거움과 경험은 어떤 절실한 메시지나 프로파간다보다 강력할 것이므로. 어쨌든 우체부의 느린 걸음이 나른하고 평화로운 한나절의 풍경을 분주하게 만들었다. 사물이 눈 뜨고 생명은 움튼다. 속도의 미망에 대한, 위트와 아이러니로 가득 찬 계고장이다.

2. 풍경과 지각

— 김휘승의 「멎은 풍경」

 '풍경'이란 단어는 그다지 낯설지 않다. 물리적 경관뿐 아니라 심리적이거나 사회문화적 현상에 이르기까지 풍경이라는 단어는 쉽고 광범위하게 사용되고 있다. 심지어 '내면풍경'이라는 말이 아무 거부감 없이 사용된다. 그런데 이 '풍경'이 과연 무엇을 의미하는지, 인간의 시각이나 물리적 장면, 혹은 문화적 인식틀과 어떤 연관을 가지고 있는지는 별로 논의되어 본 적은 없는 것 같다. 가라타니 고진은 풍경을, 에피스테메를 형성하거나 역사적으로 내면화한 인식틀로 전제하는데, 그의 논의의 중심은 그러한 인식틀의 기원과 역사적인 전도의 양상에 있지 풍경이라는 지각 양태의 구조에 있지는 않다.

 '풍경(landscape)'이란 대상 또는 대상군에 대한 하나의 시각장(視覺場)이며 그것을 계기로 형성되는 인간 또는 인간 집단의 심적 현상을 말한다. 즉 풍경이란 자연 장면에 대한 설명이나 묘사로 가능한 객관적인 재현의 결과물이 아니라, 그것을 바라보는 이의 정서와 무의식, 혹은 이념이나 욕망이 특정한 문화적 의도를 실현하는 수행 과정에서 생성된다고 할 수 있다. 조경학에서는 풍경을 쾌·불쾌 개념을 포함한 관조·관상의 심미적 태도와 관련하여 해석하고, 경관은 과학적·객관적 개념이 내포된 현상으로 규정하여 양자를 구분하고 있는데, 이에 따르면 풍경의 의미가 보다 명확히 이해될 수 있을 것이다. 풍경은 외부 세계에 대한 신체적, 정신적 경험이며, 경관은 이러한 경험을 초래하는 공간성으로 설명될 수 있을 것이다.

풍경은 인간의 눈에 비친 물리적 경관이 인간의 감각체계를 통과하여 생성되는 이미지와 정서로서의 세계상인 것이다. 그것은 인간의 감각적 체험에 따라 확장되는 전체성의 장이기 때문에, 고정되거나 확립되지 않는 비일상적인 성격을 지닌다. 따라서 풍경은 매 순간 생성되고 갱신되는 표상으로 나타난다. 그리고 풍경 체험은 단순히 하나의 공간적 경험이 아니라 특정한 공간에서 이루어지는 사건들의 물리적이거나 사회적인 배열이며, 시간적으로는 지속과 배열의 연속적인 변동을 통해 이루어진다. 따라서 풍경의 체험이라고 하는 것은 시간과 공간의 연속성, 그리고 인간의 감각적 요구와 자연의 힘과의 일정한 상호 작용이 형성하는 맥락 아래에 있다.

자연과 세계를 향한 시인의 시선과 감관의 반응 양식은 풍경이라는 창을 통해 들여다볼 때 보다 다양하고 상이한 양상으로 드러난다. 이때 그려지거나 쓰여진 풍경은 창작자의 인식틀을 구성하면서 동시에 작품의 예술적 형상화를 지탱하는 지각 양식의 구조적 원리가 된다. 거기에는 시간과 공간의 주어진 체계를 받아들이거나 거역하는 나름의 문법과 기획이 숨어 있다.

이달 초에 발표된 신작시 중에는 유난히 '풍경'을 표제로 하거나 풍경 묘사에 힘을 들인 시편들이 눈에 띄었다. 그려진 풍경의 짜임 주변에는 어떤 식으로든 모종의 시인의 정서가 착색되어 있기 마련인데, 정서의 움직임이나 그 내력과 묘사력이 균형을 잃을 경우 그것은 풍경이 아니라 서경(敍景)이라고 하는 것이 좋을 듯도 싶다. 시인이 하나의 장면을 끌어들이는 것은 그 풍경의 의미를 부풀리거나 제거하거나 조직화하는 것 중의 하나일 텐데, 가장 쉬운 것은 풍경 자체가 가진 물질성에 귀 기울이기보다 그것을 하나의 인상으로 받아들여서 주체의 정서나 이념의 테두리 속에 질서 있게 배열하는 것이다. 물론 정지된 풍경의 스냅 한 장을 뽑아 올려 특이한 발성의 인상으로, 혹은 낯선 감각의 경험으로 재배치하는 것도 의의가 없진 않다. 그러나 그것이 미리 완성되어 있거나 예상 가능한 정서와 경험의 거푸집에 짜 맞춰짐으로써 종종 애초의 풍경에 대한 경험과 그 감각적 인상이 상투적인 것으로 전락하게 되는 경우가 없지 않다.

　김휘승의 「멎은 풍경」은 위에서 지적한 경우와 어느 정도 거리를 두고 있다. 이번에 함께 발표된 다른 3편의 시들이 일관되게 어떤 풍경을 주시하고 있다는 것이 눈길을 끌었다.

　　불쑥 속으로 파고드는, 시린, 그런 것이었다.

　　그냥 지나침이었다, 몇 발짝마다 더듬거리는 골목의 외등 빛이 있었고,
　　끼어들듯 나타난 고양이는 제 걸음 속으로 숨어드는, 걸음으로 지나갔다,
　　몸보다 몇 겹으로 더 바뀌는 그림자는 딴 시간 딴 몸짓으로 가는 듯, 스쳐갔
　　다, 다시 스칠 일 없이 영 모른 채 멀어지는 실루엣이 꽁초를 버렸다, 슬쩍
　　내비치는 표정으로 피고 졌고, 멀어졌고, 사라졌다, 전봇대는 맞지 않는 고
　　대의 폐허처럼 먼 시간의 뼈로, 서 있었다, 덕지덕지 붙은 광고지들이 떠난
　　시간의 흔적으로, 너덜거렸다, 부서져 내리듯, 잎 없는 나무가 바닥에 스산

했고, 건너갔다, 시린, 멎은 풍경이었고, 밤이 지나치고 있었다.
— 「멎은 풍경」(『문학과사회』 2005년 봄호)

외등과 고양이, 전봇대와 가로수가 놓여 있는 밤거리의 낯설지 않은 스산한 풍경인데, 이 낱장의 풍경이 아무 표정 없이 나열되어 있다. 마침표 대신 쓰인 휴지부들이 단속적인 낱장의 신(scene)들을 흩어지지 않게 묶어두고 있다. "불쑥 속으로 파고드는, 시린" 느낌과 가로등 불빛과 고양이와 전봇대와 가로수들의 풍경은 규칙적인 시선의 매듭으로 조여진 것이 아니라 흩어져 있지만 연속적인 하나의 인상이다. 메를로 퐁티는 사물에 대한 지각이 "주체를 덮치는 대상"의 이미지와 연결되어 있다고 말한 적이 있다. 사물을 지각하는 것은 단순히 주체가 대상을 구성하고 제압함으로써 이루어지는 것이 아니라 어떤 "지각됨"을 전제로 한다는 것이다. "지각함"은 "지각됨"을 전제로, 혹은 배경으로 한다는 것. 우리가 양손을 마주 잡았을 때 어느 손이 지각하는 손이고 어느 손이 지각되는 손인지 구분하기 곤란한 것과 마찬가지로, 사물에 대한 지각은 대상과 주체, 그리고 시간과 공간이 한데 묶여 있는 지각장 속에서 성립하는 것이다. 이 낯설지 않은 풍경에서 정서와 느낌을 벗겨 내고 있는 시인에게 풍경은 "불쑥 속으로 파고드는", 그러니까 시인을 덮치는 어떤 것이다.

고양이가 "제 걸음 속으로 숨어드는, 걸음으로 지나갔다"는 구절은 일상적인 감각의 지평 아래에서 구획되어 있거나 분절적인 지각 공간을 살짝 일그러뜨려보는 절묘한 표현이다. 제 걸음 속으로 숨어든다는 것은 제 걸음을 삼킨다는 뜻일 게다. 제 걸음을 삼키는 걸음이란 걸음의 흔적을 삼키고 그 보폭과 거리를 지우는 걸음이다. 이렇게 천박하게 번역해 보아도 그 의미가 썩 와 닿지는 않는데, "몸보다 몇 겹으로 더 바뀌는 그림자"에 이르면 대충 이해가 될 듯도 싶다. 희미한 어둠 속을 스쳐 지나가는 고양이의 스냅 한 장이 수십, 수백 장의 스틸 컷으로 분화된다. 그 그림자는 "딴 시간 딴 몸짓으로 가는 듯, 스쳐갔다"고 말하는데, 그도 그럴 것이 이 풍경은 주체의 시선이 당긴 인화체가 아니라, "주체를 덮친" 풍경이고 그것에는 이미 무수한 사물과 그것들의 공간과 시간의 체계가 개입되어 있는 것이다. 모든 색의 조합이 흑색이듯, 너무 많은 표정은 무표정에 가깝다. 그래서 그것은 "슬쩍 내비치는 표정으로 피고 졌고, 멀어졌고, 사라졌다." 그러나,

전봇대는 맞지 않는 고대의 폐허처럼 먼 시간의 뼈로, 서 있었다, 덕지덕지 붙은 광고지들이 떠난 시간의 흔적으로, 너덜거렸다,

에서는 전언(傳言)이 돌출되어 긴장을 잃고 있다. "먼 시간의 뼈로"나 "떠난 시간의 흔적으로"는 없어도 좋았다. "너덜거렸다"가 전봇대와 가로수의 신(scene) 사이를 잇고 있는데, 전봇대의 너덜거리는 철 지난 광고지와 시간을 증거하는 가로수 이파리의 이미지를 적절하고도 효과적으로 연결해 두고 있어 더 그런지 모르겠다.

잎 모두 떨군 스산하고 황량한 가로수의 표정을 "잎 없는 나무가 바닥에 스산했고"라고 표현했다. "부서져 내리듯" 바닥에 흩어진 나무와 이파리들의 이미지가 나무라는 풍경의 기원과 미래의 흔적을 암시하고 있다. 나무의 시간과 공간이 쪼개지지 않는 어떤 연속적인 화면 속에 들어와 앉아 있다. "지나갔다", "스쳐갔다", "멀어졌고, 사라

졌다", "서 있었다", "건너갔다"라는 단속적인 구문이 쥐고 있는 것 역시 풍경의 연속적이고도 분절적인 이미지를 염두에 두고 있다.

이번에 함께 발표된 다른 3편의 시 역시 유사한 구문과 형식, 그리고 풍경에 대한 독특한 발성법을 내보이고 있다. 이 풍경들을 통해 시인이 말하고자 하는 것이 조금 다른 각도에서, 그러나 한층 직설적으로 그려진다.

봄날, 꽃들은 피는데, 멍하니, 백치 같은 표정으로 마주치는 것은 목련이라고 했다, 속없이, 환하게 눈 가리다가 더 환하게 뿌려지는 것은 그냥 개나리라고 했다, 떠나든 잊히든 죽은, 꽃 핀다며 비릿하게 번지는 것은 진달래라고, 뜻 지워진 이름을 중얼거린다고 했다, 봄날, 때도 자리도 없이 다 닳았는데, 어떻게 해볼 수 없이 쏟아지는 것은 그냥 벚꽃쯤으로 본다고 했다, 그렇게 헛구역질로 드러난 몸이, 속 보이듯, 피고 지며 퍼져가는 것밖에 모른다고, 모른다고 했다.

—「봄날」(『문학과사회』 2005년 봄호)

봄날, 시인이 한 발 물러선 자리("……했다")에서 바라보는 봄꽃들은 "환하게 뿌려지"거나 "비릿하게 번지"거나 "해볼 수 없이 쏟아지는", 발산하고 분출하는 표정을 하고 있는데, 그것은 매우 막막하고 공허하며 일견 자폐적인 목소리를 빌리고 있다. 시인은 "뜻 지워진 이름을 중얼거린다고 했다." 뜻 지워진 이름이란 무엇일까. 피든 지든 아무리 퍼져가거나 뿌려지든 아랑곳 않는 하나의 표정, 그러니까 어떤 의미나 정서에도 물들지 않는 날 것 그대로의 풍경이 아닐까. 그래서 그 피고 지고 퍼져가는 꽃들, 목련과 개나리와 진달래와 벚꽃은 "자리도 없이 다 닳"아버린 것이 아닐까. 피고 지고 퍼져가는 것의 의미에 젖어버리기 전에 "백치 같은 표정으로" 날장의 풍경을 살고 죽는 꽃. 시인은 그 "뜻 지워진 이름"을 등에 지고 삶과 죽음을 되풀이하는 알몸의 흔적이야말로 꽃과 사물들, 생명과 시간의 기원에 닿아 있다고 생각하는 것은 아닐까. 그 흔적은 "헛구역질로 드러난 몸"이 끝없이 그 속을, 제 살을 게워내며 퍼져가는 풍경으로 보인다. 다른 신작시 「흐르는 길」의 첫머리는 이 아슬아슬하고도 메마른 시간의 끝으로 걸어가는 시인의 모습을 짐작할 수 있게 한다. "몸을 귀퉁이로 몰아세워, 며칠쯤 퍼렇게 눈 뜬 채, 몇 날의 밤이 어떻게 조금씩 깊어지고 어떻게 아련하게 밝아지는가 하는."

3. 울음을 꿰매다

— 김명리의 「제비꽃 꽃잎 속」

퇴락한 절집의 돌계단에 오래 웅크리고

돌의 틈서리를 비집고 올라온
보랏빛 제비꽃 꽃잎 속을 헤아려본다

어떤 슬픔도 삶의 산막 같은 몸뚱어리를
쉽사리 부서뜨리지는 못 했으니

제비꽃 꽃잎 속처럼 나 벌거벗은 채
천둥치는 빗속을 종종걸음으로 달려왔다

내 몸을 휩싸는 폭죽 같은 봄의 무게여

내가 부둥켜안고 뒹구는 이것들이
혹여라도 구름 그림자라고는 말하지 말아라

네가 울 때, 너는 네 안의 수분을 다하여 울었으니

숨 타는 꽃잎 속 흐드러진 암향이여
우리 이대로 반공중(半空中)에 더 납작 엎드리자

휘몰아치는 봄의 무게에
대적광전 기우뚱한 추녀 또한 뱃고동 소리로 운다
— 김명리, 「제비꽃 꽃잎 속」(『문학사상』 2005년 4월호)

1

  겨우내 제 안으로 꺼져가던 자연의 뭇 생명들이 제 안으로부터 무성히 푸
르러질 날 멀지 않았다. 겨울의 끝 간 데가 여기쯤이어서, 봄은 산하(山河)
의 그리 먼 곳으로부터 오는 게 아니라는 걸 조금쯤은 알겠다. 그렇다면 시
인, 시인은 자신의 입으로 생(生)의 쇠망치를 삼켜 뭇 생명들의 상처를 꿰매
는 몇 쌈 바늘로 그것을 정련해 토해 내는 사람이 아닐 것인가.
— 김명리, 「쇠망치를 삼켰으니 바늘을 꺼내야 한다 — 이달의 시인」
(『문학사상』 2005년 4월호)

  인간에게 시간은 그 자체로는 인지되지도 지각되지도 않는다. 우리
가 시간이 흐른다는 것을 지각할 때, 정확히는 지각한다고 느낄 때에
사실 우리는 시간 그 자체를 느끼거나 지각하는 것이 아니라 시간이
라는 관념이나 이념, 혹은 사건과 경험의 테두리, 혹은 구획, 혹은 그
것들이 배열되며 그 사이의 간격이 형성하는 분절선들을 떠올리는 것
이다. 그 분절선들의 간격이 넓어질수록 우리는 시간이 길다, 혹은
짧다라는 느낌을 갖게 될 것이다. 근대의 과학주의적 사유는 이 분절
선으로 시간이라는 개념을 대체했다고 할 수 있다. 양적으로 서술 가
능한 분절선은 시간이라는 모호한 실체를 일반화하기에 더없이 유용
할 것이다. 베르그송은 과학으로 인식되는 시간, 즉 측정할 수 있고

수치로 나타낼 수 있으며 사물의 운동과 존재의 배경이 되는 시간은 인간이 체험하는 시간, 곧 '지속의 내면적인 느낌'으로 나타나는 시간과는 아무 공통점도 가지지 않는다고 한 적이 있다. 이는 추상적 분절선으로서 양화 가능한 시간과 생명적 사건으로서의 질적 시간을 날카롭게 직시하는 것이다. 근대는 시간의 본래적 의미, 즉 역동적이고 창조적인 자연의 체험을 잃어버린 시대이다. 계량화되며 수학적으로 측정 가능해진 시간과 인간의 이용 목적에 따라 도구가 된 자연은 거의 동시에 성립하였다. 우리는 이렇게 왜곡된 시간의 껍데기 속에 사는 것이다.

이 강요된 수학적 삶의 구획 속에서 벗어나는 유일한 길은, 시간과 생명의 근원을 향해 자신의 몸—생명을 밀어 넣어 그 찰나적인 근황을 건져 올리는 것이다. 어린 이백(李白)이 쇠망치를 깎아 바늘을 만들겠다는 촌부를 만나 입산했듯, 시인은 저녁 바람 소리도 얼어붙어 있는 양평의 낡은 집으로 찾아들어 "자신의 입으로 생(生)의 쇠망치를 삼켜 뭇 생명들의 상처를 꿰매는 몇 쌈 바늘로 그것을 정련해 토해내"겠다고 한다. 쇠망치와 바늘이라는 이 둔탁한 은유는 시인이 말한 이백의 고사 이전에 중국 창세신화에서의 "하늘과 땅을 고친 저관와" 이야기에서 비롯되는 것 같다.

먼 옛날 땅과 하늘의 경계가 무너지고 온통 암흑과 혼돈으로 가득 차 요괴가 만물을 지배하는 세상이 되었다. 수많은 인간들이 나섰지만 요괴를 제압하지 못했는데, 이 혼란을 수습한 이가 팽간직륜과 목장온순의 임신한 지 9년 만에 낳은 넷째 아들 "저관와"이다. 저관와는 태어나자마자 긴 "바늘"로 갈라진 대지를 꿰매기 시작했는데, 그가 바느질한 자리마다 지렁이가 기어나와 꿰매 놓은 자리를 지켰다.

그리고 "쇠망치"로 울퉁불퉁한 땅을 두드려 평지를 만들고, 또 산과 강을 만들고 교량을 만들었다. "쇠망치"로 쉴새없이 튀어나온 돌을 두드리는데, 돌이 아우성치며 도망가려 하자 저관와는 쇠사슬로 돌을 묶고 돌의 목을 누르고 머리를 내리쳤다. 이로부터 돌은 움직이지도 말도 못하게 되었다. 이로써 산과 들에는 초목이 우거지고 곡식이 자라나는 논밭이 생겨나 인간 세상은 살기 좋은 곳으로 변했다.

저관와의 쇠망치와 바늘은 모두 엉망이 된 세상을 바로잡는데 쓰였다. 그러나 "바늘"은 갈라진 대지를 꿰매고 다른 생명체를 불러내 새로운 세상을 함께 이루는 데 쓰인 반면, "쇠망치"는 인간이 살아나가는 데에 유용한 환경을 만들기 위해 자연 사물을 억압하고 조정하여 재배치하기 위한 도구가 된 것이다. "쇠망치"와 "바늘"의 은유는 여기에서 비롯된다.

시인은 언젠가 "나 이 세상에 태어난 죄를 갚듯 죄를 보태듯 / 밥 먹는다 똥 눈다 시를 쓴다"(「聖夜」, 『불멸의 샘이 여기 있다』)고 쓴 적이 있다. 걷고, 생각하고, 먹고 싸는 모든 행위들 중 우리 시대에는 범죄 아닌 것이 없다. 사실 우리의 일상은 우리를 존재하게 하는 이 세계의 정수리에 망치를 꽂고 쇠사슬을 휘두르는 것과 다를 바 없다. 자연이 내뿜는 숨소리와 아득한 그늘 속에서 생명과 사랑의 흔적을 더듬어왔던 시인에게 이러한 고백은 단순한 자학도, 자책도, 원죄적인 고백도 아닌, 죽음을 긍정함으로써 삶을 딛고 일어서려는 자만이 말할 수 있는 뻔뻔스럽고 서글픈 영혼의 울림일 것이다. 태어나면서부터 우리는 알지 못하고 느끼지 못하면서도 우리의 생명을 내리박는 "쇠망치" 몇 개쯤 곁에 두고 사는 것이다. 그 "생(生)의 쇠망치를 삼켜 뭇 생명들의 상처를 꿰매는 몇 쌈 바늘로 그것을 정련해 토해 내"는 것이 시인이라

고 그는 말한다. 그렇다면 이 "쇠망치"를 시인은 어떻게 씹어뱉어낼
것인가. "제비꽃 꽃잎 속"에서는 무슨 일이 일어났을까.

2

> 퇴락한 절집의 돌계단에 오래 웅크리고
>
> 돌의 틈서리를 비집고 올라온
> 보랏빛 제비꽃 꽃잎 속을 헤아려본다

중도 염불도 찾는 이도 없을 "퇴락한 절집"의 "돌계단"에 시인이
웅크리고 있다. 저 먼 옛날 "저관와"의 "쇠망치"에 목 졸리고 머리 맞
아 죽어버린 그 "돌"의 틈서리를 비집고 제비꽃 한 송이 올라오고 있
다. 그런데 그저 "제비꽃"이 아니고, "제비꽃 꽃잎"도 아니고, "제비
꽃 꽃잎 속"이다. 시인은 그 속을 "헤아려 본다." 그저 바라보는 것이
아니라 "헤아려 본다"고 했다.

> 어떤 슬픔도 삶의 산막 같은 몸뚱어리를
> 쉽사리 부서뜨리지는 못 했으니
>
> 제비꽃 꽃잎 속처럼 나 벌거벗은 채
> 천둥치는 빗속을 종종걸음으로 달려왔다

그것은 "저관와"의 "쇠망치"에도 목이 부러지지 않은 "삶의 산막
같은 몸뚱어리"일 것이다. 시인은 "제비꽃 꽃잎 속"에서 그 몸뚱어리
의 아우성을 듣는다. 제비꽃, 꽃잎, 속으로 치달아간 시인의 눈이 그

몸속으로 잠기고 저 먼 암흑의 세계로부터 길을 돌아온 꽃잎의 숨결
과 "천둥치는 빗속을" 달려 온 시인의 "벌거벗은" 몸이 겹쳐진다. 벌
거벗은 "산막 같은 몸뚱어리"가 "보랏빛 제비꽃 꽃잎 속"에 휘몰아치
고 있는 먼 시간의 흔적들을 호흡하고 있는 것이다.

>   내 몸을 휩싸는 폭죽 같은 봄의 무게여
>
>   내가 부둥켜안고 뒹구는 이것들이
>   혹여라도 구름 그림자라고는 말하지 말아라
>
>   네가 울 때, 너는 네 안의 수분을 다하여 울었으니
>
>   숨 타는 꽃잎 속 흐드러진 암향이여
>   우리 이대로 반공중(半空中)에 더 납작 엎드리자
>
>   휘몰아치는 봄의 무게에
>   대적광전 기우뚱한 추녀 또한 뱃고동 소리로 운다

시인의 몸과 그 몸의 시간과 "제비꽃 꽃잎 속"의 아우성과 그 아우
성의 시간이 엉켜 "폭죽 같은 봄의 무게"로 휩싸인다. 그러나 그가 이
생명의 소란스런 카니발에 알몸으로 뛰어드는 것은 아니다. 그는 이
제 함부로 자연과 생명과 목숨의 환희를 노래하지 않는다. 제 몸의 시
간과 저 돌을 뚫고 올라온 비린 목숨의 향기를 묶어 두되 쉽사리 스며
들어 희망을 말하지 않는다. 가령,

>   비밀스레, 비밀스레 접혀진 풀잎사귀마다
>   저렇듯 발긋발긋 슬어놓은 알들이라니!

풀잎의 방구들 녹아날 듯
햇빛에 몽싯거리는
저 여린 목숨들,

— 「풀잎 속의 방」(『적멸의 즐거움』) 부분

과 같이 미물의 애틋한 사랑이 비밀스레 심어 놓은 멀고 긴 생명의 길을 두근거리는 가슴으로 품지 않는다. 다만 내 몸과 "제비꽃 꽃잎 속"의 오랜 울음과 아우성을 헤아리며 듣는다. "네 안의 수분을 다하여", 스스로를 삶의 끝을 향해 밀어 넣어 소진한 후 다다른 울음 한 끝을 듣는다. 그리하여 어둠의 몇 겹을 돌아 돌과 죽음을 뚫고 일어선 꽃의 시간이 피워 올린 "흐드러진 암향"을 껴안고 쓰러지지도 날아가지도 않도록 "이대로 반공중(半空中)에 더 납작 엎드리자"고 속삭이는 것이다. 침잠과 초월 어느 한 쪽에도 붙들리거나 휩싸이지 않고 다만 그 "숨 타는 꽃잎 속"의 시간을 지탱하는 것.

그 때 꽃과 몸이 하나의 향기로 피어오르는 적멸과 화엄의 연화장(蓮華藏)이 "기우뚱" 열린다. 그것은 "산막 같은 몸뚱어리"를 삼켰다가 뱉어낸 시인의 "바늘"인 네 몸과 내 몸에서 흘러나온 "수분"이 몇 겹의 어둠과 울음과 아우성을 꿰맨 온 생명의 처음이고 '시간' 이다.

4. 글쓰기의 난경(難境)

— 김성대의 「완전결핍체」

당신에 관한 논문을 쓸 때 당신은 결핍증을 앓고 있었다

당신을 위한 아다지오
하루에 한 문장 이상 쓰는 건 내게 과분했다.
펜의 붓기가 빠지길 기다려야 했고
차가운 펜에 닿으면 감기가 걸리곤 했다
눈문이라는 건 주위를 맴돌며 핵심을 피해 가는 거라서
때로 사소한 감정들이 남기도 했다

당신에 관한 논문을 쓸 때는 순간을 받아 적는 일이 전부였다.
그건 자서전과는 다른 일
조금 잔인한 방법이었다
당신이 말할 때 튀는 침과 그 침에 섞인 희망이라고 해야 할지 그런 욕망
과 그 욕망에 담긴 비겁함과 그 비겁함을 들러싼, 그래도 계속 살아야 한다
는 터무니없는 용기를 나는 받아 적었다

서서히 불륨이 커가는 당신을 위한 아다지오
이다지도 다듬지 않아 더듬더듬 읽게 되지만

그건 당신에 관한 논문이니까
그건 당신의 완전한 결핍이니까
당신은 검열하러 하지 말았으면 한다
수혈을 하거나 영양제를 먹는 당신에 관해 주석을 달까도 했지만
그건 이미 써버린 논문
차곡차곡 한 문장씩 당신을 없애는 거

— 김성대, 「완전결핍체」(『현대시』 2006년 11월호)

논증은 동어반복이다. 논증을 구성하는 것은 근거와 주장이자 전제와 결론이다. 근거나 전제가 주장과 결론에 이르기 위해서는 논리라는 딱딱한 터널을 지나쳐야 한다. 전제가 되는 하나의 의미에서 주장을 구성하는 다른 하나의 의미로 건너가게 하는 매체인 논리는 인과성과 타당성 등의 조건을 요구한다. 그런데 이 인과율과 타당성은 어디에서 유래하는가.

원인과 결과의 결합관계인 인과성이 성립하려면, 동일한 조건 아래에서 동일한 결과가 도출된다는 연쇄적 계기를 충족해야 한다. 그러나 이것은 확률적 근접성을 하나의 사실로 가정하거나 추인하는 것에 불과하다. 동일한 조건이 다른 시공에서 성립하는 것 자체가 현실적으로 가능하지 않기 때문이다. 따라서 이 인과성은 존재론과 상관 없으며, 담론과 법칙을 구성하기 위한 원리이자 규범에 속한다. 논리를 구성하는 또 하나의 조건인 타당성은, 주로 명제의 진위보다 추론 절차의 정당성을 묻는 개념이다. 타당성은 정당성으로 대체되며, 정당성은 다시 '유효성'으로 바꾸어 말할 수 있다. 결국, 타당성 판단의 직접적 근거는 존재하지 않는다고 할 수 있다.

논증의 매체인 논리는 그 자체의 성립근거를 가지고 있지 않다. 그

러나 논증은 이 논리를 타고 하나의 의미에서 다른 의미로 넘어간다. 옮겨간다는 점에서 논증은 은유와 같다. 그러나 은유의 탈것은 논리나 형식이 아니라 직관과 감각이다. 논리는 내용 없는 형식으로 구성되기에, 사물의 본질에 육박하기보다 사물을 둘러 싼 비효율성과 절차적 오류를 걷어내는 방식으로 작동한다. 인과성과 타당성을 도구로 논증적 논리를 구축하는 힘은 사물에 들러붙어 있는 모든 비형식적이고 탈원리적인 관념을 제거하는 데에 달려 있다.

논문의 목적은 하나 이상의 논증을 완성하는 것이다. 이 논증의 내용은 대상의 본질과 관계될 것이나, 논문 쓰기는 대상의 본질보다 대상을 둘러 싼 담론을 문제삼음으로써 대상을 확률적으로 구성하는 작업이다. 논증은 과학의 언어이다. 논증이 정교해질수록 대상의 내용과 본질은 그 구성력의 정치함에 비례하여 멀어진다.

김성대의 시 「완전결핍체」는 논문이라는 특정한 글쓰기 방식의 속성과 대상의 본질을 포착하려는 저자의 의도 사이의 거리가 가지는 피로함을 보여주고 있다. 논문을 쓴다는 것은 형식과 원리를 구성하기 위해 대상의 질료적 속성을 깎아내는 과정이다. 따라서 대상은, "당신은 결핍증을 앓"는다. 저자는 대상에 대한 기술이 대상을 점점 더 밀어내는 과정이라는 것을 느끼기에 고통스럽다("펜의 붓기가 빠지길 기다려야 했고 / 차가운 펜에 닿으면 감기가 걸리곤 했다"). 대상으로 다가서려는 직관의 온기는 논증이라는 차가운 문법에 닿으면 "감기"에 걸리듯 경련할 수밖에 없다. "논문이라는 건 주위를 맴돌며 핵심을 피해가는" 작업인 것이다.

이 글쓰기는 따라서 "순간을 받아적는 일"이 된다. "자서전"이 대상을 지속되는 전체로 가정하고 기술하는 글쓰기라면, 논문의 글쓰기는 대상의 총체성을 부인하며 대상을 계량화된 시간과 공간의 단위로 절단하여 계측하는 "조금 잔인한 방법"이다. 이러한 글쓰기가 진행될수록 대상("당신")은 그 속성을 잃어갈 수밖에 없다. 결국 "당신의 완전한 결핍"에 이르는 것이다. 저자는 대상이 완전히 사라진 글쓰기를 향해 직진한다. "수혈을 하거나 영양제를 먹는 당신"이 논문에 등장한다면, 이때의 "당신"은 '불완전한 결핍', 또는 '진행중인 결핍'이기에 거절해야 한다. 모든 지속적인 생육과 변화는 정지 상태로 환원되어야 하기 때문이다.

이 시가 파헤치고 있는 글쓰기의 난경(難境)을 굳이 '논문'이라는 특정한 형식에 한정할 필요는 없을 것이다. "논문"은 하나의 알레고리에 불과할지 모른다. 대상으로 다가서려는 모든 형태의 인식과 발화, 그리고 표현에 있어 논리와 직관의 경합은 전통적이고 한편으론 진부한 주제이다.

모든 예술은 이 양자의 어느 한 쪽을 부인하거나 전면적으로 받아들이는 대신, 양자의 언어, 즉 시와 과학의 언어가 각각의 경계를 뚫고 일어설 때의 위태롭고 새로운 감각적 경험에 자신의 존재론을 바친다. 그렇다면 글쓰기의 정신분석을 시도하고 있는 이 시는 '시'라기보다 '논문'에 가까운가. 3연의 마지막 구절은 이 시의 언어가 논증의 언어로 치환되는 경계에 위태하게 버티고 있다.

당신이 말할 때 튀는 침과 그 침에 섞인 희망이라고 해야 할지 그런 욕망과 그 욕망에 담긴 비겁함과 그 비겁함을 둘러싼, 그래도 계속 살아야 한다는 터무니없는 용기를 나는 받아적었다 비로소 화자가 저자의 껍질을 벗고 머쓱하게 나타났다. 화자는 대상을 깎아냄으로써만 형식을 구성하는 논증의 글쓰기가 남기는 파편들을 바라보고 있다. 그 파편에서 희망과 욕망, 그리고 비겁과 용기를 읽고 있는 자는 논문의 저자가 아니다. 그는 저자의 일방통행을 의심하며, 논증의 파편을 내면과 직관의 실마리로 묶어보려는 "터무니없는 용기"를 지닌 화자, 시적 화자이다. 완강하게 버틴 글쓰기의 두 영토 사이에서, 글쓰기의 욕망과 비겁을, 스스로를 되비추는 제3의 텍스트로 밀어 올리려는 화자이자 시인이다. 행갈이하지 않고 나지막이 읊조리며 머리를 들이밀고 있다. 이 화자의 이중적 발성이, 논증과 직관의 경계적 글쓰기를 버티려는 이 시의 위태로운 긴장을 가까스로 떠받치고 있다.

5. 넘나드는 것들, 조금씩 이상한
— 김경미의 「조금씩 이상한 일들」

큰 칼을 내려놓다. 고등어칼 아니어도 과일칼로도 모든
음식 다 할 수 있었다 연필깎기 칼로 부엌일 다 해내
여인네도 있었는데 큰 칼이 알고 보니 걸음에 버거웠다

식물의 역사 고생대 은행잎 화석사진 보다. 내 위벽에 찍혔을
쌀알무늬와 얼음이며 물고기의 흔적들 보이지 않는 시간이
찍어주는 사진들 몸속 가득해 가끔 속에서 필름 냄새가 난다

당신 애정에 고맙다 전하다. 이렇게 한자리 낳아 길러줘서
장모 전해 달라길래 저녁 일몰이면 버스비 생활비로 남기고
생활비 몽땅 기차로 개조해 싣고 다니고파 딸이 잘 전했다

또 헛디뎌 손가락들에 붕대 싸매다. 물 스밀라 빅사이즈
분홍 고무장갑 끼고 세수하는데 한 체급 높은 무대를 뛴 듯
부푼 분홍 상처가 마냥 신기하고 자랑스러워 거울에 으스댔다
물구나무 서다. 파쇄기 들어가는 종잇장처럼 후련했다

꽃을 키우는 건 흙이 아니라 허공이겠다. 거듭 말했지만

허공에 사슴 깃들어 산다 그 적갈색 몰래 묶어 오려
아무도 안 볼 때 허공에 먹이잎을 흔들어보기도 했다 싶은
— 김경미, 「조금씩 이상한 일들」(『현대시』 2006년 11월호)

우리가 무엇을 느낄 때, 그러니까 사물의 움직임이나 생성, 변화, 또는 사건들을 인지할 때는 그것들이 '이상할 때', 즉 평소와는 다를 때이다. 우리는 평소와 다를 때만 어떤 것을 느끼고 지각하고 인식할 수 있다. 그렇다면 관습화된 일상과 다름이 없는 평소에는 아무것도 느끼지 못한다는 것이 된다. 사실 그렇다. 만일 관습적으로, 타성적으로 느끼는, 혹은 그 느낌을 받아들이는 능력이 없다면, 매 순간 다름을 느껴야 한다면 또 그만큼 피곤하고 힘에 부치는 일도 없을 것이다.

이 관습화된 타성은 우리가 일상에 무리 없이 적응하는 것을 돕기도 하는 것이다. 그러나 이 회로는 이미 편의적으로 구획된 행동과 지각 반경 속에 우리의 몸과 사유를 반복적으로 밀어 넣기 마련이어서, 매 순간 생성되는 삶의 다채로운 감각적 양상들을 자신의 몸으로 받아들여 일상을 풍요로운 시공으로 전환시킬 새로운 힘의 가변성을 억제하기도 한다.

시를 포함한 모든 예술이 가진, 알게 모르게 우리의 삶에 가해진 규범과 제도의 억압과 고착에 저항할 수 있는 순기능은 여기에서 주로 비롯된다. 그러나 한편으로는 시와 예술이 그 자체의 형식적 타성에 젖어 스스로를 뚫고 나오지 못하고 죽은 비유와 낡은 감각에 메시지를 의탁하고 있는 예들을 보는 것도 난감하다. 대부분의 경우 낡은 형식은 메시지의 힘을 실어 나를 공력을 지탱하지 못한다. 이 형식은 주로 감각의 참신성과 동행한다. 때로 감각이 그대로 메시지가 되기도

하는데, 감각과 사유의 근원을 향한 끈덕진 물음이 예술 창작의 차원을 넘어 그 자체로 삶의 자세에 대한 반성적 모색의 한 방법으로 자리잡기 때문이다. 이 시 「조금씩 이상한 일들」의 경우 그러한 예로 들기에 부족하지 않다.

이상한 것은 싱싱하다. 그때 느낀다. 싱싱하다는 것은 껍데기나 관절이 딱딱해지기 전이고 방부제가 뿌려지지 않은 것을 말한다. 모든 사물은 태초에 싱싱했으나 곧 그것의 경계가 만들어지고 용도가 확정되면서 싱싱함을 잃어간다. 언어 역시 마찬가지다. 시는 의미들을 묶어서 뭔가 새로운 것을 만든다기보다 약속된 의미 이전의 언어로 그것을 풀어 놓는 것이다. 그것이 단어의 기원이든 사물의 속살이든. 그래서 그것의 태초의 목소리를 재현하는 것이다. 그때 우리는 방부제로 덧씌워진 껍데기가 아니라 날것으로의 감각을 체험할 수 있다.

큰 부엌칼이 "걸음에 버거웠다"고 했다. 부엌일은 부엌칼로 하는 게 맞다. 그게 부엌칼의 경계요 용도이다. 그러나 이 경계가 "알고 보니" 언제든 허물어질 수 있는 가변적인 것이었다. 화자는 이 부엌일과 칼의 경계를 서슴없이 드나들었던 것이다. 큰 칼이 버거울 수밖에 없다. 화자는 "고생대 은행잎 화석사진"을 보며 "식물의 역사"와 '내 몸의 역사'를 빗대어 본다. 화석사진은 하나의 영원이 아니라 무수히 쪼개지는 순간을 증거한다. 내 몸에도 무수히 쪼개지는 순간이 존재하며, 그 순간들은 무수히 쪼개진 각각의 다른 감각들을 인화하고 있다. 다른 시간과 다른 감각의 필름이 쌓여가면서, 사위의 장모 사랑을 아무렇지 않은 듯 전하는 딸의 일상도 너무 일상적이어서 싱싱하고 이상하다. 한편 일상에서 헛디딘 상처들도 "마냥 신기"해서 "거울에 으스"대고 있다. 경계를 넘나든 흔적이기 때문이다. "물구나무"
서는 것이 "파쇄기 들어가는 종잇장처럼 후련"하다는 비유도 감각의
전복과 언어적 경계의 관계를 생동감 있게 빗대고 있다. "꽃을 키우
는 건 흙이 아니라 허공"이라는 것은 비유가 아니라 시인의 눈 앞 실
재에 가깝다. 허공은 빈 공간이 아니다. 허공을 채우는 사슴들이 꽃
잎을 뜯어먹을 때, 꽃은 허공에 구멍을 내며 커 간다. 그러고 보니,
경계를 넘나든다는 것은 다름 아니라 사물과 사물의 관계, 사물과 사
람의 관계를 잇는다는 것이고 그 관계에 덧씌워진 방부제를 걷어낸다
는 것이 된다. 걷어내니 싱싱하고 이상한 시간들이 필름 냄새를 풍기
며 드러난다.

　'조금씩' 이상한 일들이라고 했다. '매우, 퍽' 이상한 것이 아닌,
이 '조금씩'의 각도에서 일상을 한 올씩 뽑아 올려 살에 갖다 대고 있
다. 서늘하지만 불편하지 않다. 단어들 간의 팽팽한 간격도 긴장과
탁마의 소산이라기보다 자신 있게 덜어낸 흔적으로 보이기에 넉넉하
고 듬직하다.

6. 문학, 걸작과 관료와 군중 사이
― 진은영의 「문학적인 삶」

별들은 죽는다. 짐승들은 보지 못하리라.
우리는 역사와 더불어 홀로 남아 있다.

― 오든

그들은 결정을 서두른다. 적어도 내년 봄까지는

오랫동안 어느 작가도
괴테처럼 걸작을 쓰지는 못했으니까.
노란 조끼를 입은 청년들의 관자놀이에
서슴없이 방아쇠를 당기게 할 위대한 한 페이지를.

그들은 결정을 서두른다.
도축용 갈고리를 흔들며 바닥을 채색하는 붉은 간과
놋쇠 빛깔의 거꾸로 된 물음표에 매달려
말라가는 단어들 사이에서.

베르테르의 슬픔에 비견할 성과가 필요하다.
적어도 내년 봄까지는……

젊은이를 비탄으로 몰아갈
실업의 총알을, 죽음에 못 이른다면
비정규직의 주황색 망토에 뚫릴 동그란 구멍이라도

그럴지도 몰라. 한 사람의 젊은이가 위대한 예술가로
성장하기 위해서는

나무도마 위의 칼자국처럼 갈라진 농부의 이마
비릿하게 항구의 푸른 젖가슴에서 발려나간
어부의 차가운 돛대
슬픔의 살찐 넓적다리를 파고드는
달콤한 폭력이 또다시 필요할지도!

관료들은 결정을 서두른다.
노래는 폐허와 부패의 미끌거리는 창자를 입에 문 채
갈가마귀처럼 하늘을 날아가는 법이라고
우리를 가르치기 위해?
                또는
고통과 비명의 자유로운 확산과 교역을 위해?

그들은 결정을 서두른다.

폐병쟁이 시인을 위해 흰 알약의 값을 올리고
아직도 발자크처럼 건강한 소설가에게는
어미소를 먹인 얼룩소를 먹이도록.

잠은 이웃에게는 아름다운 나라의 산업폐기물이
트로이의 목마처럼 입성하는 도시들과
햄릿에서처럼
독극물이 고요한 한낮의 귓속으로 흘러드는 이야기를 선물하라.

당신들은 결정을 서두른다.

이런 결단들은
종이봉지에서 포도송이를 꺼낼 때처럼
조심스럽거나 부스럭거려서는 안 된다.

소리 없이
비닐봉지를 휙 가르고 떨어지는 나이프처럼
사람들이 모여들기 전에.
— 진은영, 「문학적인 삶」(『현대시』 2006년 10월호)

문학은 잘 알려진 걸작과 희귀한 대중 사이에서 갈팡질팡하며 떠오른다. '삶적인 문학' 만큼이나 난감하기 그지없는 '문학적인 삶' 역시, 몽롱한 눈빛으로 구름을 풀어주던 자세를 곧추세우는, 해독되지 않았던 전언들을 단번에 탁자 위로 끌어올리는 결단의 순간과, 안개와 폭풍의 무게를 함께 드나드는 군중의 발자국 사이에서 피어오른다. 이를테면, 잠언과 은유와 프로파간다를 동시에 자신의 일상으로 견디려는 순간의 몽상이 시를 희망하는 자들의 노트에 빼곡히 적혀 있다. 이 시 「문학적인 삶」은 그 순간으로 나아가려 하거나, 또는 멈칫하며 물러서는 자들의 조바심과 두려움을 스케치하고 있다.

시는, 또는 아무리 온건한 문학도 문학을 완성해 주는 어떤 핑계를 위한 느긋한 고려를 기다리지 못한다. 시는 언제나 고려와 결단 사이에서 뒤뚱거린다. 뒤뚱거림을 버티며 모락모락 피어오르는 어떤 착란과 확신의 순간에 시인은 자신과 자신의 언어를 담그고 싶기 때문이다. 그래서 그들은 "결정을 서두른다." 그들은 "걸작"을 기다리는 것이 아니다. 그들은 "걸작"을 숭배하지 않는다. 다만 "위대한 한 페이지"를 발굴하기를 원한다. "붉은 간(肝)"은 육체의 재생과 영혼의 피로를 한데 묶어내기 위한 알레고리이다. 이 "붉은 간(肝)"을 꿰고 있는 물음표 모양의 갈고리 아래에서 "말라가는 단어들"이 부서져 흘러내릴 것이다.

그들은 초조하다. 걸작의 성곽에 먼지 같은 언어를 빗대고 싶지만 차라리 죽음을 빗겨가는 비겁한 흔적이라도 구걸한다. 관찰과 묘사의 길은 미끄러지듯 자신을 벗어나기에 험난하고, 이 고난의 질량만큼 "달콤한 폭력" 앞에 무릎을 꿇고 영혼을 팔고 신체를 봉헌한다.

이제 인형 줄을 쟁이고 있는 "관료들은 결정을 서두른다." 예약된 고통과 주문된 비명을 판매하고 유통시켜야 할 그들 역시 "결정을 서두른다." 더 이상의 멈칫거림은 위험하다. 데카당과 발자크, 그리고 온순한 그들의 이웃들을 달래줄 만한 선물을 준비한다.

그리고 우리들은 서두른다. 결정을. 비웃음과 존경 사이에서 망설인다. 그러나 더 망설이기에 우리들은 인자하지 않다. 우리는 쉴 새 없이 부스럭거리다가 함성으로 진군하는 군중들이다. 그것은 안개와 폭풍의 발자국이다.

문학은 걸작과 군중 사이에서, 존경과 폭력 사이에서, 자살과 교역 사이에서 머쓱하게 태어난다. 혹은 태어나지 못한다. 그러나 그것이 '문학적인 삶' 인 것만은 틀림없다고, 결정을 서두르는 자 중의 하나가 말하고 있다.

'문학적인 삶' 이라는 것(또는 말)이 가진 훈증(燻蒸)의 공간과 그 의미들을 민첩한 은유와 알레고리를 통해 묶어 놓았다. 우리는 이 시에서, 일상과 문학의 균열되고 벌어진 틈에서 멈칫거리는 청년들의 희고 가는 손가락과 그들을 둘러싼 안온한 폭력의 구조를 읽을 수 있다. 나른함 뒤의 비명을, 서투름 속에 숨은 계략과 비겁을, 자비를 입은 억센 평화를. 그러나 지금, 젊은이와 관료와 군중의 속살을 헤집어서 말하고 있는 시인은 이 모든 것을 부인하고 있는지도 모른다. 냉소와 경멸은 이웃이다. 그는 모든 것을 잘 알고 있다. 그래서 하나도 모른다고 의뭉스럽게 말한다. 대체로 편리한 것은 옳지 못하다. 이것은 비판이 불가능한 명제를 두르고 있는 논증이다. 예컨대 비닐봉지에 떨어지는 나이프의 짧지만 명백한 울음을 들어본 자가 이 성긴 비유를 버거워 할 자유를 박탈해버렸다. 시인이 사용한 은유와 상징과 알레고리는 창이 아니라 방패임이 분명하다.

7. 밥상의 장소들

— 오자성의 「신성한 밥상」

앞에 앉을 때마다 밥상이 도망 다닌다면 어떻겠는가
숟가락 들 때마다 밥상이 다리 들어 턱을 턱, 걷어찬다면 어떻겠는가
결사적으로 달려들어 밥 한 술 넘길 때마다 포성이 난다면 어떻겠는가
물을 마시기도 전에 밥상이 배를 뒤집는다면 어떻겠는가

아직까지 나를
부동의 너럭바위 밥상으로 믿고 있는 가엾은 가족이 있다
나는 식구들 머리 쓰다듬어 주는 착한 밥상이 못 되었다

지금 어떤 밥상 위에는 포탄이 날아다니고
공중은 화약 냄새, 피 비린내 진동한다
어떤 밥상은 일찍 피란 갔고
어떤 밥상은 폭격 맞은 집 밖에 산산이 사지 흩어져 있다
부상당한 아이들 눈동자에 전폭기 일직선 그으며 날아가고
살아남은 여자들 땅을 치며 짐승처럼 울부짖는다

평생을 꼼짝 못하고 네 다리 묶여
한우처럼 등을 내준 채 산 아버지,

하여 햇빛 쬐는 대청마루 위에서 밥 한 상 받는다는 건
힘없는 아버지 등짝 하나를 받는 것이다
등짝이 받친 평화로운 하늘 한 상 받는 일이다
국 속에 담긴 구름
물컹한 선지 덩어리처럼 목울대에 걸렸다 넘어간다
— 오자성, 「신성한 밥상」(『현대시』, 2006년 12월호)

밥상은 어떤 시간이다. 푸석한 어둠을 부비며 잠을 일으켜 세우는 어머니의 고단한 여명이 손끝에서 덜그럭거리는, 쌀 씻는 소리만큼의 시간이다. 어머니의 노동이 아버지의 옷깃을 여미는 시간, 아버지의 지친 등짝이 어머니의 눈빛을 물들이는 시간, 식솔들의 초막손이 내지르는 생각 없는 숟가락질과 젓가락질의 음률이 내 부모의 노동과 눈빛의 품 안에서 잔잔하게 뛰노는 시간, 이유 있는 허기와 이유 없는 허기가 세상을 터벅이며 걸어 다니다가 마침내 돌아와 퍼지르고 앉아 냉기를 데워 온기를 삼키는 시간이다.

밥상은 어떤 공간이다. 밥상의 신체는 네 발이나 세 발의 받침대가 아니라 방구들에서 시작된다. 엉덩이를 바닥에 대고, 밥상의 높이에 식솔들의 어깨를 맞춘다. 둘러앉은 식솔 가운데에 있는 밥상의 온기는 방 안의 공기로 퍼져가고, 방 안의 온기가 밥상을 데운다. "서리 까마귀 우지짖고 지나가는 초라한 집웅"이 씌워놓은 차가운 가난과 쓸쓸함마저 "흐릿한 불빛에 돌아 앉어 도란 도란거리는"(정지용, 「鄕愁」) 방 안의 식솔과 그 밥상의 온기가 포근하게 덮어준다.

밥상은 노동과 허기와 안식이 시작되고 끝나는 장소이다. 밥상은 일상 속의 일상이며 일상 뒤편의 일상이자 일상을 마감하는 일상이다. 밥상 위의 공기는 삶과 일상의 속살을 그대로 비추어준다. 우리

는 밥상의 풍경 하나로, 우리가 지나쳐 왔거나 딛고 있거나 향하는 삶의 신산(辛酸)을, 그리고 갈망과 향유 사이에서의 안식과 평화의 무게를 가늠할 수 있다.

오자성의 시 「신성한 밥상」에는 이 밥상을 등에 지고 걸어가는 이 시대 가장의 쓸쓸한 회한과 자기반성이 그려져 있다. 앞에 앉을 때마다 도망 다니는 밥상, 숟가락 들 때마다 턱을 걷어차는 밥상의 이미지에는 유쾌하게 튀는 재기가 엿보이지만, 동시에 목젖을 울리는 페이소스가 있다. 밥상을 지키기 위해 인격과 자기를 던지며 세상을 거쳐온 가장들의 하루가 쓸쓸하게 묻어 있다. 하루치의 밥상을 벌기 위해 꾸역꾸역 받아 안아야 하는 또 다른 밥상마저도 포성 속에서 견뎌야 하는 전쟁터. 그리고 산산이 부서진 밥상과 밥상을 잃은 식솔들의 아연한 슬픔과 공포.

시인은 이 밥상을 지키는 데 한 평생을 보낸 아버지를 떠올린다. 그리고 아무렇지 않게 받았던 평화로운 밥상 한 상이 아버지의 등짝이 떠받친 그의 생(生)임을, 그저 밥상 한 상이 아니라 아버지의 등짝이 뼈아픈 대가를 치러낸 "평화로운 하늘 한 상"임을 비로소 가늠한다. 밥상 위 국 속에 그 하늘의 구름이 담겨 있고, 다시 아버지가 된 아들은 그 구름을 힘겹게 삼킨다. 선지 덩어리처럼, 아버지의 휘어진 등 골에서 흘러나온 아버지의 몸의 시간들이 엉겨있기에 아버지가 된 그의 목울대에 그 구름도 잠시 걸렸다 넘어가는 것이다.

하루에도 몇 번씩 받는 일상의 밥상 한 상이, 가장의 구부러진 등짝과 그 등짝이 받치고 있는 한 하늘로 확대된다. 밥상이라는 장소가 품고 있는 의미가 아버지라는, 아버지의 등짝이라는 상징을 입고 솟아

올랐다. 그러나, 도처에서 출몰하는 밥상의 갖가지 표정과 운명이 아버지의 등짝으로 이어지는 데에는 뭔가 개운하지 않은 구석이 있다. 식솔에 대한 가장의 책임감과 회한이 꼼짝 못하는 가부장 상속으로 귀결하는 시적 논리 속에, 우리 일상의 뒷면을 통렬하게 까발리는 저 밥상들의 쾌활한 페이소스는 힘을 잃고 있지는 않은가.

포탄이 날아다니는 세상에서, 평화로운 밥상 한 상 지키기 위해 평생 등을 내 주고 살아 온 아버지의 등짝에 오늘의 밥상을 빗대는 데에 그친다면, 서두에서 발랄하게 펼쳐 놓은 버릇없는 밥상들은 이 진중한 전언(傳言)에 끼어들기에 조금 어색하다. 아버지의 등짝으로 건너가는 성찰적 전언과 우리의 일상을 도발하고 있는 밥상의 이미지가 매끄럽게 이어지지 못한 감이 있다. 메시지와 이미지가 동시에 눈에 띄는 설득력과 호소력을 얻은 탓이기도 할 것이다.

8. 경계(境界)와 시원(始原)
— 허만하의 「계면은 흐리다」와 정재학의 「시원(詩源)」

사물과 생명의 사멸(死滅)에 대해 묻는 노시인의 시 한 편과 시적 영
감이 잉태되는 순간을 감지하는 젊의 시인의 시를 묶어 읽는다. 두 시
모두 태어남과 사라짐, 있음과 없음이 자욱하게 흐려지는 사물, 혹은
시적 순간의 시원(始原)과 궁극(窮極)의 윤곽을 더듬고 있다.

구름이 낙조 빛깔을 머금고 있는 하늘 언저리는 환하다. 암울한 겨울 하
늘이 느닷없이 환해지는 것은 납빛 구름에서 터지는 흐느낌처럼 순결한 눈
송이들이 태어나기 직전의 한순간이다.

눈송이는 땅에 닿기 직전에 윤곽을 잃는다. 한겨울 능선에서 떨고 있는
굴참나무 우듬지가 하늘에 번지는 황갈색 안개가 되는 것처럼 윤곽을 잃은
사물은 안개처럼 자욱한 것이 된다.

해안도로 기슭에 서 있는 심야의 가로등 불빛은 거대한 어둠에 부딪쳐 둘레
에 번지는 오렌지빛 안개가 된다. 소리 없이 가라앉는 안개비에 젖는 가로등이
비추는 것은 어둠이 아니라 자기의 외로움이다. 목숨과 죽음이 만나는 계면에
서 사물은 윤곽을 잃는다. 눈물 너머 바라보는 세계처럼 흐린 것이 된다.

— 허만하, 「계면은 흐리다」(『시안』 2005년 가을호)

계면(界面)이란, 사물과 사물의 외부가 맞대고 있는 기하학적 표면으로서의 접점이 아니라, 사물과 사물의 내부와 성질이 서로 만나 어떤 변화와 생성을 일으키는 사건으로서의 공간이다. 사물은 그것 자체로 완전한 것이 아니며, 그것의 안과 바깥이 끊임없이 넘나들고 섞이고 흘러나온다. 사물의 표면이 아니라 계면을 사유한다는 것은, 시인의 시선이 사물과 그 관계들이 이루고 있는 건축으로서의 상상력이 아니라 사물의 유래와 기원, 그리고 사태로 향하고 있음을 의미한다.

사물과 사물이 만나는 것이 아니라 사물들의 살과 뼈가 섞여드는 것이다. "순결한 눈송이"는 어떤 의미를 내장한 결정(結晶)이 아니라, 태어나면서부터 소멸의 흔적을 품고 생성된다. 그러나 "윤곽을 잃"은 눈송이는 다시 "하늘에 번지는 안개"와 섞이며 "오렌지빛"의 "가로등 불빛"이 된다. 이 끝없이 녹아내리고 흘러들고 안개처럼 피어오르는 눈송이의 여정이 가 닿는 곳은 "자기의 외로움"이다.

"외로움"이란, 단절과 고립에서 태어나는 것이 아니다. 차라리, 여기가 어딘지도 모르면서 어디론가는 가야 하는, 끝없이 자기를 놓아야 하는, 끝없이 어딘가로 스며들어야 하는, 끝없이 제 몸의 윤곽을 지워야 하는, 거기서 시와 언어와 사물의 외로움이 태어난다. "눈물 너머 바라보는 세계"는 흐리다. 그러나 그 자욱한 흐림 속에서만, "목숨과 죽음"의 만남이 보인다. "눈물"은 제 몸의 윤곽을 털어내며 어디론가 질척대며 떠나는, 자기로부터 내몰리는 것들의 난처하고 외로운 흔적이면서 이 흐리고 어두운 존재의 기슭을 비추는 프리즘일지도 모른다.

태양이 지나다니지 않는 막다른 어둠에서 빛을 들을 때가 있다
어느 쪽 귀가 먼저였는지 알 수도 없이 순식간에 칼이 꽂히듯 내 두 귀를
관통한다 직선적이지만 첫 담배처럼 몽롱하다 그것은

그 순간은 몸 전체가 두 귀 사이에 담겨 있는 것 같다

꽂힌 빛이 뒤틀린다
내 귀는 아무 저항도 하지 못하고 연두색 피를 흘린다
시작점을 알 수 없는 빛, 나는 단지 과정일 뿐 내 귀를 주파해낸 빛이 어
디까지 가는지 나는 알지 못한다

모든 소리들 멀어지고
내 목소리만이 아주 가까운 곳에서 울린다
아니, 온몸에서 울린다
나는 잠시 종이 되는 수밖에
발밑으로 흘러내리는 종소리,
아주 잠시 그것을 볼 수 있다

— 정재학, 「시원(詩源)」(『시안』 2005년 가을호)

시로 적는 시론만큼 줄기차게 시인을 유혹하는 주제도 드물 것이
다. 시인의 몸, 호흡과 맥박의 떨림과 그 리듬이 아직 묻어 있는 낱말
의 '묶음' 들이 갑자기 낯설지만 당당한 목소리를 내며 문을 닫고 돌
아설 때, 그 시의 등을 하릴없이 바라보아야할 때의 격렬한 공허 앞에
놓인 적이 있었다면.

시는 어디로부터 오는가. 그 끝에 느낌표와 물음표가 놓이는 데 따
라, 이 문장의 표정은 거만하거나 허황된 수사로 건너가기 쉽다. 그
러나 이 물음은, 설사 아무도 기대하지 않는 자족적인 신음에 불과할
지라도, 그 물음을 흔들고 있는 것은 시인으로부터 멀어지며, 시인에

게 등을 돌림으로써만 태어나는 시의 비밀에 대한 끈질긴 갈증이다.

시가 시인을 떠날 때, 시는 시인과 시인의 시간을 소멸시키면서, 의미와 역사를 녹여버리고 아주 낯선 어떤 것, 형체를 알 수도 없으며 다른 것들의 부재를 통해서만 나타나는 이미지들을 띄워 올린다. 이를테면 그것은 하나의 "빛"일진대, 이 "빛"은 시인의 모든 시선이 감추어 둔 부재와 낯설음을 환기할 뿐, 의미와 존재를 건축하지 않는다. 존재의 거리와 의미의 건축이 허물어진 자리에는 오로지 몽롱한 "빛"만이 관통하는 시인의 몸이 그 이미지 속에 잠겨 있다. "그 순간은 몸 전체가 두 귀 사이에 담겨 있는 것 같다". 이 "몸"은 절대적인 수동성에 묶여 있다. 그곳에 '나'는 없고 내 귀와 몸은 "빛"의 통로가 되며, "잠시 종이 된", 이미 '나'가 아닌 '나'는 그 빛의 흔적이 귀를 뚫어내는 소리를 본다.

"그 순간은 몸 전체가 두 귀 사이에 담겨 있는 것 같다". 그런데, 몸이 두 귀 사이에 담긴 게 아니라, 사실은 두 귀가 몸 밖으로 삐져나온 것은 아닌가. "모든 소리들 멀어지고 / 내 목소리만이 아주 가까운 곳에서 울린다". 멀어진 모든 소리가 사실은 모든 의미로 충만했던 내 목소리였던 것, 아주 가까운 곳에서 울리는 소리는 내 목소리가 아니라, 사실은 내 몸을 밟고 지나가며, 시인으로부터 시를 벗겨내는 빛의 소리가 아닐 것인가. 그 빛의 발자국이 새겨진 종의 목소리를 제 몸이 종인 내가 읽을 수 있을까. 시인이 자신의 시를 읽을 수 있을까. 오히려 시가 시인의 몸을 기록하는 것은 아닌가. 그 몸은 "단지 과정일 뿐"일 것이다.

제5부

소설 읽기의 환유

1. 소설의 이유, 혹은 의도와 형식

소설의 서두에 작가는 자신이 궁극적으로 쓰고자 하는 바를 특정한 묘사나 서술로 암시하는 경향이 있다. 첫 문장은 어떤 형식으로든 되풀이되기 마련이다. 첫 문장이나 첫 문단을 되씹어가며 읽는 것도 나름대로 의미를 찾을 때가 있다. 그런데 작가의 의도를 생각하며 소설을 읽다보면, 도대체 이 작가는 무슨 이야기를 하려고 이 글을 썼을까, 하는 의문이 들 때가 있다. 의도의 은폐와 방기에 대한 의심 사이에서 독자로서는 적잖이 방황하게 된다. 규범과 논리로서의 장르의식에 대한 자각은 빠짐없이 엿보이지만, 소설이라는 형식에 대한 회의와 탐구의 흔적에는 목이 마르다. 이즈음에서, '글을, 소설을 왜 쓰는가'라는 질문을 되살려보는 건 어떨까.

18세기 독일 작가 필립 모리츠는 자신의 죽어가는 송아지를 위해 글을 쓴다고 했다. 사실이야 요령부득이다. 하지만 이전의 서구 문학 전통, 예컨대 변하지 않는 도덕적 진실과 윤리적 보편성, 혹은 우화나 로망스의 형식과 투쟁하던 18세기 소설문단의 현실이 이 문장을 살아남게 했을지도 모른다. 글을 쓴다는 행위, 글을 쓰는 목적에 대해 김현은 죽음의 확인(블랑쇼), 죽음의 演技(프루스트), 자기 노출(스탕달), 행동의 전제조건(사르트르)으로 명료하게 적시한 바 있다. 1970년대 한국 문단의 문학적(창작적) 자의식에 대한 반성의 문맥에서 나온 말이지만, 20세기 서구 사회의 문화사적, 사상사적 흐름에 대한 자심감 넘치는 주석이 될 만도 하다. 한편 인간이라는 수치심, 이보다 더 좋은 글쓰기 이유가 있을까, 라고 말한 건 들뢰즈이다. 죽어가는 송아지로부터 인간이라는 수치심에 이르기까지, 서구 근대문학 사상가들의 글쓰기 이유와 목적에 빗대어 이즈음 우리 작가들의 글쓰기 자의식을 더듬어보려는 에움길이 다소 버겁기는 하다. 더구나 한 편의 글, 그것도 단편소설 형식에서 작가의 창작의식을 끌어낼 만한 라이트모티프는 흔하지 않을 성싶다. 다만 작가의 목소리와 소설이라는 형식이 교차하는 장면을 끌어내 볼 방편 정도는 될 것이다.

구효서의 「모란꽃」(『문학동네』 2008년 가을호)은 버릇처럼 글을 써대는 한 여자의 이야기다. 작가의 그것은 아니지만 글쓰기를 둘러싼 의심과 탐구에 조금이라도 가까이갈 수 있지 않을까. 예의 첫머리를 보자.

버릇이다. 일종의. 글 쓰는 것. 이유나 목적은 없다. 중얼거리는 거다. 날이 징허게 좋네, 꽃이 미친 듯 피어야, 아야, 뼈마디 무너지겠다 …… 하염없이 중얼거리던 엄마를, 딸이라서, 닮은 걸까.
나도 끝없이 그랬다. 된장찌개가, 쉬었어. 뉴스를 보면 세상이, 온통, 미친 것 같애 …… 그러고도 모자라, 글로 썼다. (중략)
글로 쓴다고 뭐 하나 달라지는 건 없었다. 여전히 두서없고, 뒤죽박죽. 누구한테 보여줄 것도 아니니까, 그냥 내 맘대로 썼다. 누가 볼 일도 없었

다. 컴퓨터에 써넣고 비밀번호로 잠그니까, 그렇게 쓴 게 천 페이지가 넘는
다. 이걸 내가, 다 썼다구? 워낙 말이 어눌해서 글이란 걸 쓰려고 했던 걸
까?(225쪽)

화자는 칠남매 중 넷째 딸, 말이 어눌하고 조금 느리다. 쉴 틈 없이
중얼거리고 중얼거린 것을 적어댄다. 일기와는 조금 다르다. 자기성
찰이나 회고와 같은 형식이 개입하니까. 이건 그냥 중얼거림과 다를
바 없다. 마치 한숨을 쉬는 것처럼. "엄마는 중얼거리며 한숨을 쉬었
고, 나는 중얼거리며 뭔가를 적는다는 것뿐."(226쪽)

두 개의 제재를 둘러 싼 에피소드가 나선형으로 돌다가 만나게 된
다. 그 축은 물론 글쓰기 또는 글쓰기에 대한 자의식이다.

그 하나는 '모란꽃'이란 펄벅의 소설책이다. 표지도 없이 너덜너덜
해져, 집안에 유일하게 나뒹굴고 있었던 책. 형제들 모두 그 책의 제
목과 내용을 달리 기억하고 있다. 책 제목 이야기하다가 화제는 시렁
의 위치로 옮겨졌고, 그걸로 오빠와 다툰다. "이유 모를 상실감이 몰
려왔다. 삶이 나에게서 한 발작 더 멀어지는 것 같았다." 삶을 자신으
로부터 뒷걸음질하게 하는 것은 망각이 아니라 오히려 기억이 아닐
까. 조각난.

또 하나의 화제는 시골집의 막힌 아궁이인 토주. 여기엔 동티나는
이야기거리가 풍성하다. 토주를 건드리거나 업신여겼다가 화를 입었
다는 얘기가 "국사교과서보다 두"껍다(233쪽). 문제는, 이 토주를 '누
가' 치울 것인가, 하는 것. 나서는 사람이 있을 리 없다. 형제들 모두
뒤로 물러선다.

화자는 어렵사리 이 오래된 책을 구해 다시 읽는다. 물론 그 때의
그 책은 아니지만. 그러나 낯설고 어색하다. 맥빠지는 결말이 영 기

억나지도 않고, 어쨌든 이 책에 대한 생각도, 기억도 거의 틀렸다. 혼
란스럽다.

갑자기 세계 각지의 도서관에 수도 없이 피어 있을 모란꽃들이 한꺼번에
떠올라 어지러웠다. 모란꽃으로 뒤덮인 지구. 사람들 머릿속에 남아 있는
숱한 모란꽃들. 원본은 어디 있을까. 그것은 펄 벅의 원고를 충실히 조판하
고 교정했을까. 엄격히 말해 원고만이 원본이라면 그것은 펄 벅 유족들이
보관하고 있을까. 원고에 기록된 내용들은 정확한 걸까. 펄 벅도 더러는, 어
디선가 누구에게 들은 정확지 않은 소문들을 사용한 건 아닐까. 원고에 기
록된 느낌이나 생각들은 진정 펄 벅 자신의 것일까. 그 또한 선대 누군가의
복사된 생각들을 복사한 건 아닐까 …… 그만! 모란꽃을 다시 서랍에 던져
넣고, 탁, 소리가 나게 닫았다. 내가 쓴 천 페이지도 넘는 글들이 머릿속에
서 뭉게뭉게 피어올랐다. 컴퓨터는 꺼져 있었다. 검은 모니터를 노려보았
다. 안쪽 어딘가에 내가 중얼거리며 갈겨쓴 글들이 거대한 짐승처럼 웅크리
고 있을.

잃어버린 일기장과 잡기장까지 더하면 내가 시도 때도 없이 썼던 글들은
대체 얼마나 될까. 그것들은 컴퓨터 혹은 벽 저편에, 검고 무겁고 형체 불분
명한 흙더미로 쌓여 있었다. 가끔은 고래처럼 한숨을 쉬고, 두엄처럼 열기
를 내며, 풀썩 주저앉았다 다시 들썩거리는 어두운 한천질. 그 혐오스런 인
상에 압도되어 몸이 오싹 움츠러들었다.

소용없고 쓸데없는 것들의 무덤. 지금까지 살아오며 내뱉은 푸념과 허텅
지거리, 시샘과 원망들의 썩은 물웅덩이였다. 일없이 반복되고, 그러면서
그치지도 않고, 뭐 하나 분명치도 않은 느낌과 경험들이, 까닭없이 오가는
바람처럼 배회하다 중얼거리며 가라앉은 티끌과 먼지들이었다. 사실도 진
실도 진심도 아닌 글더미들, 결국 내 것도 아닌 것들. 그 소용없고 쓸모없는
짓의 무심한 반복을, 수십 년이나 지속해오다니. 무엇 때문일까. 허망……
했다.(244쪽)

사실에 대한 기억의 혼란은 원본에 대한 의심으로 불거지고, 지금

까지 중얼거리며 갈겨쓴 글들은 웅크린 짐승처럼 다가온다. 기억과 기록의 불협화음, 사실도 진심도 아닌 글더미들, 내 것이 아닌 먼지의 무덤들. 글쓰기와 기억에 대한 환멸은 토주의 저주에 대한 두려움도 사그라지게했다. 토주를 직접 치우겠다고 나선 것이다.

황량한 고향집 터에서 아련히 눈을 감고 집터를 가늠하던 화자에게 떠오르는 것은, 눈을 뜨면 감쪽같이 사라지는 고향집이다. 시렁이 건넌방에 있었든 작은 방에 있었든, 생각할 때마다 달라지고 변해가지만 결국 그 모든 것들이 고향집이고 한 권의 목련꽃이다. 그 책이 모란꽃이든 목련꽃이든, 읽을 때마다 내용도 달라질 것이다. 그 책은 실은 한 권이 아니라 여러 권이었던 셈.

이러한 기억의 허망함이 내 것도 아닌 먼지들의 덩어리같은 글쓰기에 대한 혐오로 옮겨갔을까. 그러나 그는 다시 쓴다. "소용없고 쓸데없는 글더미에 티끌과 먼지를 더하는, 또 한번 무심한 짓의 반복일지라도"(250쪽). 버릇처럼 한숨처럼, 별다른 목적도 이유도 없이 써 온 것은 화자일 터. 그러나 작가는?

토주를 들어내는 화자의 독백. "널빤지는 그 안쪽에 무언가를 숨기고 있었던 게 아니라, 그 안쪽에 아무것도 없다는 걸 숨기고 있었던 것이다." 의뭉스럽다고 할까, 토주(소문과 편견)와 모란꽃(기억과 망각)과 글쓰기(기록과 독백)를 이 한 문장으로 요약했다. 각 에피소드들은 나열과 겹침과 풀림과 겹침을 반복한다. 내러티브의 구조를 주제가 집약된 듯한 문장에 은근슬쩍 걸쳐 놓았다.

박민규의 「근처」(『문학사상』 2008년 8월호)는 간암으로 죽음을 앞둔 마흔 두 살의 중년이 남은 삶을 정리하는 고향에서의 시간을 다루

고 있다. 30년 전, 동무들과 함께 묻었던 타임캡슐의 진위(眞僞)가 서
사적 모티프 역할을 하지만, 실은 죽음에 대한 미시적 경험으로서의
탐구에 작가의 손그늘이 짙다. 형이상학적 탐구의 차원은 아니다.

　'근처'란 이곳과 저곳, 혹은 삶과 죽음의 그것을 말한다. 만져지거
나 냄새나거나 흔들리며 스쳐 지나가는, 젖고 번지는 그 무엇.

　　물이 끓을 때까지, 또 물이 끓는 소리를 들으며 나는 말없이 갈라진 허물
의 등짝을 바라본다. 죽음도… 저런 걸까? 행여 삶이란 허물을 벗고, 또 다
른 삶을 살아가는 게 아닐까. 저 틈을 빠져나온… 그리고 다시, 오래전에 죽
었을 매미의 삶을 나는 떠올려 본다. 수면(水面)이란 허물을 벗어던지고, 잘
우러난 얼그레이의 향이 코끝까지 번져 온다. 남은 삶이 문득 홍차가 되기
직전의 뜨거운 물처럼 느껴진다. 번진다, 번진다

　　번짐이 멈춰 선

　　그 순간 이 삶도 끝날 것이다… 다른 무엇으로, 성질이 바뀔 것이다. 30년
전의 숲을 막연히 떠올리며 나는 맴맴, 스푼을 휘젓는다. 어디선가 그 여름
의 매미소리 들리는 듯하고, 전원이 꺼진 포트에서 아직도 잔잔히 물 끓는
소리 들린다. 삶은 죽음을 우려내기 위해 끓이는 뜨거운 물과 같은 걸까? 한
순간 나는 벗어날 것이고, 한순간 나는… 한 잔의 차를 비울 때까지 생각은
끝없이 맴을 돈다. 바삭한 허물처럼 가벼워진 찻잔을 나는 내려놓는다. 찻
잔의 손잡이가… 아직은 따스하다. 잠잠해진 포트의 물도 아직은 따스할 것
이다. 아직은, 아직까지는 나도 따스한 것이다.(98쪽)

　삶과 죽음의 실존적 간격을 다루는 이 소설의 문장들은 지나치게
시적이다. 나쁜 의미는 아니다. 아직 형태를 정의하지 않은 죽음이라
는 주제를 가장 단순한 사물들에 각인시켜 스며들게 함으로써 근원적
인 불가사의들을 조성하는 것. 나아가 정서들의 내부 공간으로부터

말하게 만드는 것. 사물에 발언권을 부여하는 것. 여기에 소설적 논리를 장치하고 있다. 이를테면 번짐과 원환의 알레고리.

누구도 죽음의 마지막 순간을 소유하거나 경험할 수 없다. 죽음이란 지각 불능이며 의식의 정지이자 종료이기 때문이다. 그러나 이는 생물학적인 죽음에 한한다. 인간은 생물학적 죽음을 극복하기 위하여 의식(儀式)과 문화를 창시했다. 실존으로서의 죽음도 그 중 하나다. 삶과 죽음은 교차하거나 서로 스며들어 있다. 이 소설의 문장들이 의미하는 것은 바로 그런 의미의 '근처'이다.

죽음은 멈춤도 조건도 움직임도 없는 것이다. 무(無)가 아니며 무가 아닌 것도 아니다. 멈춤도 움직임도 아니지만, 다만 출렁이며 경험되는 그 무엇. 죽음은 설명되지 않으나 경험되거나 지각되는 것임을 이 소설의 문장들이 보여주고 있다. 삶의 시공은 공간과 연결된 경첩의 운동이다. 죽음/삶은 이 경첩이 뒤틀어진 운동이자 운동의 궤도를 이탈한 미로의 시간이다. 거기에는 연속으로서의 리듬도 없다.

화자는 친구들과 함께 파묻었던 타임캡슐을 파냈다. 물건들을 하나하나 확인했다. 그 후 다른 친구인 도형 역시 그 전에 타임캡슐을 이미 파낸 것이다. 그렇다면 자신이 파낸 것은, 그 물건들은 무엇인가. 나는 분명히 나침반을 묻었고, 얼마 전 파내어 가지고 있다. 그러나 도형이 파낸 것은 플루타크 영웅전이다.

스탠드를 껐다. 어둠 속에서, 나는 이 사실을 어떻게 받아들여야 할지 알 수 없었다. 캄캄한 상자의 미로를 나서듯 나는 불 꺼진 다락의 문을 여고 계단을 내려온다. 문득 현기증이 인다. 일직선인 계단의 난간이 오른쪽으로 심하게 휘어진다. 그 난간을, 나는 꽉 붙잡는다. (119쪽)

두 개의 상징적 장치를 결합시킨 걸까. '근처'로서의 뒤틀어진 시공간이 마련해 놓은 환상, 또 하나는 어머니의 장례식에 외숙으로부터 건네받은 '나침반'에 대한 집착에서 비롯된 착각. 다음 문장에서 살짝 엿보인다.

> 나는 무엇인가? 이쪽은 삶, 이쪽은 죽음… 나는 비로소 흔들림을 멈춘 나침반이다. 나는 누구인가 나는 평생을

> "나"의 근처를 배회한 인간일 뿐이다.(115쪽)

이쯤에서는 소설에 대한 쿤데라의 간명한 정의가 떠오른다. "소설은 실존이라는 주제를 밀고 나가는 것이다." 그러나 소설의 논리 외부에서 삶과 죽음의 벽을 걷어내면서 스스로 '근처'라고 명명한, 일상·관계·사물로 엮인 휘어짐과 번짐의 이미지들을 만들어 낸다. 다만 몇 건의 장치들, 예컨대 순임과의 연애, 혹은 죽음을 상상한 직후의 섹스(타나토스와 에로스의 해후?), 타임캡슐의 비밀과 같은 소설적 모티프들이 얼마나 이 반짝이는 이미지들과 맞물릴 수 있을 것인지가 문제. 예컨대 이런 문장들.

"번짐이 멈춰 선 / 그 순간 이 삶도 끝날 것이다" 이곳과 저곳의 경계를 스며드는, 경첩이 풀린 운동이 정지하는 순간, 삶도 죽음도 종료되는 것이다. 그리고 두 번째 문장 "나는 비로소 흔들림을 멈춘 나침반이다".

2. 몸 되기, 혹은 책 되기, 도서관의 유령들

유일한 한 권의 책이 있다고 하자. 세계의 모든 목소리들은 그 책 속의 문자들로부터 비롯되었으며 그 책 속의 문장들이 세계를 지배했다. 그 거대한 한 권의 책은 미로처럼 이어진 우주의 도서관을 이루고 있었으며, 그 책을 읽는다는 것은 수없이 그 책의 가지들을 증식하는 것을 뜻했다. 진리는 그 책으로부터 기원했으며 모든 가능한 진실은 다시 그 책으로 귀환했다. 그 문장들의 주어는 '신'이다. 이를 첫 번째 저자라고 부른다면, 그가 절대적 저자의 권좌에서 미끄러지고 그 자리에 인간이라는 이름이 대문자로 새겨지면서 책은 그 두 번째 저자를 맞이하게 된다. 수학과 과학의 갑옷을 입은 합리적 이성이라는 종교가 그것이다.

이 새로운 저자에 의해 쓰인 책은 인간의 정신을 육체로부터 분리시키고 그것 자체로 지식과 기억의 강고한 알레고리로 자라났다. 마침내 책은 인간 의식의 이면에 잠복하고 있는 육체와 감각의 가능성을 은폐하거나 왜곡하거나 억압하는 또 다른 체제가 되었다. '한 권의 책'이 줄기와 가지를 아래에서 위로 증식하는 수목적 구조를 가진다면, 두 번째 저자의 책이 등장한지 몇 세기 지나지 않을 무렵, 줄기와 뿌리가 구분되지 않는 리좀(뿌리줄기)적 구조가 책을 둘러싼 상상력들을 산포하게 된다. 보르헤스는 「모래의 책」에서 셀 수 없는 페이지를 가진 어떤 책이 가져다 준 공포를 기억해 냈다. 「바벨의 도서관」에는 책등이 끝없는 둘레를 치며 그것 자체로 거대한 도서관이 되는 '둥근 책'의 이미지가 그려졌다. 그 책의 목차는 책의 육체를 초과할지도 모른다. 독서란 결국 그 책의 목록과 그 목록의 목록을 찾아가는 작업에 불과하다는 냉소와 독백들이 도서관의 음산한 루머로 떠돌게 된다. 이 소문들은 절대적 진리가 현전하는 장소라 믿어져 온 '한 권의 책'이라는 관념이 허물어진 자리에서 부화했다. 저자가 교체되고 장정이 갈아 끼워지기 시작했다. 더불어 책에서 몸으로, 혹은 몸에서 책으로 변신하는 유령의 문자들을 읽어 보자.

박상우의 「독서형무소」(『세계의 문학』 2008 봄호)는 테이블과 컴퓨터, 그리고 간이침대만 놓인 다섯 평의 수감실에서 20년 동안 오로지 독서와 (대중 세뇌를 위한) 보고서 작성만을 행하던 서른 세 살의 수감자가 출감 탄원을 하고 형무소를 나서게 되기까지의 우여곡절을 펼쳐놓는다.

'독서형무소'라는 제목으로부터 교환가치에 의해 지배받으며 도구화됨은 물론 '정보'화되어가는 현대 사회의 지식 체계에 대한 환멸을 읽어내는 것은 어렵지 않다. "정보가 없다는 것, 그건 존재하지 않는 것과 하등 다를 바 없다는 것"(134쪽)이라는 말에서도 나타나듯. '정보'라는 개념은 효율성으로 대변되는 교환가치가 현대 사회의 지식

체계에 스며든 극단적 현상의 하나다. 그것은 '활용'과 '폐기'를 효율성과 증명이라는 잣대의 의지하여 넘나들 뿐 의식의 이면에 잠재된 감정과 정서를 읽어내지 못하며 신뢰하지도 않는다.

몇 개의 알레고리 장치들이 얽혀 있지만 주된 서사적 틀거리는 총독을 살해한 시해자의 아들이자, 비정상적으로 머리가 좋으나 자폐 증상이 있는 '나'라는 인물이 책과 지식으로 쌓아 올린 허구적 체계를 더 이상 견디지 못하며 살아 있는 생명체로서의 자아를 찾고자 투쟁하는 과정으로 이루어져 있다. 먼저 출감을 위해 형무소장인 '완전한 지식'과 면담하며 토해 놓는 '나'의 항변.

> 이렇게 책만 읽으며 살다 죽는 삶이 도대체 무슨 가치가 있습니까? 나의 의식은 이미 모든 지식을 하나로 녹여 버리는 임계점에 이르러 어느 책을 읽어도 차별성을 느끼지 못합니다. 오히려 지식의 이면을 읽고, 지식의 허구를 읽고, 지식의 망상을 엿볼 뿐입니다. 인간이 만들어 낸 저 끔찍스러운 의식의 똥통에서 벗어나 육체의 언어를 살갗으로 느끼며 살고 싶습니다. 살이 찢어져도 좋고 뼈가 부서져도 좋습니다. 통증을 모르는 삶은 죽음과 다를 바 없고, 고뇌를 모르는 삶은 허깨비와 다를 바 없습니다. 그러니 제발!(138쪽)

"모든 지식을 하나로 녹여버리는 임계점"에 다다른 의식은 합리적 이성을 주춧돌 삼은 지식들의 불가피한 운명이다. 보르헤스가 절묘하게 비유했듯, 첫 번째 저자가 사라진 책의 무대 위에는 '비서의 비서에 의해 쓰인 대통령 담화문'(「지친 자의 유토피아」)들이 범람한다. 체제를 수호하고 희망과 질서를 공급하는 두 번째 저자의 책의 이면을 들여다보면, 결국 그것은 거대한 인용의 체계와 유일한 저자가 사라진 복제들의 장에 불과하며 늘 그렇듯이 자가당착적인 동어반복으로 귀착하게 되는 것이다. 그것은 지식의 이면이자 지식의 허구, 지식의 망상이다. 출감 절차의 하나로 심문관 앞에 서게 된 후 수감실의 실체가 비로소 드러난다. 벽면이 모두 사라지고 그 자리에 높이를 헤아릴 수 없는 책 더미가 나타난 것이다. 그 때 화자의 내면이 맞닥뜨린 공포의 한 장면.

> 한껏 심호흡을 하고 정면의 책 더미를 주시했다. 그러자 거기 쌓인 한 권 한 권의 책이 모두 내가 읽은 것들임을 알 수 있었다. 책의 벽 혹은 벽의 책들이 모두 내가 형무소 생활을 하며 읽은 것들로 에워싸여 있다고 생각하자 나 스스로 나를 가두는 벽을 쌓은 것 같다는 기이한 느낌이 들었다. 참으로 말로 형용하기 힘든 자괴감이 아닐 수 없었다.(165쪽)

이성과 지식의 학교를 움직이는 법률은 사실에 바탕을 둔 증명이다. 그러나 '사실'이란 것들이 '사실은' 특정한 규정이나 원칙을 위한 가정에 불과한 것은 아닌가. '사실'이란 것이 '사실 그대로' 원래부터 존재한다고 믿는 것은 신화나 망상에 가깝다. 이 종교는 철저히 이분법적인 언어와 인용체계로서의 언어로 이루어져 있다. 크다, 작다, 많다, 적다, 아름답다, 추하다, 높다, 낮다와 같은 극단적 사고가 아니면 지식의 건축은 정초되지 않는다. 논증되지 않는 '사이'의 관념, 개념화되지 못하거나 일반화를 거부하는 관념들은 설 자리가 없다. 이 이분법이 끝없이 가르치는 것은 특수와 개별에 대한 망각이다. 그것은 곧 지속과 연속으로서의 인간과 존재에 대한 망각에 다름 아니다. 이분법과 인용으로서의 독서는 "나를 가두는 벽"으로 증식되었던 것이다.

'나'는 이 왜곡된 이분법과 허망한 인용들로부터 탈출하고 살아있는 생명체로서 육체적 경험의 세계로 나아가고자 한다. 육체적 경험의 세계, 지식의 망상으로부터 미끄러져 내면과 의식, 육체의 연속적 존재로서의 자아를 경험한다는 것.

> 나는 조용히 상체를 일으키고 침대 위에 반듯하게 앉아 눈을 감았다. 그리고 호흡을 가다듬으며 내면에서 들끓어 오르는 망상의 기운을 주시했다. 그것들은 언어도 아니고 장면도 아니고 일정한 흐름을 지닌 의식도 아니었다. 몸이 느끼는 두려움과 의식이 느끼는 긴장감, 그것들이 충돌하며 끊임없이 불꽃을 튕겨 내고 있었다. 그 현란한 불꽃을 들여다보는 동안 나의 심신은 끝을 알 수 없는 심연으로 가라앉았다.
> 이윽고 불꽃이 스러지고 의식의 파편도 잦아들었다. 마음의 잔해마저 녹아 한없이 부드러운 기운이 안과 밖에서 동시에 나를 감싸 안았다. 바로 그 순간, 나는 모든 시간과 공간 속에 빈틈없이 내재된 따뜻한 어머니의 기운을 느낄 수 있었다. 내가 탄생하는 순간 세상을 떠나버린 어머니, 세상에 태어나 단 한 번도 안겨 보지 못한 어머니…… 당신이 시종일관 나와 함께 있었다는 메시지를 나는 한없이 내밀한 에너지로 전달받았다. 그러자 강렬한 전류가 중추를 스쳐 가고 곧이어 오열이 터졌다. 33년 동안 나를 억압해 온 힘…… 억압하던 내가 억압당하던 나를 울리고, 억압당하던 내가 억압하던 나를 울렸다. 세상에 태어난 이후 처음으로 내가 나를 만나 하나가 되는 순간이었다.(162~163쪽)

하나의 존재를 시간과 공간으로 분할하는 이분법 역시 마찬가지다. 사실 시간의 흐름은 공간의 이동이며, 공간의 변화는 시간의 흐름과 동행한다. 시간과 공간은 엄밀하게 구분되지 않는다. '나'의 명상과 각성과 오열은 언어와 의식과 신체가 각자의 경계를 뚫고 충돌하며 습합하는 시공, 즉 사건으로서의 공간, 혹은 시간적 공간이라 이름붙일 만한 하나의 '장소'에 이르는 국면이다. 풀씨 하나에도 터져버릴 것 같은 내면의 팽팽한 긴장 공간이 빚어져 있다.

어쨌거나 '나'는 아무도 모르게 뇌에 이식해 놓은 비밀의 언어들을 스캔당하고 삭제당한 후 독서형무소로부터 출감하게 된다. 여기서 작가는 다른 하나의 반전을 준비해놓고 있다. 사실 반전이라기보다 선회에 가깝다. 독서형무소를 벗어나 갈 수 있는 곳이 다름 아닌 육체형무소라는 것. 이곳도 저곳도 아닌, 지식과 육체 모두의 굴레를 벗는 길은 단 하나, 다리를 뛰어내려 죽는 것뿐이다. '나'는 어떤 길을 택하게 될까. 다만 "굴레를 벗어나는 길은 모두 죽음과 같은 것"(177쪽)과 같은 선(禪)적인 출구를 제시하려는 것이 아님은 분명하다. 그렇다고 육체적 경험에 대한 갈구 역시 또 하나의 굴레에 불과하다는 통찰로 몰고 가기에도 어딘지 억지스럽다. "벗어날 수 있는 길은 오직 한 가지, 나 스스로 길이 되는 길밖에 없었다."(178쪽)라는 말이 키워드가 될 수 있다면, '길'로서의 책, 책으로서의 길이라는 관념은 끝내 망상이자 굴레일 수밖에 없다는 걸까. '육체형무소'의 메커니즘이 조금이라도 궁금한 독자에게는 어느 정도 급박한 종결이라는 느낌을 줄지도 모르겠다.

「독서형무소」가 책이 지배하는 체제로부터 탈출하여 육체에 이르는, 혹은 그 너머의 길을 향하는 '나'의 지적 쟁투로 구성되어 있다면, 신인작가 정소현의 「양장제본서 전기」(『문학과 사회』 2008년 봄호)는 인간이 책으로 변신하는 희한한 상상력이 주된 모티프다.

태어나자마자 화장실 쓰레기통에 버려졌으나 기적적으로 살아남은 한 여자가 있다. 20년 남짓 되는 그녀의 생애는 기구하고 곤궁하고 비참했으니, '나'는 살아있는 생명체로서의 몸에 더 이상 미련이 없다. 차라리 모든 기억을 삭제하고 행복했던 도서관에서의 한때만 남겨둔 채 그 기억을 한 권의 책으로 남겨 도서관에 소장되는 길을 택한다.

'세상에서 합법적으로 사라지고 싶은 사람들을 위한 무료 서비스' 는 간단히 말하면 삶이 고달파서 스스로 죽음에 이르고자 하는 사람 들에게 장기 기증 서약서를 받고 '합법적으로 죽여주는' 서비스다. 대신 그의 기억을 추출해내 양장 제본서로 남겨 준다. 추출된 기억은 표지 속의 칩에 이식되고, 동시에 책으로 기록되어 보존되는 것이다. 그런데 '나'가 스스로 죽음을 선택하게 된 이유는 무엇일까. 직장에 사표를 낸 것도 자발적인 결정에 의한 것이고 보면, 신청서의 이유란 에 "경제적 문제"라고 기재했지만 경제적 문제도 따지고 보면 아니지 않은가. 이 소설에서 그 개연성 문제를 따지는 것은 그다지 의미가 있 을 것 같지 않다. 제목이 '양장제본서 전기'가 아닌가. 이 소설의 주 인공은 '나'가 아니라 '양장제본서', 즉 책인 것이다.

> 나는 마이크로필름 두 장과 얇은 영화 주간지 한 권을 꺼내 들고 정기간 행물실 안쪽 창가에 앉아 하루를 보냈다. 마이크로필름만 보면 마음이 갑갑 해졌지만 그것 말고는 딱히 할 일이 없었다. 서가의 통로 깊숙한 곳까지 미 끄러져 들어가는 햇빛의 움직임에 눈을 고정한 채 가만히 앉아 있었다. 통 로로 몰려가는 공기의 흐름과 종이 삭아가는 소리가 기분 좋게 귀를 간질였 다. 도서관은 내가 머물렀던 어느 곳보다도 편안해, 세상에 혼자 남겨질 거 라면 그 자리에 남겨져 영원히 아무에게도 발견되고 싶지 않았다.(231쪽)

'나'가 실은 책이라면, 책의 집인 도서관이야말로 얼마나 안락하고 편안한 장소일 것인가. 도서관은 '나'의 탄생의 비밀을 품고 있는 곳 이다. 처음 도서관을 찾은 것은 20여 년 전 영아 유기 사건을 보도한 일간신문의 기사를 확인하기 위해서였다. '나'의 호적등본에는 분명 히 아빠의 딸로 기록되어 있지만, 아빠는 "나한테는 널 부양할 법적인 책임이 전혀 없어"(230쪽)라고 매몰차게 선언하고, 아예 "어쨌든 너는 내 핏줄이 아니야"(236쪽)라고까지 말한다. 육체적 인간으로서의 '나'의 탄생에 대한 문제는 영원한 미궁으로 남았다. '나'가 자신의 탄생에 대한 비밀을 알기 위해서는 오로지 도서관의 목록에 기댈 수밖에 없다. 목록이란 장서의 호적이 아니던가.

그러나 자신의 탄생에 얽힌 진실은 영원히 묻혀버렸다. 대신 그녀는 새로운 호적을 스스로 선택한다. "제 의지와는 관계없었던 일이지만, 인생을 망쳐드려, 죄송해요"(236쪽)라고 더 이상 마음에 없는 소리를 하지 않아도 되는, 스스로의 의지가 선택한 것은 인간으로서의 삶을 마감하고 책으로 다시 태어나는 길이다.

> 내가 선택한 기억의 한 부분은 몸에서 분리되어 깨끗한 붉은 벨벳 표지로 양장 제본되었다. '영지(1983~2008).' 내 요구에 따라 성을 제외한 이름과 생몰년이 금박 고딕체로 새겨졌다. 다른 책들보다 얇은 나는 정기간행물실 데스크 뒤편 책장의 제일 아래 칸 오른쪽에서 여섯 번째에 꽂혔다. 남자 사서는 하얀 면장갑을 낀 손으로 내가 아주 소중한 물건이라도 되는 양, 몹시 조심스럽게 책꽂이에 꽂았다. 그의 손놀림은 매우 부드러웠다. 마음이 놓였다. 나는 콧노래를 흥얼거리며 오래된 서가와 서가들이 만드는 통로로 둘러싸인 도서관의 구석, 해가 잘 드는 창가에 앉았다. 화장실에 들어앉은 것처럼 편안해져 더 이상 알고 싶은 진실 같은 건 없었다.(240쪽)

책으로 환생한 '나'는 더없이 편안하고 행복해져, "더 이상 알고 싶은 진실 같은" 것도 없어졌다. 그녀의 몸은 스스로 선택한 기억 속에 머물며 데이터베이스화되어 영원히 잊혀지지 않을 것이다. 그리고 한 권의 책으로 남아 누군가에 의해 다시 기억될 것이다. 외롭고 고통스러우며 존재 이유와 근거마저 희박했던 인간으로서의 삶 대신,

'나'는 "이름과 생몰년이 금박 고딕체로 새겨"지는 도서관의 자식으로 다시 태어난 것이다.

청구기호에 따라 질서 있게 배열되는 책의 호적들은 영원히 사라지지 않는다. 도서관이라는 자궁과 데이터베이스가 구축해 놓은 세계가 소멸하지 않는 한. 그러나 인간의 몸과 그 기억들은 활자가 되는 순간부터 하나의 기호에 지나지 않게 된다. 그것의 존재는 배열 체계나 분류 체계의 변경에 따라 언제든지 교환되거나 재배치될 수 있다. 그럼에도 불구하고 그곳에서의 '나'는 한없이 편안하고 마음이 놓인다. 지상에서의 삶은 비경제적이었고 탄생은 무의미했으며 진실은 피로한 것이었다. 비장하게, 그러나 무표정하게 도서관으로 스며든 이 한 권의 양장 제본서를 어떻게 읽어야 할까.

제도와 체제로부터 소외되고 배제된 인간들이 도서관 주위를 배회하며 서가의 회랑에서 활자를 파먹으며 서식한다. 「독서형무소」와 「양장 제본서 전기」의 두 화자는 모두 타의에 의해 도서관으로 내몰려진 결핍된 주체들이다. 「독서형무소」에서 '나'의 자아 확인을 위한 쟁투는 지속과 전체로서의 자아를 감각적이며 신체적인 방식으로 관철하려 하나 그 역시 또 하나의 이분법에 지배받고 있음을 깨닫고 좌절하게 된다. 「양장 제본서 전기」의 자아는 정체성을 확인할 수 있는 실존적 장소를 획득하지 못하고 무질서하게 개방된 공간을 부유하는 가련한 신체에 갇혀 있다. 「독서형무소」의 '나'가 부숴버리고자 했던 기호체계 속으로 스스로 장착되는 길을 택한 「양장 제본서 전기」의 '나'에게 진실이란 더 이상 내적 충동을 일으키지 못하는 피곤한 질문일 뿐이다.

도서관은 체제를 보존하는 동시에 반체제의 언어들을 증식하기도 하며 그 이면에서 저항과 탈주의 목소리를 체제의 원환 속으로 빨아 들이기도 한다. 도서관은 질문과 저항과 좌절이 뫼비우스의 띠로 이어진 공간이다. 유사한 소재와 알레고리로 상이한 출구를 택하고 있는 두 편의 소설에 나타난 자아의 행로가 결국 도서관의 메커니즘을 반복하는 것에 불과하다고 읽는다면 지나치게 불성실한 도식에 속할 것이다. 책과 몸, 의식과 경험, 지식과 지혜 따위의 이분법을 가로지르는 상상력이야말로 책과 도서관의 원환적 알레고리에 균열을 낼 수 있을 것이다. 틈을 비집는 두 개의 국면. 언어와 의식과 신체의 경계를 비균질적 내면 공간으로 재구성하던 장면이 첫 번째라면, 자아의 거주 공간을 질료적 기호 체계 속으로 과감히 투입시키는 상상력이 후자의 작품에 있어 나머지 하나의 국면을 이룬다. 이 두 국면을 겹쳐 읽어보는 것도 한 방법이다.

3. 반이타주의적 연민들

　니체는 『인간적인, 너무나 인간적인』에서 "사람들은 예의바름에 대해서 예의바를 뿐이다"라고 적었다. 사람과 사람 사이의 예의란 어떤 이유나 사정에 앞서 인간과 생명에 대한 경외, 그리고 타인의 존재에 대한 아낌 그 자체로부터 비롯되어야 한다. 그러나 우리 삶과 관계의 도처에 무의식으로 등록되어 사고와 행동의 지침으로 호출되는 예의들은 어떤 모습을 하고 있을까. 타인에 대한 순수한 배려가 아닌, 침범 받지 않는 내 영역을 고수하기 위한 반대급부로 타인의 영역에 발을 드밀지 않겠다는 일종의 방어적 에티켓이 아니던가. 이 에티켓으로서의 예의에는 손해도 이득도 주고받지 않겠다는 단호한 합리성과 혹시 발생할 수 있는 타인에의 미필적 고의를 봉쇄하려는 다소곳하지만 오만한 이타성이 깔려 있다.

　한편 이와 같은 고립적이고 메마른 형태의 예의만 횡행하는 것은 아니다. 측은지심이나 연민과 같은 감정은 어떤가. 기실 약자 존중이라는 윤리적 외피를 입었다 뿐이지 그 테두리에는 나와 타인의 처지를 구획함으로써 스스로 안도감을 얻고 우월성을 확인하려는 내면이 둘러쳐 있는 것은 아닌가. 타인의 불행을 목도하면서 솟아오른 연민에는, 그런 불행이 나에게 일어나지 않았다는 사실에서 비롯된 상대에 대한 우월감이 숨어 있다. 타인에 대하여 열등감을 느끼는 사람은 또 다른 타인에 대한 우월감 역시 숨기고 있기 마련이다. 우월감과 열등감이 상대에 따라 몸을 바꾸는 것처럼, 연민이란 타인의 내면을 나의 의식 아래에 굴복시켜 스스로의 존재감을 안정화시키려는 자기애의 뒷모습이다. 그런데 이 안온함은 왠지 축축하고 끈적인다. 스스로의 존재 조건으로부터 비롯되는 것이 아니라 타인의 불행과 교환됨으로써 성립하는 것이기 때문이다. 사실 자기 존재로부터의 원초적인 안정감이란 도대체 가능하기나 한 것인지는 의심스럽지만, 내 것이 아닌 것으로 채워진 안도감이란 잘못 배달된 경품처럼 불안한 행운을 가져다 준다. 이러지도 저러지도 못하는 적나라한 내면을 들여다보는 불편하고 쓰린 시선들이 있다.

이승우의 「실종 사례」(『세계의 문학』 2007년 가을호)는 지난 2003년 일어났던 대구 지하철 참사를 이야기의 갈피 삼아 전개된다. '나'는 한푼 두푼 모은 돈으로 이제 처음 스물여덟 평짜리 아파트를 장만하게 될 꿈에 부푼 결혼 10년차 가장이다. 화자 부부는 절친하게 지내던 이웃인 재석이네의 의류 공장 운영자금으로 아파트 중도금을 빌려주게 된다. 그런데 때마침 불어 닥친 외환 위기와 IMF 관리체제는 이 위태로운 채무관계의 귀결을 명확히 정리해 준다. 공장은 망하고 재석이네는 사라졌다. 울분과 배신감은 지구 끝까지 그들을 찾아내려 하지만 그들은 이미 화자의 시야에서 완전히 증발해버렸고 화

자의 가족은 늘어나는 이자를 감당할 수 없어 새 아파트를 포기하게
된다.

　그런 재석이네가 뜻하지 않는 상황으로 화자 앞에 나타난다. 대구
지하철 참사 현장을 보도하는 텔레비전 화면 속에서, 열차에 타고 있
다가 행방불명된 남편을 찾아 달라고 울며 하소연하는 재석 엄마를
발견한 것이다. 그런데 늙고 야위고 초췌해진 얼굴로 탄식하는 그녀
의 모습을 보는 화자의 내면은 왠지 찌뿌드드하고 불편하다.

> 　고생만 하다가 그렇게 죽다니, 운도 없는 사람. 하필 불타는 열차에 타고
> 있을 게 뭐란 말인가……. 그를 향해 은근히 화가 치솟았지만 자신이 책임
> 질 수 없는 사고로 희생된 사람을 향해 화를 내고 있는 나 자신이 민망했기
> 때문에 서둘러 고개를 저었다.

　아무리 그들의 배신에 분통이 터졌다고 하기로소니, 엄청난 불행
앞에서 화를 낼 것까지는 없지 않은가. 이 양가적이고 모호한 태도 뒷
면에는 역설적인 계기들이 있다. 재석이네와 화자 사이의 일방적인
채무 관계는 그들이 사라진 후 뜻하지 않은 계기로 반전된다. 홍동철
(재석 아빠)이 '나'에게 빌린 돈을 갚겠다는 약속의 표시, 또는 일종
의 담보로 제공한 산골의 시가 50만 원짜리 땅이 개발로 지가가 폭등
하여 '나'는 빌려준 돈을 훨씬 상회하는 거금을 손에 넣을 수 있었기
때문이다.

　괘씸함과 미안함, 배신에 대한 분노와 횡재에 대한 죄책감 사이에
서, '나'는 자기 소유의 땅을 처분하고 빚을 갚고 집을 산 자신의 행
동이 합법적이라고 위안하지만 그것은 "아주 허술한 위장막에 불과"
했다. 분노와 죄책감이 자리를 바꾼 것이다.

불편한 마음을 피할 수 없어 그는 사고 현장으로 재석이네를 찾아
간다. 그러나 그 곳에서 마주친 얼굴은 매직펜으로 실종자 신고서에
자기 이름을 적고 있는, 실종되었다던 홍동철이다.

죄책감으로 얼굴을 들 수 없는 한 사람과, 채무와 채권을 불편하게
오가던 또 한 사람 사이에 모종의 협상이 성립되는 장면이다. 지극히
짧은 순간 "의식의 주름 진 틈새"를 비집고 나온 행동이 잔인하리만
치 느리게 해부되어 있다. 의식은 본능적 이기심의 깊숙한 알고리즘
을 따라잡지 못한다. 사고는 느낌의 그림자라고 했던가. 그것은 더
어둡고 더 비어있으며 더 느리다고 어딘가에 적혀 있었던가. 재빠르
고 능숙하게 "꿈틀" 움직이는 것, 딱딱하게 굳어 출구를 찾지 못하고
버벅거리는 의식의 틈새를 비집고 나온 것은 타자로부터 스스로를 지

켜내려는 무의식과 욕망의 호문쿨러스, 교활한 이기적 유전자가 아니던가.

재석 가족의 생존을 위한 음모(?)에 동참함으로써 두 사람은 공범이 된 것이다. 계획이 성공한다면 재석 가족은 '나'에게 빚을 갚을 수 있을 것이다. '나'는 눈을 감아주고 더 나아가 공범이 됨으로써 그들에 대한 미안함을 상쇄한다. 협상을 마무리한 '나'에게 "채무의 부담으로부터 자유로울 수 있을 거라는 안도감이 나른한 피로처럼 찾아왔다."

연민은 자기 수호 욕망이 낳은 권력자의 향유 영역이다. 돌아서 가는 홍동철의 뒷모습을 '나'는 이렇게 묘사한다. "흠뻑 젖은 옷이 달라붙어 드러난 그의 몸은 앙상하고 왜소했다." 이 얼마나 잡티를 말끔하게 씻어낸 스마트한 연민의 수사(修辭)인가. 그에 대한 부채감을 일단 청산함으로써 비로소 '나'는 "자유롭게" 연민의 눈길을 보낼 수 있게 된다. "의외로 감정이 평평했다."

이기적 자기 수호로부터 비롯된 것이 연민이라면, 그 곳에 타인의 존재를 인정하고 타인의 영역이 확장되는 것을 전제로 한 타자의 윤리학이 들어설 자리는 없다. 정미경의 「들소」(『창작과비평』 2007년 가을호)는 연민을 둘러싼 내면에 자기애와 환멸이 나선형적으로 공존하며 교차하는 장면을 보여 준다.

조각가인 수혜는 북한 원조사업에 헌신하는 남편 하윤의 끝없는 이타주의에 진저리를 친다. "수혜의 전시가 있을 때면 늘 목돈의 사용처를 먼저 생각해놓는" 하윤의 순수하다 못해 바보같기까지 한 희생, 그리고 밑도 끝도 없는 사업을 수혜가 "잘못된 과녁"이라고 못박으면서, 두 사람의 관계는 금이 가기 시작했고 그 자리를 수혜의 동창인 명조가 채우게 된다. 그러나 하윤이 위암으로 세상을 떠나자 수혜는 명조와의 관계 역시 끊어 버린다.

다른 남자의 품에 안겼다가 돌아오면서도 죄책감을 느끼지 않을 수가 있을까. 어쩌면 그녀는 그 죄책감을 남편에 대한 자신의 희생과 교환하고 있었던 것은 아닐까. 없을 리 없는 죄책감이 상쇄될 정도로 수혜는 스스로 남편의 삶에 뭔가 결정적으로 박탈당하고 있다고 생각한 것은 아닐까. 그것은 남편의 죽음과 함께 명조와도 절교를 선언한 데에서도 드러난다. 수혜에게 명조는 남편의 이타주의를 받아들일 수 없는 자신의 내면을 향한 환멸의 대가를 보상받으려는 균형추였는지도 모른다. 남편 하윤의 죽음은 수혜에게 더 이상 균형추로서의 명조의 역할을 필요하지 않게 한 것이다.

"타인의 추위를 제 것처럼 느끼는" 것. 그러나 타인의 아픔을 내 것처럼 느낄 수는 있겠지만 그것은 여전히 타인의 것일 뿐 내 것은 아니

다. 타인의 추위가 내 감각으로 전이될 때에는 반드시 잉여가 발생한
다. 그 잉여의 존재 방식은 이기심과 연민이다. 남편의 죽음은 이 양
자의 버팅김을 유지해 주던 트라이앵글을 해체시켰다. 수혜의 연민과
이기심은 발가벗겨진 채로 들판에 몰렸던 것이다.

얼음과 눈의 시간으로 빚어낸 "들소"는 수혜 자신의 실존적 거울일
까. 들판에 내몰린 단독자로서의 주체는 '타인의 추위를 내가 느끼는
것'이 아니라 '타인의 추위를 나의 추위로' 받아들이게 된다. 얼음과
눈의 시간을 견딘다는 것은, 타인의 추위를 이기심과 연민이라는 잉
여를 매개로 받아들이는 것이 아니라, 나 자신의 것으로 삼을 수밖에
없는 조건 위에 선다는 것이다.

타인을 있는 그대로 받아들이기 위해서는, 우선 스스로의 고독을
오롯이 끌어안을 수 있어야 한다. 그렇지 않을 때, 혹은 그렇지 못할
때에는 타인의 존재를 나의 고독과 아픔을 교환하기 위해 이용하게
된다. 교환의 메커니즘으로부터 탈출할 때만이 타인의 존재가 내 눈
앞에서 확장되는 것을 목격할 수 있다. 그 때에야 우리는 비로소 타자
라는 윤리 앞에 마주설 수 있게 된다.

이달에 읽은 두 편의 소설은 타인에 대한 연민이 가진 음험하고 가
증스러운 속성을 묵직한 필치로 풀어헤치고 있다. 기발하고 매끄럽고
재미나기는 하지만 인간의 내면에 대한 의심까지 경쾌한 속도로 넘겨
짚어버리는 이즈음의 젊은 소설들 틈에서는 이만큼의 뻐근한 시선을
찾아보기 힘들다.

사랑, 연민, 그리움, 이 모든 관계의 바닥을 더듬다보면 꺼끌거리
는 돌기를 만나게 된다. 기실 우리의 내면은 이 돌기의 굴곡과 그늘

에서 삐져나온 그림자의 각도일 뿐이다. 나와 타자를 왜곡되고 위
장된 관계로부터 자유롭게 하는 것은 이 불편한 각도를 오로지 스
스로의 무게중심으로 견디는 힘이다. 조금 더 서럽고 외로울지라도
말이다.

4. 매체들 : 술, 고양이, 고백

가장 맛있는 술은 어떤 술일까. 싱거운 질문이 되겠지만, 뜻밖의 현답이 돌아올 듯도 하다. 먼저 "그야 자네 입맛에 맞는 술이지"라는 허무한 대답이 태반일 테고, "뭐니뭐니해도 논두렁에 걸터앉아 들이키는 막걸리 사발, 아니면 후텁지근한 오후 동네 슈퍼 평상에 앉아 따라 마시는 차가운 맥주지" 혹은 "늘어지는 재즈와 나른한 불빛 아래서 애인과 잔 부딪치며 홀짝거리는 와인이지" 또는 "술은 독주가 제격이야, 두말할 것 없이 싱글몰트 위스키!" 등. 어쩌면 "술에 무슨 맛을 따지는가. 가장 맛있는 술은 가장 '맛없는(無)' 술이다"라는 대답이 질문을 머쓱하게 할지도 모르고, 음식 맛을 잘 살려주는 술, 하루 한 잔씩 마시는 적포도주, 반가운 친구와 왁자하게 잔을 부딪치며 마시는 선술집의 소주… 등 맛있는 술에 대한 지론은 개인의 기호나 생활양식에 따라 끝도 없을 것이다.

재미있는 것은 이 대답들이 나름대로 술을 대하는 정치적이거나 비정치적인 입장을 보여준다는 것이다. 철학자 김영민 교수는 술을 대하는 입장과 태도를 몇 가지로 나누어 설명한 적이 있는데, 간추려서 소개해 본다. 먼저 '술은 죄의 씨앗이며 악마의 유혹이다' 라는 도덕적이거나 종교적 입장이 있겠고, 다음으로 '술은 그저 음식의 일종일 뿐이다' 라는 입장이 있을 수 있다. 이 입장은 술의 실체적 층위에 가까워지지만 완벽하게 술을 대상화시킴으로써 술이 가지는 사회적 관계의 일부를 놓치게 된다. 세 번째는 '술은 개인의 취미나 취향을 드러내는 기호(嗜好)의 생활' 이라는 낭만적 개인주의의 입장이다. 네 번째는 '공동체적 성원들 사이의 동일시와 모방의 폭력을 위한 매체' 로서의 술인데, 위의 "반가운 친구와 왁자하게 잔을 부딪치며 마시는 소주"가 적절한 예가 될 것이다. 마지막으로, '오늘날의 사회에서 술은 생활방식의 일종' 이며, 나아가 '문화이며 산업이며 체계' 라는 시각이다. 즉, 술은 자본제적 삶의 양식과 연동하며, 자본제의 코드와 채널이 만들어 놓은 특정한 생활의 양식과 강박적으로 결합한다는 것이다. 마지막 입장은, 현대 사회는 정보와 네트워크라는 새로운 매체에 의해 구획되고 제어되며, 개인의 삶은 각종 매체의 효율적이며 강력한 배치에 의해 인정받거나 규제된다는 매체 정치학적 관점에서 비롯된다. 따라서 술은 더 이상 종교적이거나 도덕적으로 해석되지 않으며, 오로지 하나의 음식이라는 대상으로 확정되지도 않으며 개인의 선택과 기호의 산물이나 공동체의 결속을 위한 장치에 머물지도 않게 된다. 이를테면 수주(樹州)의 "명정사십년(酩酊四十年)"에 적혀 있던 호기롭고 분방한 낭만주의적 술 문화 역시 매체의 영향력이 강고하지 못하던 지난날의 향수일 뿐이다. 먼저 매체로서의 술을 둘러싼 이야기 하나.

은희경의 「중국식 룰렛」(『현대문학』 7월호)은 한 위스키 바를 배경
으로 바의 주인인 K와, '나'를 포함한 세 명의 손님이 나누는 대화로
구성되어 있다. 단조로운 구성이지만 등장인물들의 대화와 게임은 각
자의 내면을 뒤섞는 반전과 전회를 품고 있다. 우선 술집 주인인 K는
유복한 집안에서 태어났지만 잇따른 불운에 빠져 있다가 급기야 불치
병으로 사형 선고를 받은 처지다. 화자인 '나'는 얼마 전 아내와 이혼
했으며, 의료 사고로 난처한 입장에 있다. 중년 남자의 불운은 한층
구체적이다. "집 담보로 보증 서준 선배가 사기꾼이었고, 의사가 건
강하다고 해서 낳았는데 죽은 아기였"으며, "보험이 만료된 바로 그
날 밤 눈길에서 자동차가 세 바퀴 굴렀고, 잔뜩 빚을 내서 자재를 들
여놓았는데 공장에 불이 났"으며, "제대해 보니 사랑했던 여자는 나
없는 동안 돌봐주겠다던 절친한 친구와 약혼을 했"고 "학생 때는 커
닝했다는 누명을 쓰고 시험장에서 쫓겨나는 바람에 원하던 의대가 아
니라 지방대 공대에 가야 했"(62~63쪽)다. 그렇다면, 등장인물 중 청
년을 제외하고는 모두가 스스로 불운하다고 믿고 있는 셈이다. 이러
한 불운의 공유는 이 소설의 배경이 된 술집의 영업 방침과 관계가 있
다. K의 술집에서는 싱글 몰트위스키만 파는데, 여느 술집과 달리 메
뉴를 보고 고르는 게 아니라 라벨과 숙성연도를 알려주지 않은 채 세
가지 술을 선택하게 하는 것이다. 어떤 술을 선택하든지 술값은 같으
나, 세 종류의 술에는 스페셜 에디션과 보다 저렴한 스탠더드급이 섞
여 있다. 상표나 가격이 어떻든 입맛대로 즐기면 그만이라는 것이며,
한편으로는 각자의 행운을 시험하는 게임의 의미도 있다.

　K의 이런 주문 방식은 문화적 양식으로서의 술의 매체적 성격을 어
느 정도 희석하는 듯하나, 그것 자체로 매니아적인 취향을 분명히 한

다는 점에서 매체의 강도(強度)는 오히려 더해진다. 또 다른 등장인물인 ‘알마니 청년’은 쉼없이 싱글 몰트위스키에 대해 품평하는데, 그의 논평이 대부분 잘못된 정보에 근거하고 있다는 점은 술의 매체적 규율이 그만큼 피상성에 근거하고 있다는 것을 보여준다.

그날의 모임을 주선한 K가 제안한 ‘중국식 룰렛’ 게임이 시작되면서 비로소 이 소설의 주제가 알속을 드러낸다. ‘중국식 룰렛’ 게임은 일종의 진실게임인데, 한 사람이 질문을 던지면 지적받은 사람이 대답을 하고 술을 한 잔 마실 수 있다. 거짓말이 들통 나면 더 이상 술을 마실 수가 없기 때문에 진실을 강요받는다. 그런데 게임에 참가하는 모든 등장인물은 진실을 교묘히 피해가며 곤란한 질문에 대처한다. 이를테면, “당신의 정직성을 1에서 9까지 점수를 매긴다면?”에 대한 답을 “5점”으로 나누어가지는 것처럼.

매체의 본질적 성격 중 하나는 ‘평등화’라고 할 수 있다. 요컨대 인터넷을 사용하는 사람은 경제적이거나 사회정치적 계급과는 상관없이 ‘네티즌’이라는 사회적 계층으로서 일정한 권력을 분점하는 것이다. 이러한 평등화는 매체의 소유 여부에 대한 전제만 유보한다면 매체의 순기능이라고도 할 수 있다. 그러나 이 평등화의 근저에는 주체의 은폐와 진실의 유보가 놓여 있다.

‘싱글 몰트위스키’라는 매체는 각자의 내면과 진실을 은폐하면서 주체가 현실과 맺는 고리를 차단하는 효과를 가져 온다. 물론 이것이 작가의 의도라고 한다면 억지에 가까울 것이다. 그러나 우리를 둘러싼 매체들이 우리의 신체와 내면에 간섭하는 과정을 이 소설은 속도감 있는 문체 속에서 잘 보여주고 있다. 그렇다면 이 매체정치학을 애완동물로 넓혀보면 어떨까.

박선희의 「로미가 있던 집」(『현대문학』 7월호)은 우선 특이한 구성으로 눈길을 끈다. 방송국 구성작가인 '나'와 도서관 사서인 '민'이 동거 중 입양해 온 고양이 '로미'로 인해 서로의 틈이 벌어지면서 결별하는 내용이다. 소설 형식의 글과, 날짜가 적힌 일기 형식의 글이 교차되면서 서술되는데, 일단 소설의 화자는 '민'이지만 일기 내용으로 미루어 작가는 '나'라고 할 수 있다. 그러나 말미에서 '민'이 이 두 가지 성격의 글을 편집한 뒤 후기를 덧붙임으로써, 최종적인 작가이자 편집자는 '민'이 된다. 작가와 화자를 뒤섞어버린 것이다.

'민'은 고양이에 집착하는 '나'에게 질투와 혐오감을 느끼고, '나'는 민의 과민반응에 염증을 느낀다. '민'은 '나'의 원고 작업에 도움을 주고, '나'는 그 대가로 '민'에게 몸을 제공함으로써 계약은 성립되었다. 그러나 두 사람의 계약 동거는 고양이 '로미'의 등장과 함께 위기에 몰린 것이다. '민'의 혐오가 심해질수록 '나'의 '로미'에 대한 집착도 깊어진다.

> 나는 절대로 로미를 버릴 수 없다. 민이 조건부라면 로미는 어떤 단서도 붙지 않는 무조건부이기 때문이다. 그 무엇보다도 로미를 사랑한다. 민 아니면 로미, 둘 중 하나, 라고 했을 때조차도 단연코, 최후의 선택이 되겠지만 그것은 어쩐지 생각보다 빨리 올 것 같다.(92쪽)

그러나 '로미'의 무조건부가 '민'의 조건부를 과장하게 만든 것은 아닐까. 이는 자신의 되풀이되는 '로미'에 대한 확신과 달리, 끝내 '로미'를 다른 사람에게 위탁하게 되는 것을 보면 알 수 있다. 그렇다면 소설과 일기에 묘사된 '민'의 '로미'에 대한 공격욕과 가해욕 역시 과장된 것인가.

애완동물, 그리고 애완동물 키우기를 하나의 제도적 매체로 보는 것은 비약의 감이 없지 않다. 그러나 애완동물 키우기가 개인의 기호를 넘어서 문화적 경향으로 자리 잡으면서 매체적 성격을 띠게 되리라는 것은 예측 가능하다. 이 소설에서 화자인 ‘나’는 ‘로미’의 ‘무조건부’를 절대적 가치로 받아들이면서 실제적 관계성을 회피한다. 매체는 주체의 감각과 지각, 사회성의 인지를 규율한다. 이미 매체적으로 정당화된 ‘로미’의 ‘무조건성’이 ‘나’와 ‘민’의 ‘조건성’을 희석하거나 과장하고, 나아가 현실을 왜곡하여 재조직하는 과정을 분석해보는 것도 흥미로울 것이다.

기왕 범위를 넓히는 김에 ‘고백’이라는 제도의 매체성을 생각해보는 것은 어떨까. 고백의 본질은 은폐된 자기를 드러내는 데에 있는 것이 아니라, 이미 들추어진 자기를 포장하는 절차에 있지 않을까. 고백은 고백하는 자와 고백을 듣는 자 사이의 내면적 등가 교환 절차라고 볼 수 있다. 고백함으로써, 그리고 고백을 들음으로써 양자는 의식적 부채 관계를 교환한다. 따라서 고백의 내용은 중요하지 않으며, 고백의 진실 역시 부차적이다. 요는 고백이라는 절차, 그리고 형식이다. 내면을 털어놓고, 그것을 수락하는 형식. 수락하는 것은 그 내용이 아니라 화자의 고백이라는 형식이다. 결코 밝혀져서는 안 될 사실은 결코 고백되지 않는다. 말하자면 '비밀'은 고백되지 않는 법이다. '고백이라는 제도'는 다자 간의 관계성을 평등화시키는 기능을 하는 것이다.

그런 의미에서 고백이라는 제도는 사람 간의 관계를 규율하는 매체적 성격을 가진다고 할 수 있다. 그런데 이 '고백의 불문율'을 전복하고 고백의 매커니즘을 희롱하며 화자와 청자의 교환 관계를 무력화시키는 고백의 무법자가 나타났다. 이장욱의 「고백의 제왕」(『창작과 비평』 여름호)에서의 '곽'이 그다.

'곽'의 고백은 대학생인 화자의 여느 동료들의 고백과는 강도와 밀도에 있어 비교가 되지 않는 파괴력을 지니고 있었다. 중학교 3학년 때, 환갑이 넘은 여자와의 첫경험에서부터, 아버지의 옆구리에 칼을 꽂아넣은 사건을 비롯한 기이하고 불행한 가족사, 그리고 동료 여학생과의 연애담에 이르기까지, '곽'의 고백은 가련한 청자들을 압도하고 공황 상태에 몰아넣기에 충분했다. 그 내용의 사건성은 차치하고라도, '곽'의 묘사는 생동감이 넘쳤으며 자세하고 자연스러웠다.

> 뭔가 어긋나 보이는 곽의 논매가 조금씩 꿈틀거릴 때마다 우리의 상상력이 자극되는 느낌이었다. 그의 표정과 말은 혼연일체였다. 곽의 이야기가 너무 세세하고 적나라한 나머지, 동기생 하나의 입에서 긴 침이 흘러내리던 광경은 지금도 기억하고 있다. 곽의 이야기가 끝난 뒤에도 사람들은 곽의 입에서 눈을 떼지 못했다.(340쪽)

화자에게나 청자에게나 드러나서 결코 좋을 일 없는 '비밀' 수준의 충격적 내용과 생생하고 물질적인 묘사를 껴입은 '곽'의 고백은 고백이라는 매체의 제도적 규율에서 이탈하고 있는 "도대체 뭘 향한 것인지 알 수 없는 격렬함에 휩싸"인(352쪽) 청자들의 내면에 격랑과 자기혐오를 일으키는 것이다.

고백이라는 제도는 사람들 사이의 윤리적 대차 관계를 의식적 영도(零度)로 환원시킨다. 고백이라는 의식(儀式)을 거쳐, 양자는 불평등이나 원한, 자존심이나 자괴감을 일정한 비율로 나눠가지거나 청산하게 된다. 그러나 '곽'의 내밀한 고백은 고백이라는 제도의 매체적 기능을 파괴하면서 폭력적으로 전화되는 것이다.

그런데 앞에서 살펴본 술과 고양이 매체의 경우와 같이, 여기서도 진실에 대한 무관심이 여전히 되풀이된다. '곽'의 고백에 담긴 내용의 진실성은 사실 문제되지 않으며, '곽'의 '고백' 자체가 충격의 진앙이었던 것처럼. 또한 '곽'은 더 이상 모임에 나타나지 않았으나, "우리 각자와는 개인적인 관계를 유지하고 있었"으며, '곽'의 고백을 들으며 자신의 "내밀한 모든 것을 곽에게 고백하고 있었던 것"(353쪽)이다. 그러니까 사실 '곽'이 고백한 내용이 '곽'의 것이었는지, 아니면 '곽'에게 고백한 또 다른 누구의 것이었는지 알 수 없는 일이다. 그리고 그것은 더 이상 중요하지 않다.

사회적 관계망 속에서 개체 존재들은 매체의 작동과 규율 속에서 인정받거나 규제받는다. 매체는 생활의 양식이 되어 삶과 신체에 기입되고 이러한 매체의 강제성은 개인에게 판단을 유보시키는 동시에 사회적 관계성을 은폐하기도 한다. 술과 애완동물, 그리고 고백이라는 제도, 또는 그 이외에 우리를 둘러싼 매체들의 규율이 우리의 삶과 신체를 규제하는 양상을 직시함으로써, 우리는 매체의 생활양식과 코드가 개인의 감각과 지각 양태를 규제하는 과정을 감시할 수 있게 된다. 그럼으로써 매체가 은폐하거나 배제해 놓은 사회적 관계성을 복원하고 개인의 내면이 매체의 강제력에 굴절적으로 순치되는 것을 직시할 수 있을 것이다.

5. 사랑의 탁상공론

1

    사랑은 다양한 층위에서 정의될 수 있다. 인간 행동의 모티프가 중심이 된다면 생물학과 심리학의 공시적인 탐구 대상이 된다. "사랑은 호르몬의 신체적 변동이 심리 변화를 추동하는 양상이다" 따위의 정의가 이에 속한다. 그러나 이것은 원인과 결과가 뒤섞인 것이다. 사랑을 담론의 측면에서 보고자 하는 시각도 있다. 사랑의 몇 가지 모티프들, 이를테면 섹슈얼리티와 에로티시즘의 경계를 분석하면서 자연스럽게 드러나는 일반화된 사랑 행동의 양태를 분석하기도 한다. 통시적인 시각에 주로 의존하는 이러한 접근은 분석이 심화될수록 주제가 모호해질 수 있다는 점에서 다소 불만스럽다. 한편, "사랑은 성욕과 친밀감의 결합이다"라는 정의를 생각해보자. 일견, 무난하게 받아들여질 수 있을 듯한, 고전적인 정의라고 볼 수 있다. 그러나 성욕과 친밀감이라는 감정 상태가 서로 결합될 수 있는 속성을 가졌는지는 의심스럽다. 성욕은 리듬을 가지고 있다. 욕구가 해소되면 결합 의지는 사그라진다. 반면 친밀감은 리듬을 거의 타지 않는다. 항상성을 가지고 있다. 성적 결합이 관계의 친밀감을 북돋우는 역할을 하지 않는다고 볼 수는 없다. 그러나 이 경우는 성적 결합에 대한 기억이 친밀감의 끈으로 작용하는 데에 국한된다. 바꾸어 말하면, 양자의 관계는 인접성만을 가진다. 그러나 친밀감의 작동은 성적 질감이나 성애적 형식에 제한되지 않으며, 인간 존재나 내면의 지속적인 상태로 확장된다.

이렇듯 사랑과 사랑의 개념에 대한 진단과 정의는 그 복잡성을 간과하는 한 섣불리 오류를 노출하기 마련이다. 사물의 본성이나 세상사의 관계에 대하여 우리는 두 가지의 인식 양태를 설정해 볼 수 있다. 그 하나가 자연이라면 다른 하나는 자유다. 자연이란 인간은 물론이요 인간 외의 모든 존재를 포용하면서 그 자체를 넘어서는 초월적 대지이다. 인간은 자연 앞에 하나의 대상에 불과하게 되며 만상의 존재 층위 중 하나에 불과하다. 반면 자유란 오로지 인간에 대한 관념이다. 자연의 절대성 앞에 놓인 인간 존재에 대한 저항의 윤리가 자유다. 자연의 폭력에 대항하기 위한 인간 자존의 인식 근거는 데카르트의 코기토로부터 정초된다. 오직 인간만이 '생각'할 수 있는 존재이며 존재의 근거는 '생각'이라는 것은 인간만이 진실로 지금 존재하는 것, 즉 현존재라는 인식을 쌓아올린다. 인간은 자연 앞에 무력하지 않으며, 자연을 건축할 수도 해체할 수도 있는 존재가 된다.

이러한 두 가지의 인식과 존재 양태를 우리는 사랑에 대한 두 가지의 접근방식으로 치환해볼 수도 있을 것이다. 사랑을 인간성으로 이해될 수 없는 운명적 자연 상태로 받아들일 것인가, 아니면 인간 이성

의 능력으로 제어하고 조정할 수 있는 인위적 인식 양태이거나 인간
성과 인간 관계의 영역 내에서만 작동되는 오성과 욕망의 회로로 받
아들일 것인가.

어떤 논의라고 하더라도 사랑에 대해서라면, "탁상공론"에서 벗어
날 수 있을 것 같지는 않다. 특히 "사랑"이라는 매우 다양한 범주의
원심력을 지탱하는 주제를 그 시각과 범위를 명확한 층위로 한정짓지
않고 논의할 경우에는 더더욱 그렇다. 그렇다면 여기에서 또 하나의
탁상공론을 풀어놓는 이유는 무엇인가. 이 글의 목적은 사랑이라는
주제의 분석이나 증명에 있지 않다. 다만 어떤 사랑의 전개 방식이 드
러난 작품을 살펴보면서 인간과 세계를 바라보는 또 하나의 자세를
들여다보려 한다.

2

"현 접경의 긴 터널을 빠져나오자 눈 고장(雪國)이었다."[1] 1968년 노
벨문학상 수상작인 가와바타 야스나리의 소설 『雪國』의 첫머리에 나
오는 문장이다. 사실 『雪國』의 의미구조를 구획하는 구성적 원리는
소박한 것이다. 바로 첫 문장에서 보이듯이, 현실 세계와 이상 세계
를 분리시키고 주인공 시마무라의 삶과 사랑에 대한 자세를 이원적
세계관 속에 용해시키고 있다.[2]

---

1) 작품 본문의 인용은 가와바타 야스나리(장경룡 옮김), 『설국』, 민음사, 1999에 의한다. 9쪽.
2) 『雪國』에서 두 세계의 분리 매개가 되는 '눈'에 대한 이미저리는 상징이라기보다 알레고
   리에 가깝다. 상징이 매체 간의 필연성과 보편성을 모티프로 한다면, 알레고리는 관습성

눈은 주인공 시마무라에게 있어 도쿄와 온천장에서의 두 가지 삶의 자세를 구획한다. 다만 그 분리는 평면적이지 않다. 도쿄와 온천장에서의 삶과 그 자세는 다르지 않다. 시마무라에게 삶은 결국 하나의 '탁상공론'이며, '도로(徒勞)', 즉 헛수고라는 것이다. 따라서 온천장에서의 삶은 도쿄에서의 그것의 연장에 불과하다. 그러나 온천장에서의 삶이 도쿄에서의 삶과 차이를 가진다면, 전자에서는 자연과 사랑이, 후자에서는 일상과 평론 활동이 내용적 질감을 가질 것이다. 이렇게 본다면, '눈'은 그 자체로 상징이 되는 것이 아니라 삶의 전편에 걸친 토포스(topos)적인 축대라고 할 수 있다. 토포스는 장소로 번역된다. 그것은 하나의 공간(space)이 아니라, 사건이 일어나는 구체적인 장소(place)를 의미한다. 두 개의 장소에서 벌어지는 사건은 내용적으로는 차이가 있지만 그 본질은 동일하다. 먼저, 시마무라의 세계관을 드러내는 서양무용에 대한 관심과 문필 활동의 경향을 살펴보자.

그의 서양 무용에 대한 취미만 해도 그렇다. 시마무라는 도쿄의 시타마치 태생이어서 어릴 때부터 가부키에 재미를 붙이고 있었다. (중략) 그러나 일본춤의 젊은 축들로부터 막상 권유까지 받게 되었을 때 그는 갑자기 서양

을 전제로 한다. 예컨대, 폭설이 자주 내리는 고장과 간간이 잔설이 쌓이는 고장에서의 눈에 대한 관념과 의미는 상이할 수밖에 없다. 전자가 자연의 폭력과 그로 인한 인간 운명의 순응성에 집중된다면, 후자의 의미구조는 투명성, 순수성과 함께 낭만성에 수렴되기 쉽다. 따라서 눈의 상상력은 상징보다 알레고리에 더 깊이 빚진다. 문학 비평에 있어 상징과 알레고리를 혼용하는 논의들이 적지 않은데, 『雪國』의 경우 이러한 혼용은 부정적 결과를 낳는다. 작품에 대한 깊이 있는 천착을 가로막는 폐습이자, 작가론적 접근의 해악이라고 할 수도 있다. 왜냐하면, 눈이라는 매개체의 속성을 필연과 보편을 기반으로 한 상징으로 본다면 『雪國』이라는 작품의 심층에 자리 잡고 있는 작가의 자연에 대한 관점을 놓칠 수 있기 때문이다.

무용으로 전신하고 말았다. 일본춤은 전혀 거들떠보지 않게 되었다. 그 대신 서양 무용에 관한 책과 사진을 수집하는 한편 포스터나 프로그램 등에 이르기까지 애써서 외국으로부터 입수했다. 이국과 미지의 세계에 대한 호기심만은 결코 아니었다. 여기에서 새로이 발견한 즐거움은 눈으로 직접 서양인의 춤추는 장면을 볼 수 없다는 데 있었다. 그 증거로 시마무라는 일본인의 서양 무용은 거들떠보지도 않는 것이었다. 서양의 인쇄물에 의거해서 서양 무용에 관해서 글을 쓰는 일만큼 손쉬운 일은 없었다. 보지 않는 무용 따위는 이 세상과는 동떨어진 딴 세상의 얘기이다. 이보다도 더한 탁상공론은 없으며 그것은 곧 천국의 시(詩)인 것이다.

연구라고는 일컬을지라도 제멋대로 상상하는 것이어서 무용가의 살아 있는 육체가 춤추는 예술을 감상하는 것이 아니라, 서양의 얘기나 사진을 통해서 떠오르는 그 자신의 공상이 춤추는 환영을 감상하는 것이었다. 본 일이 없는 애인을 그리워하는 것과도 같은 것이었다. 더구나 이따금 서양 무용을 소개하는 글을 쓴답시고 문필가의 말단에 끼어들기도 하였는데 그러한 것을 그 자신은 스스로 냉소하면서도 직업이 없는 그의 마음을 위로하는 것이 되기도 했다.(26~27쪽)

관심을 두는 대상에 대하여 몰입하기는 하지만, 그 본질을 향해 자신을 내던지지는 않는다. 그가 전통춤을 외면하고 서양 무용에 관심을 가지게 된 계기는 "직접 서양인의 춤추는 장면을 볼 수 없다"는 데에 있다. 완벽한 국외자가 될 수 있는 것이다. 대상에 개입하지 않음으로써 대상을 관조할 수 있다고 믿는다. 이것은 가라타니 고진이 지적한 바 있는 '산수화의 장'이다. 자연에 대한 동양인의 세계관이 예술적 관조의 이념으로 굳어진 것이 바로 '산수화의 장'이다. 전통 산수화에서 자연은 개인이 대상에 대해서 갖는 관계로서가 아니라, 선험적이고 형이상학적인 모델로 존재한다. 르네상스 이후 서구 근대의 자연회화에서 본격적으로 나타나는 '원근법'이 동아시의 전통 산수화에서 찾아보기 힘든 것은[3] 이런 사정에서 연유한다. 원근법은 주체의 시각에서 대상을 재편한 것이다. 주체를 대상에 개입시키지 않으려는 세계관은 원근법을 받아들일 수 없을 것이다.

> 무위도식하는 시마무라는 자연과 자신에 대한 성실성마저 잃어버릴 것 같아서, 그것을 회복하는 데엔 산이 좋을 거라고 여겨 혼자서 곧잘 산을 타곤 했다.(20쪽)
> 자신의 발자국이 남아 있는 산을 이렇게 바라보고 있노라니, 지금은 가을 등산철이어서 산에 마음이 끌려가는 것이었다. 무위도식하는 그에게는 하릴없이 고생을 하며 산을 타는 것은 헛수고의 표본인 것처럼 여겨지지만, 그렇게 때문에 또한 비현실적인 매력도 있었다.(100쪽)

시마무라에게 자연(산)은 자신의 정체성을 확인하고 복원하게 하는 매개가 된다. 그는 산을 통해 자신과 대화하고 자신의 본질과 마주한다. 산을 탄다는 것은 헛수고이자 비현실적인 노릇이란 것을 스스로 잘 알고 있는데, 또한 그것이 바로 산을 타게 하는 매력이라는 것이다. 대상과 거리를 두어야만 비로소 대상의 본질을 관조할 수 있는 것이다. 이러한 태도는 동아시아의 전통적 자연 사상에 다름 아니다.

그런데 시마무라의 이러한 세계관은 그가 사랑하는 여인 고마코에 대한 자세에 그대로 투영된다. 시마무라는 고마코를 처음 만나던 겨울의 이튿날, 바로 고마코에게 게이샤를 소개해달라고 말한다.

---

3) 물론 동양 전통 회화론에서도 원근법과 유사한 거리감각으로 '삼원법'이란 것이 있기는 하다. 그러나 전통 화가들은 이 역시 대상을 하나의 선험적인 모델로 간주한 가상적 시각으로 받아들였다.

> "난 당신을 친구로 여기고 있는 거야. 친구로 사귀고 싶기 때문에 당신더
> 러는 말하지 않는 거라구."(23쪽)

시마무라는 고마코를 마음에 들어 하지만, 의도적으로 거리를 두려 한다. 이 거리두기의 감각은 시마무라의 인생관이자 생활 태도이면서 그가 여인을 사랑하는 자세로 투영된다. "시마무라는 자신도 모르는 사이에 여인을 서양 무용을 다루는 식으로 다루고 있었"(27쪽)던 것 이다. 더욱이 그러한 거리두기는 대상의 아름다움을 더욱 돋보이게 하는 역할을 한다. 이를테면, "애당초 오직 이 여인만을 가지고 싶었 던 것이다. 그런데도 여태껏 멀리 빙빙 돌고 있었다는 것을 시마무라 가 확실히 알게 되자 자기 자신이 싫어지는 한편 여인이 한층 더 아름 답게 보였다."(32쪽)라거나, "사람의 살결이 그립다는 생각과 산에 이 끌리는 생각은 똑같은 성질의 꿈인 것처럼 느껴지는 것이었다.(100 쪽)"와 같은 말에서도 그러한 점은 분명해진다.

거리두기의 감각은 시마무라의 평론 활동과 여인을 대하는 태도에 마찬가지로 삶의 방식이 되는 것이다. 이러한 삶의 방식은 시마무라 개인의 취미나 성격에서 연유한다기보다는, 자연과 예술을 대하는 동 양인의 전통적인 세계관과 밀접한 관련을 맺는다.

대상에 대한 거리 두기를 자연이나 예술을 완상(玩賞)하는 자세가 아니라 사람을 대하는 자세로 확대한다는 것은 무엇을 의미할까. 사 람에 대한 애정의 정서나 사랑까지도 탐미주의의 대상으로 삼는다는 것일까. 어쩌면, 자연과 예술이 전통적인 동양인에게 자신을 비추어 주는 거울이자 정체성 발견의 장이 되었던 것처럼, 사람에 대한 감정 과 정서 역시 자신을 단련하고 극기해야 할 무대로 삼았던 것도 하나

의 특유한 전통주의자로서의 면모로 볼 수도 있을 것이다.

어쨌든, 시마무라에게 고마코나 요코는 자연(산), 나아가 세계를 바라보는 프리즘의 하나일 뿐 연정의 대상은 아니었을 것이다. 고마코가 켜는 샤미센에서 야성과 생명의 소리를 듣고 다듬어지지 않은 날것으로서의 소리에서 생명의 약동을 읽어내듯이, 고마코는 시마무라에게 그가 돌아가야 할 자연이자 예술적 완성형의 모델이었다. 따라서 그에게 사랑이 있다면, 자연이라는 이데아를 향해 끝없이 미끄러지는 감각의 매개체에 불과할 것이다.

저자 **이상오**(李相旿)

부산에서 태어나 고려대학교 사학과와 동 대학원 국어국문학과를 졸업하고 「정
지용 시의 자연 형상화 양상」으로 문학박사 학위를 받았다.
2003년 『문학사상』 신인상 공모에 「우연에 기댄 경계의 토포스 – 황동규론」이 당
선되어 문단에 나온 이후 시와 소설에 대한 평론 작품을 꾸준히 발표하고 있다.
저서로 『한국현대시의 상상력과 자연』이 있으며, 현재 고려대학교 도서관에서
인문학 전문사서로 재직 중이다.

경계와 여백

인쇄 2011년 3월 25일 | 발행 2011년 3월 30일

지은이 · 이상오
펴낸이 · 한봉숙
펴낸곳 · 푸른사상사

등록 제2-2876호
주소 서울시 중구 을지로3가296-10 장양B/D 7층
대표전화 02) 2268-8706(7) 팩시밀리 02) 2268-8708
이메일 prun21c@yahoo.co.kr / prun21c@hanmail.net
홈페이지 www.prun21c.com
책임편집 지순이

ⓒ 2011, 이상오

ISBN 978-89-5640-810-1 93810
 값 18,000원

☞ 저자와의 합의에 의해 인지는 생략합니다.
  이 책의 전부 또는 일부 내용을 재사용하려면 사전에 저작권자와 푸른사상사의
  서면에 의한 동의를 받아야 합니다.
  e-CIP 홈페이지(http://www.nl.go.kr/cip.php)에서 이용하실 수 있습니다.
  (CIP제어번호 : CIP2011001234)